アルテア
アメリカの企業《アイオテージ》が、山梨県のぞみ市に新設した大規模アミューズメント施設。
同施設最大の特徴は、世界初のフルダイブ VRMMO-RPG《アクチュアル・マジック》がプレイできること。

川原 礫 イラスト 堀口悠紀子

設定協力／Whomor Design／BEE-PEE

「僕たちみんなで、
フルダイブVRMMOのテストプレイを……？」
［芦原佑馬］
アシハラ・ユウマ

［茶野水凪］
サノ・ミナギ
［芦原佐羽］
アシハラ・サワ
「夢みたいだ……！」
［近堂健児］
コンドウ・ケンジ

「ログアウト用のボタンがないよ」
「これってつまり――」

WEAPON
MAP-01
MAP-02
FRIEND
「自分の意志でカリキュラスから
……アクチュアル・マジックから出る方法はない、
ってことだよね」

「考えるんだ。あの化け物を倒す方法を――」
「ぐぼっ、ぐぼおっ――！」

「──タゲはあたしが取る！」
「コンケンは横から牽制して！」
[コーンヘッド・ブルーザー]

最新
アミューズメントパーク
アルテア
フロアマップ

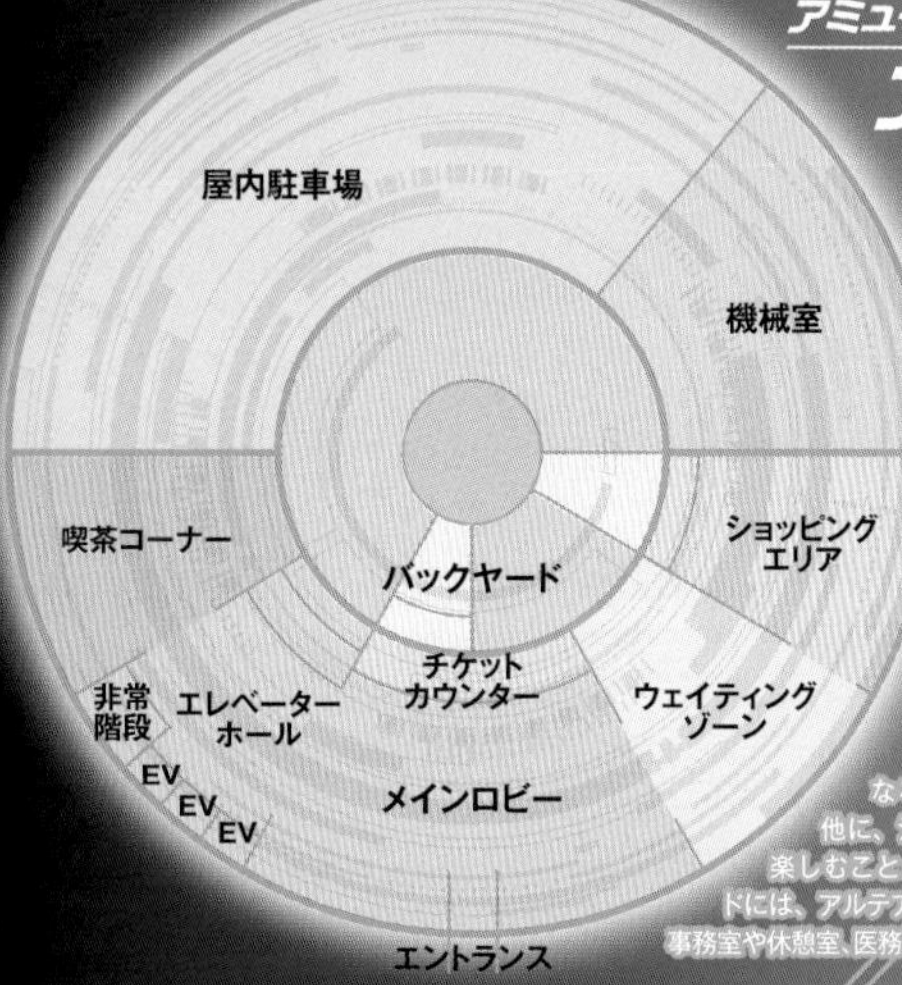

1F

アルテアの玄関口となるフロア。入館受付の他に、ショッピングや軽食を楽しむことができる。バックヤードには、アルテアのスタッフが利用する事務室や休憩室、医務室、トイレ、倉庫がある。

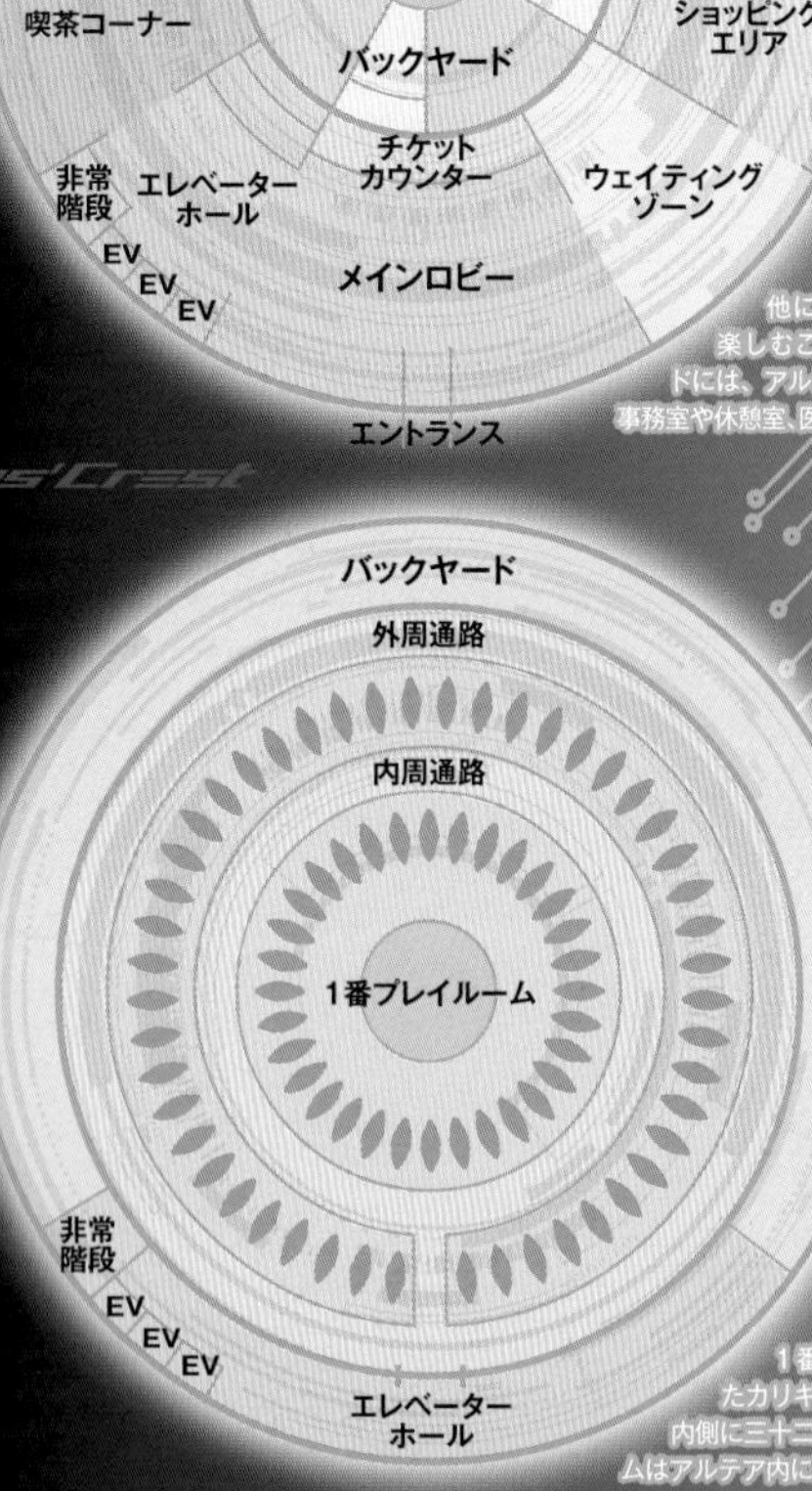

2F

フロア全体が、プレイルームになっている。1番プレイルームに備えられたカリキュラスは、外側に四十八基、内側に三十二基で、全八十基。プレイルームはアルテア内に全9部屋用意されている。

これはゲームであって、そして現実だ。

デモンズ・クレスト
Dεmons' Crεst
現実の侵食

1

川原 礫
イラスト 堀口悠紀子

カリキュラス *caliculus*
仮想世界へのフルダイブを可能とするカプセル型ユニット。開発元は《アイオテージ》。フルダイブ中は意識と肉体は切り離されており、身動きをとることは不可能。

設定協力／Whomor

雪花小学校６年１組　名簿

Ver.1.0

女子　　担任教師　蝦沢 友加里《エビサワ・ユカリ》

出席番号	氏　名	性別	職　業	備　考
1	芦原 佐羽《アシハラ・サワ》	女	魔術師	芦原佑馬の双子の妹。
2	飯田 可南実《イイダ・カナミ》	女	不　明	水泳クラブ所属。
3	江里 唱子《エザト・ショウコ》	女	不　明	のんびりした性格。
4	見城 紗由《ケンジョウ・サユ》	女	不　明	将来の夢はアイドル。
5	茶野 水凪《サノ・ミナギ》	女	僧　侶	芦原兄妹の幼馴染。
6	清水 友利《シミズ・トモリ》	女	不　明	図書委員。
7	下之園 麻美《シモノソノ・マミ》	女	不　明	黒魔術好き。
8	曽賀 碧衣《ソガ・アオイ》	女	不　明	お菓子作りが得意。
9	近森 咲希《チカモリ・サキ》	女	不　明	おしゃれな藤川憐に憧れている。
10	津多 千聖《ツダ・チセ》	女	不　明	飼育委員。
11	寺上 京香《テラガミ・キョウカ》	女	不　明	１組女子のリーダー格。
12	中島 美郷《ナカジマ・ミサト》	女	不　明	バレークラブ所属。
13	主代ちなみ《ヌシロ・チナミ》	女	不　明	１組女子で一番背が低い。
14	野堀 君子《ノボリ・キミコ》	女	不　明	ゴスロリファッションが好き。
15	針屋 三美《ハリヤ・ミミ》	女	不　明	京都出身で和菓子好き。
16	藤川 憐《フジカワ・レン》	女	不　明	綿巻すみかに対抗心を抱いている美人。
17	辺見かりん《ヘンミ・カリン》	女	不　明	占い好き。
18	三園 愛莉亜《ミソノ・アリア》	女	魔術師	１組女子で最もギャルっぽい。
19	目時 志寿《メトキ・シズ》	女	不　明	剣道場に通っている。
20	湯村 雪美《ユムラ・ユキミ》	女	不　明	自分が嫌いで変わりたいと思っている。
21	綿巻すみか《ワタマキ・スミカ》	女	僧　侶	クラスのアイドル的存在。

FRIEND

男子

出席番号	氏　名	性別	職　業	備　考
22	会田 慎太《アイダ・シンタ》	男	不　明	カードゲーム好き。
23	芦原 佑馬《アシハラ・ユウマ》	男	魔物使い	勉強も運動も平均的。
24	大野 曜一《オオノ・ヨウイチ》	男	不　明	バスケクラブのキャプテン。
25	梶 明久《カジ・アキヒサ》	男	不　明	動画配信者志望。
26	木佐貫 櫂《キサヌキ・カイ》	男	不　明	サッカークラブ所属。
27	近堂 健児《コンドウ・ケンジ》	男	戦　士	芦原佑馬の親友。
28	須鴨 光輝《スガモ・テルキ》	男	戦　士	サッカークラブのキャプテンでクラス委員。
29	瀬良 多可斗《セラ・タカト》	男	不　明	スケボー好き。
30	滝尾 昌人《タキオ・マサト》	男	不　明	アニメ、ゲーム、マンガ好き。
31	多田 智則《タダ・トモノリ》	男	不　明	カードゲーム好きで、会田慎太と仲良し。
32	遠島 修太郎《トオジマ・シュウタロウ》	男	不　明	仮想通貨取引をしている。
33	二木 翔《ニキ・カケル》	男	不　明	灰崎伸と仲良しで、成績優秀。
34	布野 龍吾《ヌノノ・リュウゴ》	男	不　明	目時志寿と同じ剣道場に通っている。
35	灰崎 伸《ハイザキ・シン》	男	不　明	学年トップの秀才。
36	穂刈 陽樹《ホカリ・ハルキ》	男	不　明	スケボー好きで、瀬良多可斗と仲良し。
37	三浦 幸久《ミウラ・ユキヒサ》	男	不　明	バスケクラブ所属。
38	向井原 広二《ムカイバラ・コウジ》	男	不　明	動画編集スキルがある。
39	諸 雄史《モロ・タケシ》	男	不　明	声優好き。
40	八橋 憲之介《ヤツハシ・ケンノスケ》	男	不　明	市議会議員の息子。
41	若狭 成央《ワカサ・ナルオ》	男	不　明	ミリタリーオタク。

1

瞼《まぶた》を開けても、何ひとつ見えなかった。

瞬《まばた》きをひたすら繰《く》り返《かえ》すが、視力はまったく戻《もど》ってこない。自分のせわしない息づかいと、心臓の鼓動《こどう》だけがやたらと大きく響《ひび》く。なにか柔《やわ》らかいものの上に横たわっているようだが、体に馴染《なじ》んだ自分のベッドとは感触《かんしょく》が違《ちが》う。

胸を締《し》め付《つ》けるパニックの予兆が、冷たい液体となって全身に広がり、掌《てのひら》と足裏をじっとりと汗《あせ》ばませる。

なおも両目を瞬《しばた》かせながら、懸命《けんめい》に頭を働かせようとする。

自分の名前は……ユウマ。芦原佑馬《アシハラユウマ》、十一歳。雪花小学校《ゆきはなしょうがっこう》の六年生。

日付と時間は……二〇三二年、五月十三日、火曜日の……たぶん、午後。

そして、ここは………。

濡《ぬ》れた両手を握《にぎ》り締《し》め、記憶《きおく》をさかのぼろうとするが、どうしてこんな暗闇《くらやみ》の中にいるのかさえ解《わか》らない。確か——何かがあったのだ。ここではない、もっと明るくて賑《にぎ》やかな場所で……何かが。

不意に、脳裏《のうり》に幾《いく》つかの情景が立て続けにフラッシュした。

どこまでも続く草原。嬉《うれ》しそうに笑う女の子。恐《おそ》ろしいほど鮮《あざ》やかなブルーの空。

その空が、急に光って……そして。

「あ……あああっ！」

ユウマは掠《かす》れ声《ごえ》で叫《さけ》びながら、本能的に両手を持ち上げ、自分の頭を守ろうとした。

指先が、体のすぐ上で何かにぶつかった。

びくっと手を引っ込めてから、恐《おそ》る恐《おそ》るもう一度触《さわ》る。

薄《うす》いクッションで内張りされた、緩《ゆる》く湾曲《わんきょく》する壁《かべ》——いや、蓋《ふた》。まるで繭《まゆ》か何かのように、ユウマの全身を包《つつ》み込んでいる。

その正体を悟《さと》った瞬間《しゅんかん》、ユウマはようやく自分がどこにいるのかを思い出した。

ここは《カリキュラス》の中だ。

収容した人間に仮想の体感覚《たいかんかく》を与《あた》え、脳から出力される運動命令を読み取る、カプセル型のフルダイブマシン。

そう……ユウマは自分の意思でこのカプセルに入り、ゲームを楽しんでいたのだ。仮想世界が舞台《ぶたい》の、本当の意味でのＶＲＭＭＯ‐ＲＰＧを。

どうしてカリキュラスの電源が落ちているのかは解《わか》らないが、内部のどこかに非常脱出用《ひじょうだっしゅつよう》のレバーがあったはずだ。興奮のあまりほとんど聞き流してしまった、ゲーム開始前のオリエンテーションを思い出しながらカプセルの左下あたりに手を伸ばす。

湾曲《わんきょく》した壁面《へきめん》を探《さぐ》っていると、自動車のドアハンドルのような形状のレバーが指先に触《ふ》れた。恐《おそ》る恐《おそ》る握《にぎ》り、オリエンテーションで言われたとおりにレバー先端《せんたん》のロック解除ボタンを押し込む。

あとはこれを引っ張るだけで、カプセルの蓋《ふた》が開くはずだ。

気のせいか、酸素が薄《うす》くなってきたように思える空気を大きく吸い込み、ユウマはレバーを引こうとした。

その時、どこか遠くで、叫《さけ》び声《ごえ》のようなものが響《ひび》いた気がした。

いや、遠くではない。カリキュラスのカプセルはほぼ完全な防音設計になっているはずだ。その壁《かべ》を貫《つらぬ》いて聞こえてきたということは、外のかなり近い場所で誰《だれ》かが叫《さけ》んだのだ。まるで悲鳴のような大声で。

じっとり汗《あせ》ばむ左手でレバーを握《にぎ》ったまま、ユウマは耳を澄《す》ました。しかし、何秒待ってももう声は聞こえない。

いったい外で、いやこの施設《しせつ》全体で、何が起きているのか。

蓋《ふた》を開けないほうがいい。不意にそんな予感に襲《おそ》われ、ユウマはレバーから手を離《はな》しかけた。

しかし、すぐにしっかりと握《にぎ》り直《なお》す。

この建物——山梨県のぞみ市に新設された大規模アミューズメント施設《アルテア》には、ただ遊びに来たわけではない。オープニング・イベントに、ユウマが通う市立雪花小学校《しりつゆきはなしょうがっこう》の、六年一組の生徒全員が招待されたのだ。

今日、教師二名に引率《いんそつ》されて貸切《かしきり》バスでアルテアを訪《おとず》れた生徒は、ユウマを含《ふく》めて四十一人。その中には親友の近堂健児《コンドウケンジ》や、家が隣同士《となりどうし》の幼馴染《おさななじみ》である茶野水凪《サノミナギ》、そしてユウマの双子《ふたご》の妹、佐羽《サワ》も含《ふく》まれている。

イベントには他にも多くの大人たちが参加していたが、もしこの異常事態が施設全体《しせつぜんたい》に及《およ》んでいるなら、生徒たちの保護にまで手が回っていない可能性がある。おとなしい水凪は泣いているかもしれないし、利《き》かん気な佐羽はむやみと動き回ってしまいそうだ。お気楽なところのある健児だけに二人を任せておくわけにはいかない。

意を決し、ユウマは今度こそ非常脱出用レバーを引いた。

がこっ、という振動《しんどう》とともにロックが外れ、カリキュラスの蓋《ふた》がほんの数センチだけ開いた。

真っ暗だったカプセル内にわずかな光が入《はい》り込んできて、詰《つ》めていた息を吐《は》く。

オレンジ色の弱々しい光は、恐《おそ》らく非常灯だろう。やはり建物全体が停電しているようだ。

ひとまず新鮮《しんせん》な空気を吸おうと、蓋《ふた》の隙間《すきま》に鼻を近づける。

途端《とたん》――。

「…………っ！」

ユウマは思わず顔をしかめた。

冷たい空気には、異質な匂《にお》いが含《ふく》まれている。鼻が曲がるほどの悪臭《あくしゅう》というわけではないが、生臭《なまぐさ》いような金属臭《きんぞくくさ》いような、鼻の奥《おく》にまとわりつく匂《にお》い。軽い吐《は》き気《け》を堪《こら》えながら再び耳を澄《す》ますが、もう誰《だれ》の声も聞こえない。

ユウマは意を決し、右手でカプセルの蓋《ふた》を上に押した。油圧ダンパーの作動音とともに蓋《ふた》が持ち上がり、視界も広がる。

マットレスの上で、ゆっくり体を起こす。

最初に見えたのは、カプセルの正面五メートルほどのところにある、緩《ゆる》く湾曲《わんきょく》する壁《かべ》だった。非常灯の淡《あわ》い光に照らされた壁《かべ》には、【PLAYROOM 01】という文字が大きくプリントしてある。

確かアルテアには、八十基のカリキュラス・カプセルを備えたプレイルームが九部屋あって、ユウマたちは地上二階の一番プレイルームに案内されたのだ。

続いて左右を見る。どちら側にも、ユウマが座《すわ》っているのと同じデザインのカプセルが外向きに整然と並んでいる。

カリキュラス《calliculus》は《蕾《つぼみ》》という意味だとオリエンテーションの時に聞いた記憶《きおく》があるが、その名の通りユリ科植物の蕾《つぼみ》を思わせる細長いカプセルがぐるりと円形に配置されているさまは、まるで全体が一つの花のようだ。しかし、この部屋に入った時は煌々《こうこう》とした照明の下で純白に輝《かがや》いていたカリキュラスがオレンジ色の非常灯に照らされると、昆虫《こんちゅう》のサナギのようにも思えてしまう。

見える範囲《はんい》だけでも二十以上のカプセルが並んでいるが、蓋《ふた》が開いているのは七割ほどで、残りはまだ閉じたままだ。しかも、何があったのか、開いているカプセルのいくつかは激しく損傷してしまっている。

ユウマのすぐ右側の、健児《ケンジ》が使っていたカプセルは蓋《ふた》が開いていて内部は空。佐羽《サワ》と水凪《ミナギ》に割り当てられた左の二台はどちらも閉じたままだが、中にまだ二人が入っているのかどうかは外側からは解《わか》らない。少なくとも、三台とも壊《こわ》れてはいないようだ。

視線をさらに動かす。

直径三十メートルもある巨大《きょだい》な一番プレイルームには、六年一組の生徒たちを含《ふく》めて八十人ものプレイヤーがいたはずなのに、人の姿は見えないし声や物音も聞こえない。先刻の叫《さけ》び声《ごえ》は空耳だったのかと思えてくるが、空気中にはまだ金臭《かなくさ》い匂《にお》いが濃密《のうみつ》に漂《ただよ》っている。

――とりあえず、佐羽と水凪のカリキュラスを開けてみよう。

そう考えたユウマは、カプセルの左側に足を出すと、そこに揃《そろ》えてあるスニーカーを履《は》いた。手すりを掴《つか》み、勢いよく立ち上がった途端《とたん》、軽い立《た》ち眩《くら》みに襲《おそ》われる。それが治まるまで待ち、カリキュラスの側面を取り囲む、幅《はば》六十センチほどの昇降台《ランプ》を慎重《しんちょう》に歩く。

昇降台《ランプ》の先端《せんたん》で立ち止まり、眼下の通路を見回すが、やはり人の姿はない。無意識のうちに足音を殺しながら、短い階段を下りる。

ラバーシートが貼《は》られた通路には、破壊《はかい》されたカリキュラスのものだろう、プラスチックの破片《はへん》やら金属のパイプやらが点々と散らばっている。それらを避《さ》けながら、すぐ左にあるカリキュラスの前まで歩く。

カリキュラスは、使用者のプライバシーに配慮《はいりょ》するためか、床面《ゆかめん》から二メートルほどの高さに設置されているので、身長百五十二センチのユウマは背伸《せ》びしても手が届かない。カプセル側面にある非常開放レバーを操作するためには、昇降台《ランプ》に上る必要がある。まずは妹の佐羽《サワ》のカプセルを開けるべく、階段を上ろうとした——その時だった。

ぴちゃっ、と湿《しめ》り気《け》のある音が聞こえて、ユウマは体を左に向けた。

「あ…………」

喉《のど》から、掠《かす》れた声が漏《も》れた。

緩《ゆる》くカーブする通路の奥《おく》、十数メートル離《はな》れたところに、誰《だれ》かが立っている。

薄暗《うすぐら》い非常灯の下ではほとんどシルエットしか見えないが、下半身はどうにか識別できる。すらりと細い脚《あし》を包むのは膝丈《ひざたけ》の黒ソックスだけで、靴《くつ》は履《は》いていない。華奢《きゃしゃ》な膝《ひざ》のすぐ上に、雪花小《ゆきはなしょう》の制服である白いプリーツスカートの裾《すそ》がある。上半身は暗がりに沈《しず》んでいてまったく見えない。

しかしユウマは、雰囲気《ふんいき》だけで相手の名前が解《わか》った。

六年一組、出席番号二十一番、綿巻《ワタマキ》すみか。

一組のみならず、五年生や四年生にも、すみかにまったく興味のない男子生徒はいるまい。

可愛《かわい》くて、頭が良くて、優《やさ》しくて、大手出版社のファッション雑誌でモデルまでしているのだ。前に立つだけで頭が真っ白になってしまうすみかの美貌《びぼう》に、ほんの少しも魅了《チャーム》されない小学生男子など小学生男子ではない。

もっともユウマは、クラスの多くの男子のようにあわよくば彼氏《かれし》に……などという大それた野望を抱《いだ》いているわけではなく、精神的にも物理的にも距離《きょり》を取ってひっそりと鑑賞《かんしょう》しているだけだ。少なくとも自分ではそう信じている。四年生の時、学校で《クレスト》のアイレンズを落として困っていた時に捜すのを手伝ってくれた時から特別な存在になってしまったことは確かだが、決して片想《かたおも》いをしているわけではない……はずだ。たぶん。

ともあれ、黒のハイソックスを見ただけですみかであることを確信したユウマは、階段から離《はな》れて通路の中央に戻《もど》った。

「わ……綿巻《ワタマキ》さん……？」

呼びかけたその時、プレイルームの照明だけでなく、左手の甲《こう》に貼《は》った《クレスト》の電源まで落ちていることに気付く。

生体電位で駆動《くどう》する薄膜《はくまく》型デバイスであるクレストにバッテリー切れはないし、自分で電源をオフにした覚えもない。

クレストの中央を右手の人差し指で長押《なが》ししながら、ユウマは一歩すみかに近づいた。

同時に、すみかも前に出た。

黒いソックスが、ぴちゃっという音を立てた。

「…………？」

目を凝《こ》らすと、すみかの足許《あしもと》に、黒っぽい液体が広がっているのに気付く。

オイルか何かだろうか、と思ったが化学的な揮発臭《しゅう》は感じない。代わりに例の金臭《かなくさ》さが再び漂《ただよ》ってきて、思わず顔を歪《ゆが》める。

ぴちゃり。

すみかがもう一歩、足を前に進めた。

天井《てんじょう》から降り注ぐ非常灯の光が、胸のあたりまでをぼんやりと照らし出す。男子の制服より少し丈《たけ》が短い水色のジャケットと、えんじ色のネクタイ。しかしその両方に、黒い液体が点々と飛び散っている。

――いや。

非常灯が暗いオレンジ色なので黒く見えるが……あれはもしかしたら、血だろうか。すみかは怪我《けが》をしているのか？

「わ、綿巻《ワタマキ》さん……大丈夫《だいじょうぶ》？」

掠《かす》れ声《ごえ》で呼びかけながら、ユウマはさらに近づいた。もう距離《きょり》は十メートルを切っているが、なぜか妙《みょう》にすみかを遠く感じる。

いつもなら一秒で終わるはずのクレストの起動シークエンスが、なぜか遅々として進まない。

両目に嵌《は》めたアイレンズがオンラインになれば、暗視補正機能を使えるのに。

ひっそりと立つすみかの顔は、まだ見えない。

しかし、右手に何かを握《にぎ》っているようだ。

中央が少しだけ曲がった、白くて太い棒のようなもの。その先端《せんたん》からも、黒い液体がぽた、ぽたと滴《したた》っている。

棒状の物体の、丸みを帯びたラインは工業製品とは思えない。まるで生き物の……人間の、腕《うで》のように見える。肩《かた》から引きちぎられた、子供の腕《うで》。

頭の芯《しん》がじーんと痺《しび》れるのを感じながら、ユウマはすみかの左腕《ひだりうで》を凝視《ぎょうし》した。アルテアを襲《おそ》った事故で切断されてしまった、自分の腕《うで》を持っているのではないかと想像したのだ。しかし、すぐにほっと息を吐《は》く。彼女の左腕《ひだりうで》はちゃんと存在している。

——でも、なら、あの腕《うで》は誰《だれ》のものだろう。

「……わた……まき、さん……？」

ユウマの口から出た声は、自分でも驚《おどろ》くほどか細く震《ふる》えていた。

呼びかけに反応したのか、すみかがもう一歩前に出て、非常灯の光の中に入った。

深く俯《うつむ》けられた顔は、暗い影《かげ》に沈《しず》んでよく見えない。しかし、何かが……どこかがおかしい。

右手で摑《つか》んでいる誰《だれ》かの腕《うで》や、制服に飛び散った血液らしき染《し》み以外にも、いわく言いがたい異様さがすみかの立ち姿から伝わってくる。

　その時、ようやくクレストが起動し、アイレンズの暗視補正機能が自動的にオンになった。非常灯の光が増幅《ぞうふく》され、視界が明るくなる。

　まるで、それを感知したかのように、すみかが急激な動きで顔を上げた。さらさらした前髪《まえがみ》の下の、その顔は――。

　悲鳴を上げるために、ユウマはひゅうっと音を立てて空気を吸い込んだ。時間が細長く引き延ばされ、全てが静止した一瞬《いっしゅん》の中で、ユウマはようやく思い出していた。カリキュラスの中で目覚める前のことを。

　世界初のフルダイブ型ＶＲＭＭＯ‐ＲＰＧ《アクチュアル・マジック》のテストプレイで、何が起きたのかを。

2

「ユウ！　そっち行ったぞ！」

親友の近堂健児《コンドウケンジ》——コンケンの声に、ユウマは右手のショートソードを握《にぎ》り直した。

短い草に覆《おお》われた野原の真ん中。周りには、足を取られるような岩も水たまりも存在しない。

この好条件でまたしても失敗したら、少し離《はな》れたところで見守っている妹の佐羽《サワ》と、幼馴染《おさななじみ》の水凪《ミナギ》に笑われてしまう。

「ＯＫ、任せろ！」

コンケンに叫《さけ》び返し、一直線に突進《とっしん》してくる小さな影《かげ》を凝視《ぎょうし》する。

ゲームを開始してからすでに二時間が経《た》つが、ユウマはようやくフルダイブ環境下《かんきょうか》での動き方を理解しつつあるところだった。

この世界——《アクチュアル《A》・マジック《M》》は、あまりにもリアルだ。青い空と白い雲、彼方《かなた》に連なる薄紫《うすむらさき》の山脈、そして緑の草原といった風景だけでなく、肌《はだ》を撫《な》でていく風の冷たさ、両足で踏《ふ》み締《し》める地面の堅牢感《けんろうかん》までが、現実世界とほとんど変わらない精細さを備えている。

視覚はクレストのアイレンズ、聴覚《ちょうかく》は同じくイヤーピース、触覚《しょっかく》や平衡覚《へいこうかく》はカリキュラスから入力されているはずなのに、まったく違和感《いわかん》がないのは驚異《きょうい》的だ。

デジタルデータで構築された世界にいるとはどうしても思えないせいで、ユウマはいままでずっと、現実世界と同じように動こうとしてしまっていた。しかしそれが間違《まちが》いだったのだ。この世界のユウマは現実の自分よりずっと敏捷《びんしょう》で、力強く、ちょっと転んだくらいでは怪我《けが》もしない。現実の肉体はカリキュラスによって意識と切《き》り離《はな》されているので、カプセルの内側に手足をぶつけてしまうことも有り得ない。

だから、心理的なリミッターを取《と》り払《はら》い、与《あた》えられた運動能力の限界に挑《いど》むつもりで、思い切り動くべきだったのだ。そうしなければ、モンスターに勝つなどどだい無理な話だ。

「むきゅきゅーっ！」

甲高《かんだか》い声で喚《わめ》きながら突進《とっしん》してくるのは、体高が六十センチ近くもある薄《うす》い青色のウサギ。アクチュアル・マジックでは小型モンスターに分類されるらしいが、図体《ずうたい》は水凪《ミナギ》——ナギの家で飼われているセントバーナードの《ドン》と大差ない。しかも青ウサギの額からは、大きめのニンジンほどもある銀色の角が突き出している。あの長さの角を腹に喰《く》らったら、背中まで突き抜けてしまいそうだ。

またしても恐怖《きょうふ》が湧《わ》き上がってきて、ユウマは左手で腹を守ろうとした。しかしそんなことをしていては、一時間もかけて習得した魔法《まほう》が使えない。せめて、頼《たよ》りない革《かわ》の鎧《よろい》ではなく、コンケンのような金属鎧《きんぞくよろい》を装備していれば……と思うが後衛職を選択《せんたく》したのはユウマ自身だ。いまさら泣き言は言えない。

それにそもそも、あの青ウサギはユウマを攻撃《こうげき》しようとしているのではない。

ウサギの頭上には、【ホーンド・グレートヘアー】という固有名と、八割がた減少して赤くなったHPバーが表示されている。コンケンの両手剣で瀕死《ひんし》状態《じょうたい》に追い込まれ、ユウマが待ち構えている場所に逃げてきたのだ。

野《へ》ウサギ《アー》というだけあって、モンスターは鈍重《どんじゅう》そうな図体《ずうたい》に見合わないスピードで突進《とっしん》してくる。間合いがあっという間に三十メートルを切る。しかし、ユウマが使おうとしている魔法《まほう》の射程距離《しゃていきょり》はわずか十メートルしかないので、まだ我慢《がまん》しなくてはならない。

「むっきゅいーっ！」

再び鳴いた青ウサギが、ユウマから見て左に方向転換《ほうこうてんかん》した。

「くそっ！」

毒づき、ユウマも走り始めた。ウサギがいっそうスピードを上げる。追いかけるユウマも、懸命《けんめい》に足を動かす。

一回目の挑戦《ちょうせん》では、ほぼ同じ状況《じょうきょう》で石につまずいて転び、二回目は慎重《しんちょう》に走りすぎたせいで逃げられてしまった。障害物に気をつけるのは当然だが、もっと大事なのはアバターの能力を最大限に発揮することだ。現実世界で運動が苦手だからといって、この世界にまで苦手意識を持《も》ち込む必要はない。

——ビビんな！　もっと早く走れるはずだ！

頭の中で自分を叱咤《しった》し、ユウマは思い切り地面を蹴《け》った。

ぐんっ、と体が加速する。耳許《みみもと》で風が唸《うな》る。現実世界では感じたことのないスピードに目が眩《くら》むが、歯を食いしばってダッシュし続ける。

「がんばれ、ユウ！」「もうちょっとだよ〜！」

後方から、サワとナギの声が追いかけてくる。恥《は》ずかしいなあもう、と思いつつもユウマはいっそう体を前傾《ぜんけい》させる。

逃げるウサギが徐々《じょじょ》に近づく。距離《きょり》が目算で十五メートルを切る。そのタイミングで、空の左手をウサギめがけて突き出す。

ここからが勝負だ。全力疾走《ぜんりょくしっそう》しながら、暗記している四つの呪文《じゅもん》をつっかえずに唱えなくてはならない。

「テネブリス《闇よ》！」

まず《属性詞》を叫《さけ》ぶと、指を広げた左手の前に、濃《こ》い青紫色《あおむらさきいろ》の光球が出現した。

「カペーレ・アニマ《魂の狩り手となり》！」

続けて二語の《形態詞》を叫《さけ》ぶ。光球が変形し、ユウマの左手の何倍も大きく、鋭《するど》い鉤爪《かぎづめ》が生えた幻《まぼろし》の手を作り出す。

同時に、視界の中央に十文字の照準線《レティクル》が出現する。左手を微妙《びみょう》に動かして、照準をウサギの体の中心に合わせる。

同時に、距離《きょり》が十メートルを切った。今度こそ！　と念じながら、ユウマは三たび叫《さけ》んだ。

「イグニス《飛べ》！」

《発動詞》が、わずかなエコーを伴《ともな》って響《ひび》いた。青紫《あおむらさき》に光る幻《まぼろし》の手が発射され、青ウサギに肉薄《はく》し、丸っこい体を鷲掴《わしづか》みにするかの如《ごと》く指が閉じ――。

ぼわん！

という効果音とともに、ウサギの体が青っぽい煙《けむり》となって消滅《しょうめつ》した。

「や、やった！」

と叫《さけ》んだ途端《とたん》、ユウマは地面の窪《くぼ》みに足を取られて転んでしまった。草原に顔から突っ込み、そのままごろごろと派手に転がる。さすがにノーダメージとはいかず、視界左上に浮《う》かぶ自分のHPバーがわずかに削《けず》れたが、そんなのはささやかな代償《だいしょう》だ。

がばっと起き上がり、その勢いのまま真上を振り仰《あお》ぐ。

すると、きらきらと光りながら落下してくるものがあった。

トランプより一回り大きい、一枚のカード。右手に握《にぎ》ったままのショートソードを放り投げ、両手でカードを受け止める。手の中で、光がかすかな音を立てて消える。

カードは紫《むらさき》に透《す》き通《とお》る不思議な素材でできていて、表面に青ウサギの全身が線画で描《えが》かれ、その下に【ホーンド・グレートヘアー】と名前も刻まれている。

「よっ……しゃあああ――っ！」

カードを持った左手と、握《にぎ》り締《し》めた右手を突き上げながら、ユウマは現実世界ではほとんど出したことのない声量で叫《さけ》んだ。

これこそが、職業《クラス》《魔物使《まものつか》い》を選んだユウマの力だ。捕獲呪文《キャプチャーじゅもん》でモンスターを捕《と》らえて、カードに変化させる。いままで遊んできた据《す》え置《お》き機《き》やクレスト用のRPGにもよく出てきた、定番と言っていいクラスだが、実際に捕《つか》まえるのがこんなに大変だとは思わなかった。いや、アクチュアル・マジックもゲームなのだから「実際に」という言い方は正確ではないが、他のどんなゲームよりも苦労したことは確かだ。

「やったな、ユウ！」

という声がしたほうを見ると、大きな剣を背負ったコンケンが両手でサムズアップしながら近づいてくるところだった。

小学六年生にしては大柄《おおがら》な体も、ツンツンした短めの髪《かみ》も、現実世界のコンケンそのままだ。しかも、少し大人っぽい顔立ちまでよく似ている。そのアバターに物々しい金属鎧《きんぞくよろい》と両手剣を装備しているものだから、見かけは完全に戦士だ。

コンケンが差し出した手を握《にぎ》り、立ち上がると、ユウマは親友とハイタッチを——左手にはモンスターカードを持ったままなので右手だけだが——交《か》わした。

「サンキュー、ナイスサポート」

ユウマが礼を言うと、コンケンは顔全体でニカッと笑う。

「そーだろそーだろ。HP削《けず》ったMob《モブ》が逃げる方向を調整すんの、けっこうワザが要《い》るんだぜ」

その自画自賛を、後方から飛んできた女子二人の声が撃《う》ち落《お》とした。

「なーにエラそーなこと言ってんの！」

「成功率、半分くらいだったよね～」

振り向くと、サワとナギが悠然《ゆうぜん》と近づいてくるところだった。

双子《ふたご》の妹サワが選んだ職業《クラス》は、攻撃呪文《こうげきじゅもん》を得意とする魔術師《まじゅつし》。幼馴染《おさなな じみ》のナギが選んだのは、回復呪文《じゅもん》の使い手である僧侶《そうりょ》。どちらも定番の職業だが、コンケンと同じく生身の面影《おもかげ》を残すアバターが、いかにも魔法職《まほうしょく》といった感じのローブを着ているところはなかなか新鮮《しんせん》と言うか、正直かわいいと思わなくもない。

――いやいや、サワは生まれた時から一緒《いっしょ》にいる生意気な妹だし、ナギもそういうアレじゃないから！

と自分に言い聞かせながら、ユウマは二人にも右手で合図した。

「お待たせ、やっとゲットしたよ」

左手に持った紫色《むらさきいろ》のカードを掲《かか》げると、女子二人が興味津々《きょうみしんしん》といった様子で覗《のぞ》き込む。

「へぇー、これがモンスターカードかぁ。ちゃんとウサ公《こう》の絵が描《えが》いてあんだね」

「ウサ公《こう》って、お前なぁ……」

妹の言葉遣《ことばづか》いに苦言を呈《てい》しようとしたが、急に横からナギが顔を近づけてきたので反射的に口を閉じる。

サワは、よく言えばきりっとした、悪く言えばきつめな容貌《ようぼう》だが、ナギはおっとりと穏和《おんわ》な顔立ちをしている。物心がつくかどうかの頃《ころ》から、恐《おそ》らくは自分の顔よりも見てきた顔なのに、ユウマはこの頃《ごろ》、心の準備なくナギに接近されると思考回路に微妙《びみょう》な誤作動が発生してしまうことがある。

そんなユウマの反応を気にする様子もなく、ナギはいつものふんわりした笑顔《えがお》で言った。

「ねえユウくん、試《ため》しに召喚《しょうかん》してみてよ～」

「え、いきなりか？」

「だって、テストプレイ、あと五十分で終わりだよ～」

「うえっ、マジか！」

と叫《さけ》んだのはコンケンだ。視界右下の時刻表示を見ると、確かに午後二時十分を示している。

「ヤベーよ、須鴨《スガモ》たちとどっちが早くボス倒《たお》せるか賭《か》けてんだよなー」

「あんたはまたそういうことを……。何賭《か》けたの」

サワに問われ、コンケンはアバターの額に冷《ひ》や汗《あせ》を滲《にじ》ませながら答えた。

「……明日の給食のチョコプリンを……」

「あーあ、知ーらない。あたし、分けてあげないからねー」

にやにやするサワに向けて、コンケンがぼそっと付け加える。

「……四人分」

「…………はぁ⁉　はあああ――――⁉」

絶叫《ぜっきょう》したサワが、コンケンの襟首《えりくび》を掴《つか》むや、金属鎧《きんぞくよろい》を着《き》込んだ戦士をほっそりした右腕《みぎうで》一本で吊《つる》し上げた。

「ちょっと近堂健児《コンドウケンジ》、なに勝手にあたしたちのプリンまで賭《か》けてんのよ‼」

「わ、悪かった、謝《あやま》るからゲームの中でリアルネームはやめて‼」

じたばたするコンケンの近くでナギが「あ〜らら〜」とのんきな声を出し、ユウマは深々とため息をついた。

「……やらかしたな、コンケン。サワが作ってる《給食デザートランキング・2031》で、チョコプリンは暫定《ざんてい》一位だぞ」

「ちょお！」

吊《つる》し上げていたコンケンを放り投げると、サワはユウマに詰《つ》め寄《よ》ってきた。

「お兄ちゃん、余計なこと言わないでよね‼」

双子《ふたご》なので日頃《ひごろ》は友人たちと同様に「ユウ」と呼ぶが、慌《あわ》てると幼い頃《ころ》の《お兄ちゃん》が出てしまうサワを、ユウマは両手で押し戻《もど》しながら言った。

「まあまあ、コンケンの罪はあとで追及《ついきゅう》するとして、いまは前向きな解決を模索《もさく》するべきだろ。

おいコンケン、その賭《か》けに勝てば、こっちもプリン四つゲットできるんだよな？」

　ユウマが視線を向けると、草原に座《すわ》り込んだ戦士はこくこく頷《うなず》いた。

「そ、そりゃもちろん。須鴨《スガモ》のパーティー四人ぶんのチョコプリンがオレらのもんだぜ」

「…………ほう」

　とサワが怒《いか》りのオーラを引っ込め、

「それ、いいね～」

　とナギが微笑《ほほえ》んだ。

　どうにか妹の怒《いか》りを一時的に収めることに成功したユウマは、急いで右手を持ち上げると、空中で五本の指をすぼめてからさっと広げた。

　でゅりーん、というような効果音が響《ひび》き、空中にメニュー画面が浮《う》かび上がる。現実世界で慣れ親しんでいるクレストのホロウインドウとよく似ているが、ファンタジー世界にフラットデザインのUIは多少の違和感《いわかん》がある。しかし、この《アクチュアル・マジック》はゲームなのだから、メニュー画面は必須《ひっす》の機能だ。

　マップタブに移動し、近隣《きんりん》の地図を表示させると、三人が顔を突き出してきた。

「んーと、ここが最初の街で、ここがオレらがいる草原だろ？　んで、ボスがいるダンジョンがここ、と……」

　コンケンがマップ上で指を動かすと、サワが女の子らしからぬ舌打ちを炸裂《さくれつ》させる。

「ちっ、ダンジョンまではまだけっこう距離《きょり》があるわね。あと五十分でボスまで辿《たど》り着《つ》けるか、微妙《びみょう》だな……」

「しかも、ダンジョンを突破《とっぱ》する時間も必要だしね～」

ナギがおっとりボイスで冷静に指摘《してき》する。

マップから彼方《かなた》の山並みに視線を移し、ユウマは言った。

「確かにちょっと厳しいけど、僕らのレベルそのものはこの草原で充分《じゅうぶん》に上がってる。しかも、ダンジョン内のモンスターは須鴨《スガモ》たちが掃除《そうじ》してくれてるはずだから、ラッシュで突っ走《ぱし》れば追いつける可能性はある！」

「……あのねえユウ」

幼い頃《ころ》から一緒《いっしょ》にあれこれゲームをやってきて、いまではユウマ以上のMMOプレイヤーと化しているサワが、冷静に指摘《してき》した。

「道も解《わか》らないダンジョンをラッシュできるわけないでしょ。Mo《モ》b《ブ》をトレインしまくって、行き止まりで全滅《ぜんめつ》するのがオチよ」

「ちっちっ」

わざとらしく舌を鳴らしながら人差し指を左右に振ると、ユウマはずっと左手に持ったままだった紫色《むらさきいろ》のモンスターカードを改めて三人に示した。

「僕が、街の周りに出る簡単なモンスターじゃなくて、敢《あ》えてこのドめんどくさい青ウサギをキャプチャーしようとしたのには理由が……うぐっ」

サワに脇腹《わきばら》を小突《こづ》かれ、痛みはないものの内臓にリアルな衝撃《しょうげき》を感じて思わず呻《うめ》く。

「とっとと結論言いなさいよ！　時間ないのよ！」

「うひひ、サッペは相変わらずせっかちだなあ……うぐっ」

低学年の頃《ころ》のあだなを口にしたコンケンも、レバーブローを喰《く》らって悶絶《もんぜつ》。その隙《すき》にユウマは急いで説明する。

「えぇーっと、青ウサギ……じゃなくてホーンド・グレートヘアーには《隧道探索《トンネル・サーチ》》っていうアビリティがあって……」

「あのさ～、ユウくん、説明は目的地についてからでもいいかも～？」

ナギに指摘《してき》され、ユウマはいったん口を閉じてから、「確かに」と頷《うなず》いた。

昔からこの四人で行動すると、ユウマが司令塔《しれいとうてき》的な役割を務めることが多いのだが、その実ここぞというところで的確な判断力を発揮するのはナギのほうだ。

――マスコットキャラみたいな見た目なのになあ。

などと大変失礼なことを考えながら、まだ呻《うめ》いているコンケンを引っ張り起こし、ラスボスのダンジョンがある方向を指差す。

「よし、そんじゃまずは移動するぞ。道中のモンスターは極力回避《きょくりょくかいひ》、引っかけてもダッシュで振り切《き》る！」

「よっしゃあ！」

「ハイハイ」

「がんばろ～」

テンションがバラバラな声を出す三人に構わず、「出発！」と叫《さけ》ぶと、ユウマは緑の草原を北へと走り始めた。


二時間の経験値稼《レベリング》ぎで基礎《きそ》ステータスが上がったのか、あるいはさっきの戦闘《せんとう》で開眼したアバター操縦法のおかげか、ユウマは三人に遅《おく》れることなく――それどころか時々引き離《はな》しそうになりながら、ダンジョンまでの約五キロメートルを走り切った。

草原を突っ切《き》り、森に入ったところで運良くＮＰＣの行商人と遭遇《そうぐう》したので、狩《か》りで稼《かせ》いだお金をほぼ全て使って装備を更新《こうしん》した。サワとナギはデザインをじっくり吟味《ぎんみ》しようとしたが、男二人が散々急《せ》かしたのでタイムロスは最低限に収めることができた。

午後二時二十五分――社会科見学という名目のテストプレイが終了《しゅうりょう》する午後三時の、三十五分前。

ユウマたちのパーティーは、最終目的地である森の中の古城に到着《とうちゃく》した。

苔《こけ》むした古城はあちこち崩《くず》れ落《お》ちていて半ば廃墟《はいきょ》の様相だが、テストプレイヤー全員に配布されたガイドブックによれば城の一階にダンジョンの入り口があり、地下には三層構造の迷宮《めいきゅう》が広がっているらしい。

古城の前でいったん立ち止まったユウマたちを、同じテストプレイヤーであろう老若男女《ろうにゃくなんにょ》のアバターが次々に追い越《こ》していく。恐《おそ》らく、マップのあちこちに散らばっていた七百人以上のプレイヤーが、続々と集合しつつあるのだろう。

「……あのさー、あたし思ったんだけど」

魔法の杖《ワンド》を指先で器用に回転させながら、サワが言った。

「須鴨《スガモ》たちとの勝負以前に、他の誰《だれ》かがとっくにボス倒《たお》しちゃってるんじゃないの……？」

「あれ～、サワちゃんらしくないね～」

いつものふんわり口調で、ナギがサワの勘違《かんちが》いを指摘《してき》する。

「ガイドブックに、このテストプレイに限って、ボス部屋はインスタンスだって書いてあったよ～」

「い、インスタントぉ？　お湯をかけたら三分でできるのか？」

ゲーム好きではあるがMMORPGには疎《うと》いコンケンのとんちんかんなコメントに、サワがわざとらしくため息をついた。

「ハァー、あんた小学生からやり直したほうがいいよ」

「しょ、小学生だし……」

「インスタンスっていうのは、自分一人か自分のパーティーだけで攻略《こうりゃく》するマップのこと。今回の場合だと、ダンジョンを突破《とっぱ》して、ボス部屋の入り口を通ると専用のマップにテレポートするのよ」

自分の勘違《かんちが》いを棚《たな》に上げたサワの解説に、コンケンが素直《すなお》に頷《うなず》く。

「へー、じゃあつまり、ボスモンスターもパーティーの数だけ用意されてるってことか」

「そうだよ～」

と、今度はナギが答える。

「ボスを倒《たお》すと、ボス戦のクリアタイムが記録されて、上位のプレイヤーは本サービスで何か特典が貰《もら》えるんだって～」

「ま、マジで！　こんなとこで突っ立《た》ってる場合じゃねーじゃん！」

喚《わめ》いたコンケンが、片手を伸ばしてユウマの短いマントをぐいぐい引っ張った。

「ユウ、オレたちも早く行こうぜ！　何ぼーっとしてんだよ！」

「別にぼーっとしてるわけじゃないよ」

コンケンの手からマントの裾《すそ》を引き抜くと、ユウマは左手に持っていた小型のガイドブックをぱたんと閉じた。

「絶対に失敗したくないから、呪文《じゅもん》を確認《かくにん》してたんだ」

「呪文《じゅもん》……ああ、ペット召喚《しょうかん》のか？」

コンケンの言葉を聞き付けたサワとナギが、瞬時《しゅんじ》に距離《きょり》を詰《つ》めてくる。

「えっ、ウサ公《こう》を召喚《しょうかん》するの？」

「お～、ユウくん、早く～」

「はいはい」

ガイドブックを腰《こし》のポーチにしまい、三人から数歩距離《きょり》を取る。左手で、右胸に装備された専用のホルダーから紫色《むらさきいろ》のカードを抜き出し、高く掲《かか》げる。

《アクチュアル・マジック》では、どんなに簡単な魔法《まほう》でも、原則的に最低三つの呪文《じゅもん》――属性詞、形態詞、そして発動詞を唱えなくてはならない。しかし幾《いく》つか例外もあり、魔物使《まものつか》いが捕獲《ほかく》したモンスターを召喚《しょうかん》する時とカードに戻《もど》す時は、たった一つの呪文《じゅもん》でこと足りる。

だからと言って、適当に唱えていいわけではない。ガイドブックには、召喚呪文《しょうかんじゅもん》を詠唱失敗《ファンブル》すると、ごく低確率だがカードそのものが破壊《はかい》されてしまうこともある……と恐《おそ》ろしいことが書いてあった。あれだけ苦労して捕《つか》まえた青ウサギを、そんなケアレスミスで失ってしまっては泣くに泣けない。

仮想世界のアバターなのに、緊張《きんちょう》で口の中が乾《かわ》いてくるのを感じながら、ユウマは大きく息を吸い、叫《さけ》んだ。

「アペルタ《開》！」

発動詞がシステムに認識《にんしき》され、左手のカードから紫色《むらさきいろ》の光が溢《あふ》れる。複雑な魔法陣《まほうじん》が立体的に展開し、カードが溶《と》けるように消滅《しょうめつ》する。

　魔法陣《まほうじん》の中央がひときわ眩《まばゆ》く輝《かがや》き、そこから斜《なな》め下に向けて光線が放たれた。光線は地面に当たり、溜《た》まるように膨《ふく》れ上がって——ぽん！　とコミカルな音とともに、モンスターが実体化した。

　銀色の角と、淡《あわ》い青色の毛皮を持つ、全長二十センチほどのウサギ。

「…………」

「…………」

　ユウマと同時にしばし無言でウサギを眺《なが》めていたコンケンが、顔を上げて言った。

「…………なんか、ちっさくね？」

「…………うん、小さい」

　これはあれだろうか？　敵が仲間になった途端《とたん》に弱くなる現象……？

　というご主人様の思考を気にする様子もなく、捕獲前《ほかくまえ》の三分の一のサイズに縮んでしまった青ウサギは、つぶらな両目でユウマを見上げ、首を傾《かたむ》けてひと声鳴いた。

「むきゅ？」

　途端《とたん》、女子二人が息を合わせて——。

「かっ……かっわうぃぃぃぃぃ——!!」

　きらきら系エフェクトが飛び散りそうな歓声《かんせい》を上げると、青ウサギに飛びついた。一瞬《いっしゅん》早くサワが地面からすくい上げ、胸にぎゅっと抱《だ》き締《し》める。出遅《おく》れたナギは羨《うらや》ましそうな顔で手を

伸ばし、ウサギの頭を高速なでなでする。

かつては馬上槍《ランス》の穂先《ほさき》の如《ごと》き鋭《するど》さだった角も、先端《せんたん》がころんと丸まっていて、ユウマは一瞬《いっしゅん》このモンスターを選んだ自分の判断を疑いそうになった。しかし、純粋《じゅんすい》な戦闘力《せんとうりょく》に期待して、ホーンド・グレートヘアーを捕《つか》まえたわけではない。最初の街でNPCから聞いた話によれば、このウサギには唯一無二《ゆいいつむに》の特殊能力《とくしゅのうりょく》があるはずなのだ。

相変わらずきゃあきゃあ言っている女子二人のあいだに手を突っ込むと、ユウマは青ウサギの長い耳を摑《つか》んでサワの胸から引っこ抜いた。

「ちょっとお兄ちゃん、そんな持ち方したら可哀想《かわいそう》でしょ！」

「あのなあ、こいつは愛玩用《あいがんよう》のペットじゃないんだぞ」

言い返し、ウサギの顔を覗《のぞ》き込む。

「まだレベル1だけど、やれるよな、お前」

「むきゅっ」

「よし、よく言った」

頷《うなず》くと、ユウマはウサギを地面に下ろした。

魔物使《まものつか》いは、捕獲《ほかく》した使い魔《ファミリア》を音声命令《ボイスコマンド》によって使役《しえき》できる。ユウマはまだレベル7なので使えるコマンドは五種類しかないが、レベルアップしていけばかなり複雑な指示も出せるようになる——らしい。

どうあれ、いまはややこしいことをさせる必要はない。青ウサギに最初の命令を出すべく息を吸い込んだユウマだが、しかしそこでしばし呼吸を止めざるを得なかった。

なぜなら、使い魔《ファミリア》に命令するためには、最初に名前を呼ばなければならないのだ。しかも、ホーンド・グレートヘアー等《など》の種族名ではなく、その個体専用の名前。名付けるのはもちろん、マスターである魔物使《まものつか》い自身だ。

フリーズしたユウマを見て、サワがにんまりと笑《え》みを浮《う》かべた。

「あー、ユウ、まだその子の名前決めてないんでしょ」

「うぐ……」

サワの隣《となり》で、ナギもにっこり微笑《ほほえ》む。

「ユウくん、ペットの名前つけるの得意だもんね～。きっと、ドンの時みたいに可愛《かわい》い名前をつけてくれるよね～」

「うぐぐ……」

確かに、隣《となり》の茶野《サノ》家で飼われているセントバーナードを《ドン》と名付けたのはユウマだ。しかし正確には、ナギの父親がつけた《ドナルド》というしゃれた名前を幼稚園児《ようちえんじ》のユウマが発音できず、ドン、ドンと呼んでいたらいつの間にかそれが定着してしまった、というだけの話である。

実際にはネーミングというものが大の苦手で、ＲＰＧをプレイする時も本名の《ユウマ》をそのまま使うことが多い。使い魔《ファミリア》の名前などおいそれと思いつけるはずもなく、つぶらな瞳《ひとみ》の青ウサギを見下ろしながら、どうしたものかと苦慮《くりょ》していると。

「おい、もう時間ねえぞユウ！」

コンケンが、子供のように足踏《あしぶ》みしながら叫《さけ》んだ。確かに時刻はいつの間にか二時半を回り、テストプレイが終了《しゅうりょう》するまであと三十分弱。ボス戦のタイムアタックに十分を見込《み》むと、二十分以内にダンジョンを突破《とっぱ》しなくてはならない。

「む、むむむむ……」

唸《うな》るユウマを見上げて、ウサギがひと声鳴いた。

「むきゅ？」

「よ、よし……お前は《ムク》だ！」

勢いに任せて叫《さけ》んだ途端《とたん》、女子二人が「えー？　ムクぅー？」「なんだか犬っぽいね〜」と不服そうな声を出したが、無視してメニューを出し、魔物使《まものつか》い専用の《ペット》タブに移動。表示されている捕獲済《ほかくず》みモンスターは当然ホーンド・グレートヘアー一匹だけなので、空白の名前欄をタップし、カタカナで《ムク》と入力。いまのところ変更《へんこう》は不可能なので、この名前を呼び続けるしかない。

幸い、青ウサギ自身は犬っぽい名前を気に入ったらしく、「むっきゅきゅー！」と元気よく鳴きながらその場でぴょんぴょん跳《は》ねた。小さくなってしまったことには不満もあるが、その様子はなかなかに可愛《かわい》らしい。

改めて息を吸い込むと、ユウマは最初の使い魔《ファミリア》に最初の音声命令《ボイスコマンド》を与《あた》えた。

「ムク！　僕を追跡《ついせき》！」

もっと自然に「ついてこい！」と命令したいところだが、追跡命令《フォロー》には「対象」「追跡《ついせき》」の二語が必要だ。幸い命令は正しく認識《にんしき》され、ムクは「むっきゅー！」と叫《さけ》ぶとユウマの足許《あしもと》をぴょんぴょん一周した。

相変わらず羨《うらや》ましそうなサワとナギ、気が急《せ》いて仕方ない様子のコンケンの顔を順に見ると、ユウマは言った。

「それじゃ、ダンジョンに突入《とつにゅう》しよう」

他のプレイヤーたちの姿が一瞬《いっしゅん》途切《とぎ》れたタイミングで、四人は古城の門をくぐった。枯《か》れた生《い》け垣《がき》や干《ひ》上がった噴水《ふんすい》が並ぶ、荒涼《こうりょう》とした前庭を抜けて城館の中に入ると、広大なホールの真ん中に下り階段が黒々と口を開けていた。闇《やみ》の奥《おく》からは、冷たく湿《しめ》った風に乗って、モンスターの唸《うな》り声のようなものが響いてくる。

「うおお……マジモンのダンジョンじゃん……」

階段の下を覗《のぞ》き込んだコンケンが少し掠《かす》れた声を出すと、隣《となり》でナギがくすっと笑った。

「あ～、コンケンくん、もしかして怖《こわ》いの～？」

「こっ、ここ怖《こわ》くねーし！　雪小《ゆきしょう》のダンジョンマスターとはオレのことだし！」

「じゃあ、さっさと行こうぜ。あと二十五分だ」

低学年の頃《ころ》から一緒《いっしょ》に遊んできたユウマは、コンケンが本当は暗くて狭《せま》い場所が苦手なことを知っているが、容赦《ようしゃ》なく背中を押して階段に踏《ふ》み込ませた。

コンケン、ユウマ、ナギ、サワの順で、摩耗《まもう》した石段を足早に、しかし慎重《しんちょう》に下りていく。クレストのアイレンズが作り出す映像の、現実と見まがうばかりのクオリティにはいいかげん慣れたと思っていたが、硬《かた》い石をブーツで踏《ふ》む感触《かんしょく》や、壁《かべ》に刺さった松明《たいまつ》が発する仄《ほの》かな熱のリアルさには改めて驚愕《きょうがく》せずにはいられない。テストプレイを開始して二時間半も経《た》つのに、これは本当にカリキュラス・カプセルが発生させた疑似感覚《ぎじかんかく》なのだろうか、と疑いたくなってしまう。

実はカリキュラスは次元移動装置か何かで、僕らは本物の異世界に転移させられてしまったのでは……などという思考を弄《もてあそ》びながら足を動かし続けていると、ようやく行く手に平らな床《ゆか》が見えた。

そこは、縦横二十メートル以上もありそうな広い部屋だった。ダンジョンのスタート地点だけあって意外と明るく、ユウマたちの他にも三組のパーティーが壁際《かべぎわ》で休憩《きゅうけい》したり、アイテムを整理したりしている。時間的に、彼らはもうボス部屋への到達《とうたつ》を断念してしまったようだが、こちらはそうはいかない。なんと言っても、最高ランクの給食デザートであるチョコプリンが四つも懸《か》かっているのだ。

「……ねえユウ、ほんとにあと十分ちょいで地下三階のボス部屋まで行けるの？　あたしたち、マップも持ってないんだよ」

ゲーム開始時のチュートリアルでは、寄り道をせずにメインクエストをクリアしていけば、ダンジョンの地図を入手できるという話だった。しかしユウマはゲーマーとして、お仕着せのルートを進むことを良しとせず、三時間の大半を経験値稼《レベリング》ぎとお金稼《アーニング》ぎ、そして青ウサギ改めムクの捕獲《ほかく》に費《つい》やしたのだ。

三人の仲間は、ユウマの提案にひと言も異を唱えず乗ってくれた。彼らの信頼《しんらい》を裏切るわけにはいかない。

四角い広間の、正面と左右の壁《かべ》にはアーチ型の出入り口が一つずつ設けられている。どこが次の階に続いているのか、地図なしでは解《わか》るはずもない。しかし――。

足許《あしもと》で黒い鼻先をひくひくさせている使い魔《ファミリア》を見下ろし、ユウマは新たな命令を与《あた》えた。

「ムク！　ダンジョンの終点まで先導！」

「むきゅーん！」

甲高《かんだか》く叫《さけ》んだ青ウサギは、その場で二度ぴょんぴょん跳《は》ねると、右の出入り口めがけて走り始めた。

「あっちだ！」

ムクを追いかけるユウマに、コンケンたちも続く。

アーチをくぐると、その先にはいかにもダンジョンらしい石敷《いしじ》きの通路が延びていた。少し先に四つ角があり、まっすぐ進んだ先では他のパーティーがスライムっぽいモンスターと戦っている。

しかしムクは角を左に曲がると、迷いのないダッシュでさらに奥《おく》を目指した。その足取りは、迷宮《めいきゅう》の構造が解《わか》っているとしか思えない――いや、実際に解《わか》っているのだ。これが、捕獲困難《ほかくこんなん》モンスターたるホーンド・グレートへアーが持つ特殊能力《とくしゅのうりょく》、《隧道探索《トンネル・サーチ》》。ダンジョンなどの地下通路で、《始点先導》《終点先導》《アイテム捜索《そうさく》》《モンスター捜索《そうさく》》《モンスター回避《かいひ》》の五つの特殊命令《とくしゅめいれい》を与《あた》えることができる。終点先導を命令すれば、最短距離《さいたんきょり》でボス部屋に案内してくれるというわけだ。

残念ながら《終点先導》と《モンスター回避《かいひ》》は同時に命令できないので、道中に出現するMob《モブ》とは戦わなくてはならない。しかし終了《しゅうりょう》時間が迫《せま》ったダンジョンには多くのプレイヤーが潜《もぐ》っていて、再湧出間隔《リポップかんかく》を上回るペースでMobが狩《か》られまくっているので、ユウマたちはほとんど戦闘《せんとう》することなく地下一階、地下二階を突破《とっぱ》できた。

長い階段を駆《か》け下《お》り、地下三階に到達《とうたつ》した四人は、眼前に現れた光景を見るやほっと安堵《あんど》の息を吐《は》いた。

巨大迷路《きょだいめいろ》だった一階、二階に対して、三階はやたらと長い通路が延びているだけだったのだ。

目を凝《こ》らすと、突き当《あ》たりに巨大《きょだい》な扉《とびら》が見える。そこを目指してすたこら走っていこうとする青ウサギに、

「ムク、止まれ！」

と命令してその場に停止させる。

つぶらな瞳で見上げてくるムクを抱《だ》き上げると、「ありがとな、また頼《たの》むよ」とねぎらってからユウマは新たな呪文《じゅもん》を唱えた。

「クラウザ《閉じろ》！」

ムクの全身を、召喚《しょうかん》した時と同じ立体魔法陣《りったいまほうじん》が包《つつ》み込む。紫色《むらさきいろ》の光の中で、ムクはみるみる小さくなり、ぽん！　と音を立てて消えた。輝《かがや》く煙《けむり》の中から現れたカードを、ユウマは左手の指先で挟《はさ》み、右胸のホルダーに収納した。

つい「また頼《たの》む」と声を掛《か》けてしまったが、ムクとはこれでお別れになる。テストプレイで上昇《じょうしょう》したステータスや入手したアイテムは、正式サービスでは全てリセットされるとオリエンテーションで明言されていたからだ。一時間にも満たない付き合いだったが、自分でも意外なほどの寂《さび》しさを感じながら、ユウマはカードホルダーをそっと撫《な》でた。

時刻は午後二時四十八分。二分でこの通路を走り抜《はし》ければ、予定どおりテスト終了《しゅうりょう》の十分前にボス部屋に辿《たど》り着《つ》ける計算だ。

サワ、ナギ、コンケンとアイコンタクトし、頷《うなず》き合《あ》うと、再び走り始める。

五百メートルはありそうな通路の各所では、先行していたパーティーが大型のモンスターと戦っている。これ幸いと横をすり抜け、ボス部屋を目指す。

豆粒《まめつぶ》のようだった突き当《あ》たりの扉《とびら》が少しずつ大きくなり、表面を飾《かざ》るドラゴンのレリーフが四人の松明《たいまつ》の光を受けてぎらりと光った、その時――。

「オラァ、待てや近堂《コンド》ォ!!」

という怒鳴《どな》り声が後方から追いついてきて、四人は走りながら振り向いた。追いかけてくる、同じく四人パーティーの先頭に立つプレイヤーを見た途端《とたん》、

「うげっ、須鴨《スガモ》!」

とコンケンが小声で毒づく。

ユウマも、内心でうへぇと思わざるを得なかった。

雪花小《ゆきはなしょう》六年一組に学級内階層というものがあるならば、須鴨光輝《テルキ》はかなり上位に立つ生徒だ。まあまあ背が高く、そこそこ顔も良く、サッカークラブの主将で勉強もできて、クラス委員で親が社長。これで性格も良ければ完璧人間《かんぺきにんげん》だが、本格的な目立ちたがり屋の仕切りたがり屋で、あらゆる局面でリーダーにならないと気が済まず、我《わ》が道《みち》を行くユウマやコンケンとは絶望的に相性《あいしょう》が悪い。

ゆえにユウマたちは極力関わらないようにしているのだが、須鴨は自分より少しばかり背が高いコンケンが目障《めざわ》りなのか、何かと絡《から》んでくるのだ。

「近堂《コンドウ》、ボス部屋にはオレらが先に入るからな！」

仲間を置き去りにするほどの猛《もう》ダッシュでコンケンに並んだ須鴨《スガモ》が、銀色のプレートメイルをがしゃがしゃ言わせながら叫《さけ》んだ。コンケンの鎧《よろい》よりも三割がた重いであろうそれを着《き》込んで全力疾走《ぜんりょくしっそう》する技術と根性《こんじょう》は見上げたものだが、台詞《せりふ》はまったくもって頂けない。

「あのなあガモ、ボス部屋は別空間なんだから、順番なんかどうでもいいだろ」

コンケンに代わってユウマがそう指摘《してき》すると、須鴨は初めて存在に気付いたような視線を向けてきた。

「おい芦原《アシハラ》オトコ、その呼び方やめろって四年の時に言ったよな」

ドスの利《き》いた声に、追いついてきた須鴨の仲間の一人が同調する。

「そーよ芦原、ヘンなあだ名じゃなくて、ちゃんとキャラネームで《ルキウス》って呼びなさいよね！」

振り向かずとも、きんきん響《ひび》く声の主が、学級内階層女子の部の上位ランカー、三園愛莉亜《ミソノアリア》であることはすぐに解《わか》った。いわゆるギャル系で、別に須鴨と付き合っているわけではないのだろうが、教室ではよく二人で聞こえよがしにファッションやら音楽の話をしている。

「はいはい、解《わか》ったよミソ」

ユウマがそう答えた途端《とたん》、

「オラァ！　その呼び方やめろっつったろォ！」

とギャルからヤンキーに豹変《ひょうへん》した愛莉亜《アリア》が叫《さけ》んだ。

のぞみ市は、十年ほど前に山中湖を望む富士山東麓《ふじさんとうろく》に築かれた官民連携《かんみんれんけい》のスマートシティだ。しかし少子化の波には抗《あらが》えず、雪花小学校《ゆきはなしょうがっこう》も五年前に一学年が一クラスだけとなり、来年には近くの小学校と統合されて廃校《はいこう》になることが決まっている。アルテアのオープニング・イベントに招待されたのは、そういう理由もあるらしい。

つまりユウマは、サワ、ナギ、コンケンはもちろん須鴨《スガモ》や愛莉亜とも一年生の時からずっと同じクラスだ。二人も昔は《ガモ》《ミソ》のあだ名を当然のように受け入れていたのになあ……と思いながら、もういちど頷《うなず》く。

「はいはい、三園《ミソノ》さん」

「コラ芦原《アシハラ》、《リア》なら呼んでいいって前から言ってんだろが！」

「いやいやそんな、恐《おそ》れ多《おお》いです三園さん」

この二人をルキウスやリアと呼ぶくらいなら、苗字《みょうじ》呼びのほうが十倍マシだ、と首を縮めていると——。

左側でサワとナギが微妙《びみょう》なトーンのため息をつき、さらに愛莉亜の後方で、誰《だれ》かがくすくすと笑った。

「っ……！」

かすかな笑い声だけ、しかもシステムが再現した合成音声だが、このトーンを聞《き》き間違《まちが》えるはずがない。コンケンと同時に振り向き、目を見開く。

少々露出《ろしゅつ》度《ど》の高い魔術師《まじゅつし》の装束《しょうぞく》を着た愛莉亜《アリア》の後ろで、僧侶《そうりょ》の法衣《ほうい》を優美に翻《ひるがえ》して走るのは
――一組の学級内階層とは別格の高みに存在する美少女、綿巻《ワタマキ》すみかに間違《まちが》いない。

「わっ、綿巻さん……」とユウマが口走り、

「どうして須鴨《ガモ》のパーティーに!?」とコンケンが叫《さけ》んだ。

後ろでサワとナギが微妙《びみょう》な不機嫌《ふきげん》オーラを放出するが、それに構っている余裕《よゆう》はない。

いっぽう須鴨《スガモ》も、考えようによっては相当に失礼なことを言われたのだが、それに気付いた様子もなく高笑いした。

「ハーッハッハ、綿巻さんがオレのパーティーに入るのは当然だろうが！　ろくにクエストもやってないお前ら遊び人パーティーとは格が違《ちが》うんだよ、格が！　解《わか》ったらそこをどけ！」

がしゃん、と左肩《ひだりかた》をぶつけてコンケンを強引《ごういん》に押しのけ、須鴨が前に出る。背中にマウントされた高級そうな剣と盾《たて》が、松明《たいまつ》の光を受けてぎらりと輝《かがや》く。

口ぶりからすると、須鴨たちはメインクエストをきっちりこなしてきたのだろう。充実《じゅうじつ》した装備は、クエストのクリア報酬《ほうしゅう》に違《ちが》いない。しかし、MMORPGでは装備のスペック以上に、プレイヤー本人の技術が重要となる。世界初のVRMMOともなればなおさら――。

張り合おうとするコンケンのベルトを掴《つか》んで引き下がらせると、ユウマは親友に囁《ささや》いた。

「いいさ、先に行かせようぜ。どうせ中じゃ別々なんだ」

「んー、まあ、そうだな」

　不承不承という感じでスピードダウンするコンケンの横を、「おっ先にぃー！」と愛莉亜《アリア》が駆《か》け抜けていき、「芦原《アシハラ》くんたちも頑張《がんば》ってね」と微笑《ほほえ》みながらすみかも続く。その後ろには須鴨《スガモ》パーティーの四人目のメンバー、木佐貫擢《キサヌキカイ》という男子がいたが、ユウマたちとは視線すら合わせようとしない。

　木佐貫は須鴨の取り巻きの一人なのだが、小柄《こがら》で大人しくて、あまり目立つ生徒ではない。裏では須鴨にいじめられているという噂《うわさ》もあるのだが、すみかと同時にパーティーメンバーに選ばれたところをみると、そんなこともないのだろう。灰色のフーデッドマントに革鎧《かわよろい》という装備だけでは、何の職業《クラス》を選んだのかは不明だ。

「チョコプリンの賭《か》け、忘れんなよ近堂《コンド》ォ！」

　先頭をひた走る須鴨がそう叫《さけ》び、背中の剣を抜いた。

　前方では、接近するプレイヤーに反応したのか、竜《りゅう》の浮《う》き彫《ぼ》りが施《ほどこ》された扉《とびら》が重々しい音を立てて左右に開いていく。その奥《おく》は完全なる暗闇《くらやみ》で、まったく見通せない。

「……まったく、リアルネームをあんな大声で叫《さけ》ぶとか、どうしようもないアホね」

　距離《きょり》が開くや、いままで我慢《がまん》強く沈黙《ちんもく》していたサワが小声で毒づいた。すかさずコンケンが振り向き、

「おいサワ、お前もさっき……」

と突っ込みかけるが、虫の居所が悪いサワに一睨《にら》みされ、すぐに前を向く。

先行するパーティーは、須鴨《スガモ》と愛莉亜《アリア》の騒々《そうぞう》しい叫《さけ》び声《ごえ》とともに扉《とびら》の向こうの暗闇《くらやみ》に突入《とつにゅう》し、消えた。
二、三秒遅《おく》れて、ユウマたちも巨大《きょだい》な扉《とびら》をくぐった。視界がブラックアウトしたのは一瞬《いっしゅん》で、すぐに上空から赤い光が降り注ぎ、四人をボスの部屋へと転送した。

ドラゴン型のボスモンスターは、見かけこそリアルだったが、予想していたほどの強敵ではなかった。

オープニング・イベントということで、難易度を下げていたのだろう。両手の鉤爪《かぎづめ》と尻尾《しっぽ》による攻撃《こうげき》は戦士のコンケンが体を張って受け止め、火炎《かえん》ブレスは魔術師《まじゅつし》のサワが《水の防壁《ウオーター・ウオール》》の呪文《じゅもん》で軽減し、それでも少しずつ蓄積《ちくせき》するダメージは僧侶《そうりょ》のナギがきっちり回復する。

明確な役割がなかったのは魔物使《まものつか》いのユウマで、小剣《しょうけん》でドラゴンの脇腹《わきばら》をつついてみたり、最下級の攻撃呪文《こうげきじゅもん》を当ててみたりしたが、どれも大したダメージは与《あた》えられなかった。結局、ボスのＨＰの大部分はコンケンとサワが削《けず》り、戦闘開始《せんとうかいし》から約四分後に、ドラゴンは巨体《きょたい》を赤いパーティクルに変えて四散させた。

雑魚《ざこ》Ｍｏｂ《モブ》相手の戦闘《せんとう》とは違《ちが》う、盛大《せいだい》なファンファーレとともにリザルト画面が表示され、全員のレベルが上がる。しかし、お金や装備、素材アイテムはドロップせず、代わりに銀色のカードが人数分、上空からゆっくりと落ちてきた。

手に取ると、コングラチュレーションズの文字と一緒《いっしょ》に、四分三十三秒というクリアタイムが刻印されている。それを見た途端《とたん》、コンケンがガッツポーズをしながら叫《さけ》んだ。

「こりゃあ勝ったろ！」

もちろんドラゴンに、ではなく須鴨《スガモ》たちにという意味だ。ユウマも内心では七割がた勝利を確信していたが、ここはかぶりを振っておく。

「まだ解《わか》らないよ、ガモたちの装備、こっちより強そうだったからな」

「ＶＲＭＭＯは装備じゃねーよ、腕《うで》だよウデ！」

というコンケンの台詞《せりふ》に、律儀《りちぎ》にサワが突っ込む。

「あんたもバリバリの初心者でしょ、まだ三時間しかプレイしてないんだから」

それを聞いたナギが、思案顔で呟《つぶや》いた。

「そういえば、もうすぐテストの終了時間《しゅうりょうじかん》だけど……このままここにいていいのかな？　それとも、自力で街まで戻《もど》らなきゃいけないとか～？」

「いやいや、それはムリだろ……」

幼馴染《おさななじみ》に歩み寄り、ユウマは再び首を左右に動かした。

「ここから最初の街まで、全力ダッシュしても二十分以上かかるぞ。たぶん、待ってればいいんじゃないか？」

「ん～、それなら……」

内向きに緩《ゆる》くカールした髪《かみ》を揺《ゆ》らし、ナギが首を傾《かし》げた。

「そういうふうにアナウンスが出てもいい気がするけどな～。……ていうか、そもそも……」

現実のナギとよく似た、少し垂れ気味な両目に、仄《ほの》かに不安そうな光が宿る。

「この世界から出たいと思ったら、どうすればいいのかな……？」

「へ？　オリエンテーション聞いてなかったのかよ」

すかさずコンケンが、にんまりしながら指摘《してき》した。

「カル……カルキュリ……」

「カリキュラス」

サワの助け船に、ごほんと咳払《せきばら》いをして続ける。

「カリキュラスの内側の、左下んとこにあるレバーを引っ張れば蓋《ふた》が開くって言ってたろ？」

「あのねえコンケンくん、わたしが言ってるのはその前の段階だよ～」

呆《あき》れ顔《がお》でナギが言うと、コンケンはきょとんとした顔になる。

「へ？　前って……？」

「わたしたちはいま、自分の体を動かせないんだよ。だから、レバーを引く前にアクチュアル・マジックからログアウトして、BSIS《ビーシス》を無効化しないと……」

ナギが言ったBSISとは確か、カリキュラスが持つ《脳信号の中断および走査《ブレイン・シグナル・インタラプト・アンド・スキャン》》機能の略《りゃく》称《しょう》だ。脳から体に発せられる運動命令を回収してゲーム世界のアバターに中継《ちゅうけい》し、同時に生身の体には伝わらないようにする。オリエンテーションで女性ガイドがたった一回だけ口にした言葉を覚えているのだから、ナギはユウマやコンケンよりよほどしっかりと説明を聞いていたらしい。

ともあれ、幼馴染《おさななじみ》の言うことはもっともだ。ユウマたちは、アニメや小説のように肉体ごと異世界に転移しているわけではない。あくまでカプセルの中に横たわり、クレストが作り出す音を耳で聞き、映像を目で見ているだけだ。それなのに自力でカプセルから出られないのは、BSIS《ビーシス》が実質的に肉体を麻痺《まひ》させているからであって、まずはその機能を停止させないと、カプセルの非常脱出用レバーを操作できない。

「……そーいや、ログアウトについては何も言ってなかったね……」

眉《まゆ》をひそめたサワが、右手をピンチアウトしてメニューを出した。システムタブに遷移《せんい》し、すぐにかぶりを振る。

「やっぱり、メニューにログアウト用のボタンはないよ。離脱《りだつ》ポイントみたいなものの説明もなかったし……これってつまり、自分の意思でカリキュラスから……アクチュアル・マジックから出る方法はない、ってことだよね」

テストの点数がいつも自分より少しだけ高い妹の言葉を聞いて、ユウマは少しばかり不安になった。その気持ちを打ち消そうと、平静を装《よそお》って言う。

「まあ、僕たちは招待客だけどテストプレイヤーでもあるわけで、勝手にログアウトされたら困る事情があるんじゃないかな。どっちにせよ、もうすぐテストも終わるはずだしさ」

「そうそう、ナギは心配しすぎなんだよ」

コンケンが調子を合わせ、女子二人が「これだから男は……」的なため息をついた、その時だった。

突然《とつぜん》、四人の足許《あしもと》から赤い光が噴《ふ》き上がり、アバターを包《つつ》み込んだ。視界が赤一色に染まり、床《ゆか》の硬《かた》さが消《き》え失《う》せる。

「うっ、うわっ……！」

コンケンが叫《さけ》び、

「ゆ、ユウくん！」

「お兄ちゃん！」

ナギとサワも声を上げながら同時に手を伸ばした。

ユウマは本能的に二人の手を握《にぎ》ろうとしたが、光は赤から白に変わりながら急激に明るさを増し、妹と幼《おさな》馴染《じみ》の姿を掻《か》き消《け》した。

突然《とつぜん》の浮《ふ》遊《ゆう》感覚。落下しているのか、上昇《じょうしょう》しているのか解《わか》らない状況《じょうきょう》に思わず悲鳴を上げるが、自分の声すら聞こえない。

やがて白い光は上空に去り、下から闇《やみ》が迫《せま》る。本能的に逃げようとしても、自分の体が視認《しにん》できない。意識だけの存在になったユウマを、濃密《のうみつ》な闇《やみ》が呑《の》み込む。

――コンケン！

――ナギ！

――サワ……!!

声にならない声で必死に三人の名前を呼ぶが、誰《だれ》も答えない。ユウマの意識は、漆黒《しっこく》の虚無《きょむ》空間をどこまでも落下していく。

――誰《だれ》か…………!!

ありったけの思念を振り絞《しぼ》ったその呼びかけに。

何者かが答えた気がした。

落ちていく先に目を向ける。

そして、ユウマは《それ》を見た。

ここで記憶《きおく》は途切《とぎ》れている。

3

QLEST《クレスト》。

《Quantum Lamellar Expansive System Terminal《量子薄膜包括システム端末》》の頭字語であり、《紋章《もんしょう》》または《頂点》という意味の英単語Ｃｒｅｓｔと似た音を持つ名称《めいしょう》のこのデバイスは、二〇二八年に発売されるや人々の暮らしを一変させた。

デバイスの本体は、厚さ〇・三ミリ、直径約五センチの多重積層薄膜《たじゅうせきそうはくまく》コンピュータ。柔軟《じゅうなん》に伸縮《しんしゅく》するので、体のほとんどの場所に貼《は》ることができる。生体電位で駆動《くどう》するためバッテリー切れとは無縁《むえん》なこのデバイスは、両耳に装着するマイク兼《けん》イヤホンの《イヤーピース》、両目に装着するカメラ兼《けん》ディスプレイの《アイレンズ》と無線接続することで、完全なユビキタス・ネットワークを実現したのだ。

人体と融合《ゆうごう》したスマートフォンとでも言うべきクレストの普及《ふきゅう》は、日常生活やビジネス、コンピュータ・ゲームにもまた一大変革をもたらした。

視界にサイズ自由の仮想スクリーンを出現させられるので物理的なモニタ装置が不要になり、現実世界の風景に情報を重ねるARゲームも数多くリリースされたが、多くのゲーマーが切望した完全なVRゲーム、つまり全感覚没入《フルダイブ》ゲームを実現するには、クレストをもってしても大きなハードルが存在した。

アイレンズとイヤーピースが作り出す仮想世界でプレイヤーが自由に動き回るには、現実身体の運動を何らかの手段で抑制《よくせい》し、また触覚《しょっかく》や平衡覚《へいこうかく》、深部感覚にも情報を与《あた》えなくてはならない。

そのブレイクスルーを成《な》し遂《と》げたのは、アメリカに本社を置く情報通信企業《じょうほうつうしんきぎょう》《アイオテージ》だった。

プレイヤーの体をカプセル型ユニットに収納し、電界や超音波《ちょうおんぱ》によるハイブリッド生体通信によって脳から出力される運動命令を回収すると同時に体感覚信号《たいかんかくしんごう》を入力する《カリキュラス》テクノロジーである。

アイオテージ社は、カリキュラスを使用した世界初となる全感覚没入型《フルダイブがた》VRMMO‐RPG《アクチュアル・マジック》をも自社開発し、それを中核《ちゅうかく》とする大規模アミューズメント施設《しせつ》を世界の主要都市でオープンさせると発表した。日本の建設予定地に選ばれたのは、富士山《ふじさん》の東麓《とうろく》に存在する人口十四万人のスマートシティ、のぞみ市だった。

二〇三一年五月十三日、アミューズメント施設《しせつ》《アルテア》のオープニング・イベントが開催《かいさい》された。イベントに招待されたのはのぞみ市の住民七百二十人、その中には雪花小学校《ゆきはなしょうがっこう》六年一組の生徒四十一人も含《ふく》まれていた。

イベントは午前十一時三十分に開始され、招待客は女性ガイドによるオリエンテーションを受けたあと、八十人ずつに分かれて割り当てられたプレイルームに移動し、カプセルに入った。

クレストとカリキュラスが実現するフルダイブ型ゲームに、招待客たちは驚愕《きょうがく》し、興奮した。

アクチュアル・マジックのテストプレイは午後三時に終了《しゅうりょう》し、カプセルから出た七百二十人は、深い感動と豪華《ごうか》な記念品を土産《みやげ》にアルテアを後にする——

はずだった。


「うわああああああ‼」

という裏返った悲鳴が、自分の口から発せられていることすらも、芦原佑馬《アシハラユウマ》は意識できなかった。

一番プレイルームの通路に尻餅《しりもち》をつくユウマに向かって、同級生の綿巻《ワタマキ》すみかが一歩、また一歩と近づいてくる。

しかし、誰《だれ》もが無条件に認めるクラス、いや学校一の美少女の顔に、かつての面影《おもかげ》はない。

それどころか、人間の顔ですらない。

艶《つや》やかな黒い前髪《まえがみ》の下、オレンジ色の非常灯の下でも青白く見える顔には——目も、鼻も、口も存在していない。

大怪我《けが》で失ったとか、何かで隠《かく》されているとか、そういう意味ではない。目と鼻と口があるべき場所を、のっぺりとした白い皮膚《ひふ》が覆《おお》っているのだ。

ユウマは真っ先に、クレストによる視覚の上書き《オーバーライト》を疑った。だが、現状のアイレンズの性能では、上書き部分と現実の光景の境目にごくわずかだがノイズが発生してしまう。すみかの顔の輪郭《りんかく》に違和感《いわかん》はないし、それ以前にユウマは、視覚情報の無条件受け入れはオフにしている。

いや……そもそも、この状況《じょうきょう》全てが現実ではないのでは？　まだカリキュラスの中にいて、クレストが作る仮想世界を見ているのでは……？

そんな逃避的《とうひてき》思考を否定するかのように。

のっぺらぼうの綿巻《ワタマキ》すみかが、いきなり歩みを早めた。右手に握《にぎ》った誰《だれ》かの腕《うで》がぶらぶらと揺《ゆ》れ、切断面から鮮血《せんけつ》が垂れる。

——手が届く距離《きょり》まで来たら、絶対にまずいことが起きる。

という直感に従い、ユウマはありったけの精神力を振り絞《しぼ》って立ち上がろうとした。しかし足が言うことを聞かない。もうすみかとの距離《きょり》は五メートルを切っている。

突然《とつぜん》、すみかの顔に変化が起きた。

ゆで卵のような白い顔の下側に、小さな切れ目が生まれた。幅《はば》五センチほどのそれが、音もなく上下に開く。

よかった、少なくとも口はあったんだ……と思えたのは一瞬《いっしゅん》だった。次の瞬間《しゅんかん》、その口が、左右の耳に届かんばかりの大きさでがばっと開いた。すみかの人形のような小顔を横切る巨大《きょだい》な口の中には、小さくて鋭《するど》い歯、いや牙《きば》が上下にぎっしりと並んでいる。

いったんは押し殺《ころ》した悲鳴が、再びユウマの喉《のど》から細切《こまぎ》れに零《こぼ》れた。全身の産毛《うぶげ》が逆立ち、内臓が縮こまる。

血らしき染《し》みが点々とついた白いプリーツスカートと、クラスの女子全員が羨《うらや》んでいた絹のようなロングヘアを激しく翻《ひるがえ》しながら、綿巻《ワタマキ》すみかだった何かが一直線に突進《とっしん》してくる。

目の前の化け物が、すみかの姿と服装を真似《まね》ているだけの別の生物であるという可能性を、ユウマは最初からまったく考えなかった。その理由が、鼻孔《びこう》に届いてくるかすかな香りであることを、ユウマは今更《いまさら》のように悟《さと》った。

柑橘《かんきつ》の爽《さわ》やかさと、ミルクのような甘《あま》さが混ざった綿巻すみかの香り。毎日、教室で彼女とすれ違《ちが》うたびに感じていた香りを、のっぺらぼうの怪物《かいぶつ》もまとっている。

——別に、片想《かたおも》いしてたとかじゃないけど……でも、僕は、ずっと尊敬してた。憧《あこが》れていたんだ。

そんな思考に衝《つ》き動《うご》かされ、ユウマはすみかの名を呟《つぶや》いた。

「……綿巻さん……」

直後、すみかがぐぐっと体を沈《しず》ませ、跳躍《ちょうやく》する素振《そぶ》りを見せた。

「うおあああッ！」

と叫《さけ》んだのは、ユウマではなかった。

誰《だれ》かが右側からユウマを追い越《こ》し、すみかへと突進《とっしん》していく。

反応したすみかが、右手に握《にぎ》っている腕《うで》を猛然《もうぜん》と振り回《まわ》した。

人間の腕《うで》一本の重さは、全体重の六パーセントほどだと何かで読んだ記憶《きおく》がある。あの腕《うで》が小学六年生男子のものだとすれば、平均体重はだいたい四十キログラム。その六パーセントは……二・四キロ。子供の腕《うで》一本とはいえ、二リットルのペットボトルより重いのだ。そんなもので思い切り殴《なぐ》られたら、誰《だれ》だろうとただでは済まない……。

圧縮された一瞬《いっしゅん》の中で、ユウマはそんなことを考えた。

ユウマを助けようとした誰《だれ》かの脳天に、棍棒《こんぼう》代わりの腕《うで》が凄《すさ》まじい勢いで叩《たた》き付《つ》けられた。ドカッ！　と重い音が響《ひび》く。誰《だれ》かがもんどりうって倒《たお》れる光景を、ユウマは予想した。しかし、そうはならなかった。

怪物《かいぶつ》に立ち向かった何者かは、両手に握《にぎ》った細長い棒で、しっかりと腕《うで》を受け止めたのだ。

ユウマの位置からはほぼシルエットしか見えない誰《だれ》かが、顔を少しだけ振り向かせて、再び叫《さけ》んだ。

「逃げろ、ユウ！　外に出て、誰《だれ》か大人を呼んできてくれ！」

その声を聞いて、ようやく気付く。

親友の近堂健児《コンドウケンジ》——コンケンだ。とっくにプレイルームの外に脱出《だっしゅつ》したと思っていた彼も、まだ室内に残っていたのだ。そして、ユウマを助けにきた。低学年の頃《ころ》から、何度もそうしてくれたように。

「コンケン……」

掠《かす》れ声《ごえ》で名前を呼び、ユウマは床《ゆか》に両手をついて、懸命《けんめい》に体を起こそうとした。逃げるためではなく、親友に助太刀《すけだち》するために。

相変わらず状況《じょうきょう》は理解不能だが、少なくとも一つだけ確信、いや決心できたことがある。

ここは仮想世界なんかじゃない。生の、リアルな、現実世界だ。そう考えて行動しないと、自分かコンケン、あるいは二人とも死ぬ。すみかが握《にぎ》っている腕《うで》の持ち主のように。

腹をくくったせいか、今度はなんとか足が脳の命令に従い、ユウマはよろけながらも立ち上がることができた。

素早《すばや》く付近の床《ゆか》を見回し、破壊《はかい》されたカリキュラスの部材であろう、長さ五十センチほどの金属パイプを見つけて拾い上げる。アルミらしく軽いし長さも物足りないが、素手《すで》よりはずいぶんとマシだ。

前方ではコンケンが、ユウマのものよりは頑丈《がんじょう》そうな金属パイプですみかの攻撃《こうげき》をなんとか凌《しの》いでいる。右手に握《にぎ》られた棍棒《こんぼう》代わりの腕《うで》と、鋭《するど》い鉤爪《かぎづめ》の生えた左手による猛攻《もうこう》を棒一本で防ぎ続けられているのは、いっそ不思議なほどだ。

しかし、長続きはしないだろう。小学六年生にしてはかなり体格がいいとはいえ、コンケンもどちらかといえばインドア派で、剣道《けんどう》や格闘技《かくとうぎ》の経験があるわけではないのだ。

「こ……コンケン！　もう少し頑張《がんば》ってくれ！」

アルミパイプを握《にぎ》り締《し》め、ユウマが叫《さけ》ぶと、コンケンが苦しそうな声で答えた。

「何やってんだユウ、早く外に……」

「お前を置いて逃げられるか！」

——まさか、リアルにこんな台詞《せりふ》を叫《さけ》ぶ時が来るなんて。

と頭の片隅《かたすみ》で考えつつ、ユウマは左側の壁《かべ》ぎりぎりのラインで前進した。すみかは通路の内側にいるので、この位置を保てば腕棍棒《うでこんぼう》の振り回《まわ》し攻撃《こうげき》も射程範囲外《しゃていはんいがい》のはずだ。

なんともゲーム脳な発想だが、いまはそんな気休めでもなければ足が動かない。浅い呼吸を繰《く》り返《かえ》しながらどうにか五、六メートル移動し、すみかの後ろに回り込む。

予想どおり、背中側は完全に無防備だった。というより、後ろ姿はもとの綿巻《ワタマキ》すみかと何ら変わらない。しなやかな黒髪《くろかみ》、驚《おどろ》くほど細い背中と腰回《こしまわ》り、すらりと長い足。

ユウマが握《にぎ》っているアルミパイプは、何か強い力で引きちぎられたかのように、先端《せんたん》が鋭《するど》く尖《とが》っている。すみかの胴体《どうたい》のどこにでもこれを思い切り突き刺せば、攻撃《こうげき》は止まるはずだ。

……いや。たぶん、それ以上のことになる。大怪我《おおけが》をするか……あるいは、死ぬ。

ダッシュするために前傾《ぜんけい》していたユウマの体が、再び凍《こお》り付《つ》いた。

——殺す……綿巻すみかを？

——違《ちが》う。あれはもう綿巻《ワタマキ》さんじゃない。何が起きたのかは解《わか》らないけど、綿巻さんは怪物《かいぶつ》になってしまったんだ。誰《だれ》かを殺して腕《うで》を引きちぎり、僕とコンケンも殺そうとしているんだ。

だから…………だから…………。

「ユウ、早く逃げろ！」

懸命《けんめい》の防御《ぼうぎょ》を続けるコンケンが、再び叫《さけ》んだ。

すみかの背中から親友の顔に視線を移した瞬間《しゅんかん》、ユウマは両目を見開いた。

コンケンの顔や胸元《むなもと》、両手には無数の切り傷が走り、血が幾筋《いくすじ》も垂れている。お気に入りのナイロンパーカーもあちこち裂《さ》けて酷《ひど》い有様《ありさま》だ。腕棍棒《うでこんぼう》をガードするのに精一杯《せいいっぱい》で、左手の鉤爪《かぎづめ》による引っ掻《か》き攻撃《こうげき》を、完全には回避《かいひ》できないのだろう。

いまのところ重傷は負っていないようだが、このままでは遠からずそうなる。すみかの人間《にんげん》離《ばな》れした怪力《かいりき》とスピードから繰《く》り出される連続攻撃《れんぞくこうげき》を、まがりなりにも防ぎ続けていることがすでに奇跡的《きせきてき》なのだ。

ここで親友を見捨てるわけにはいかない。

たとえそのために、綿巻すみかを殺すことになろうとも。

「いやだ！」

コンケンの言葉に短く答え、ユウマは今度こそ床《ゆか》を蹴《け》った。

わずか三メートルの距離《きょり》が途方《とほう》もなく長い。しかし、一歩前に出るごとに、すみかの背中は着実に近づく。ショート丈《たけ》のジャケットの裾《すそ》から、白いシャツがちらりと覗《のぞ》く。そこを狙《ねら》って、アルミパイプの尖《とが》った先端《せんたん》を突き出す――。

大きくなびいた黒髪《くろかみ》から、再び甘《あま》い香りが漂《ただよ》った。

ユウマの両腕《りょううで》が、意思を裏切ってびくっと縮こまった。

刹那《せつな》の躊躇《ためら》いを見透《みす》かしたかのように、すみかが右手に握《にぎ》った棍棒《こんぼう》代わりの腕《うで》を猛然《もうぜん》と振り回《まわ》した。その動きは、ユウマにはほとんど見えなかった。

「ぐっ……」

右肩《みぎかた》を凄《すさ》まじい衝撃《しょうげき》が襲《おそ》い、ユウマはひとたまりもなく吹《ふ》き飛《と》ぶと、カリキュラスを支える金属フレームに背中から激突《げきとつ》した。右手から落ちたアルミパイプが、頼《たよ》りない音を立てて床《ゆか》を転がっていく。

一回転した腕棍棒《うでこんぼう》はそのままコンケンをも薙《な》ぎ払《はら》い、通路の反対側の壁《かべ》まで吹《ふ》き飛《と》ばした。

右肩《みぎかた》と背中が燃えているかのような激痛に、体を縮めて喘《あえ》ぐことしかできないユウマの正面で――。

「ふしゅるる……」

というような奇怪《きかい》な声が響《ひび》いた。

懸命《けんめい》に首を動かし、薄目《うすめ》を開ける。ぼやけた視界の中で、白い顔がゆっくりと近づいてくる。無数の牙《きば》を生やした巨大《きよだい》な口しかないその顔に、かつての綿巻《ワタマキ》すみかの美貌《びぼう》が重なった。

微笑《びしょう》を浮《う》かべたすみかの顔が――薄《うす》いピンク色に光る唇《くちびる》が、もう目の前にある。

「ユウ…………っ！」

と名前を呼ぶ親友の声も、

「ふしゅる……」

という餓《う》えたような息遣《いきづか》いも、ユウマには聞こえなかった。ただぼんやりと目を開けたまま、その時を待った。

すみかの唇《くちびる》が、ユウマの顔に触《ふ》れようとした――

刹那《せつな》。

「フラーマ《火よ》!!」

新たな声が高らかに響《ひび》き、すみかが弾《はじ》かれたように顔を上げた。

再び、叫び声《さけごえ》。

「サジータ《矢となり》!!」

この声を聞き間違《まちが》えるはずがない。生まれてから今日まで、何千、いや何万回と聞いてきた、双子《ふたご》の妹、佐羽《サワ》の声だ。

でも、サワはなぜ、アクチュアル・マジックで魔法《まほう》を使うための属性詞や形態詞を叫《さけ》んでいるのか。ここは現実世界だ。何が起きるはずもない。

ユウマの一瞬《いっしゅん》の思考を、三つ目の単語——発動詞が吹《ふ》き飛《と》ばした。

「イグニス《飛べ》!!」

視界の左側が、眩《まばゆ》いオレンジ色に輝《かがや》いた。

轟音《ごうおん》とともに飛来した、長さ三十センチほどの《炎の矢《ファイア・アロー》》が、すみかの左肩《ひだりかた》に突き刺さった。

すみかはもんどり打って倒《たお》れ、何度か転がってから動きを止めた。肩《かた》に刺さった魔法《まほう》の矢はしばらく燃え続けてから消え、嫌《いや》な匂《にお》いの煙《けむり》が立ちこめる。

何が起きたのか、しばらく理解できなかった。

横向きに倒《たお》れているすみかから視線を外し、左側を見上げる。

少し離《はな》れたところにある、蓋《ふた》が開いたカリキュラス・カプセルの中に、誰《だれ》かが立っていた。

非常灯の照射範囲《しょうしゃはんい》から外れていて、人型の影《かげ》しか見えない。しかしそれがサワのシルエットであることは、双子《ふたご》のユウマには即座《そくざ》に解《わか》った。

だが、サワは他の生徒と同じく雪花小《ゆきはなしょう》の制服を着ていたはずだ。なのに人影《ひとかげ》はほっそりした体のラインを露《あら》わにしていて、さらに背中の両側から何か奇妙《きみょう》な……小型の翼《つばさ》のように見えるものが突き出している。

「……サワ……？」

ユウマの弱々しい掠《かす》れ声が聞こえたのか、シルエットはさっとこちらに顔を向けた。再び、鋭《するど》い声。

「お兄ちゃん、アクチュアル・マジックを起動して！」

間違《まちが》いなくサワの声だ。だが、言われたことの意味が解《わか》らない。

フルダイブ型のVRMMO－RPGであるアクチュアル・マジックは、カリキュラスの中でなければ起動できないのだ。事実、オリエンテーションの最中に、クレストにインストールされたクライアント・プログラムをこっそり立ち上げてみようとした時は、警告メッセージが出ただけだった。

しかしサワが、この状況《じょうきょう》で無意味な指示を出すとは思えない。しかも彼女がユウマを《お兄ちゃん》と呼ぶのは、何かに注意を向けすぎて地が出てしまった時だけだ。

「わ……解《わか》った」

ほとんど口の動きだけでそう答えると、ユウマは視界左側から右側へと右手の掌《てのひら》を動かした。仮想デスクトップが展開し、クレストにインストールされているアプリケーションのアイコンが二十個以上も並ぶ。

その右下に表示された最新のアイコン――二重の円と五芒星《ペンタグラム》を組み合わせた、アクチュアル・マジックのそれを、ユウマは放心状態のままタップした。

アイコンが輝《かがや》き、水色の炎《ほのお》と化して燃え上がり――そして、消えた。

「あっ……⁉」

まさかアンインストールされてしまったのか、とユウマは慌《あわ》てた。だが直後、予想だにしない現象に襲《おそ》われ、再び声を漏《も》らした。

「ぐっ……う……！」

左手が、焼けるように熱い。

制服のジャケットとシャツの袖《そで》を肘《ひじ》の上まで捲《まく》り上げると、青い光が溢《あふ》れ出した。手《て》の甲《こう》に貼《は》ったクレストの、複雑な紋章《もんしょう》にも似た回路パターンが、鮮《あざ》やかなブルーに輝《かがや》いている。

クレストの本体である多《た》重《じゅう》積《せき》層《そう》薄《はく》膜《まく》に異常が起きたのか、と考えたユウマは、反射的にそれを手《て》の甲《こう》から剝《は》がそうとした。クレストの厚さはたったの〇・三ミリだが、繰《く》り返《かえ》し貼《は》ったり剝《は》がしたりできるだけの充分《じゅうぶん》な柔軟性《じゅうなんせい》と耐久性《たいきゅうせい》を備えている。

しかし、右手の指先で何度手《て》の甲《こう》を引っ搔《か》いても、薄膜《はくまく》の端《はし》を見つけられない。青い光も、焼けた金属を押しつけられるような痛みもどんどん強くなり、ユウマはクレストを剝《は》がそうとするのをやめて、強く握《にぎ》り締《し》めた左手に右手を重ね、胸に抱《かか》え込んだ。

サワの異様な姿も、倒《たお》れたままのすみかとコンケンのことも頭から吹《ふ》き飛《と》び、早く収まってくれ……とそれだけを念じる。だがそんなユウマを嘲笑《あざわら》うかのように、クレストが発する光も熱も際限なく高まり、溢《あふ》れ出し──。

そして、ユウマは見た。

直径五センチほどしかないはずのクレストの回路パターンが、鮮《あざ》やかなブルーに脈打ちながら左手の甲《こう》から手首へ、そして腕《うで》へと伸びていく。まるである種の生物のように。

「うあっ……!?」

驚愕《きょうがく》の悲鳴を上げながら、ユウマは左手首を強く握《にぎ》り締《し》めた。だが、回路パターンの肥大化は止められない。前腕部《ぜんわんぶ》を肘《ひじ》近くまで這《は》い上がると、両側に回《まわ》り込み、そこでようやく止まる。

青い光が薄《うす》れ、焼け付くような痛みも徐々《じょじょ》に消える。

派手なタトゥーのようになってしまったクレストを、ユウマは啞然《あぜん》と眺《なが》めた。

こんなことが起きるはずがない。クレストは薄膜《はくまく》型コンピュータ、つまり電子デバイスだ。皮膚上《ひふじょう》で変形したり、巨大化《きょだいか》したりする機能など存在しない。絶対に。

本能的な拒否感《きょひかん》に突き動《うご》かされ、右手で左腕《ひだりうで》を何度も引っ搔《か》く。しかし、いつもならすぐに剝《は》がれるはずのクレストの基材が、どんなに強く搔《か》いても爪《つめ》に引っかからない。

……肌《はだ》に、融合《ゆうごう》してる……?

左腕《ひだりうで》を凝視《ぎょうし》しながら、尚《なお》も指を動かしていると。

「そんなことしてる場合じゃないよ、お兄ちゃん!」

再び、緊迫感《きんぱくかん》をはらんだサワの声が響《ひび》いた。それに重なるように、何かが軋《きし》むような音も。

びくっと顔を上げたユウマの正面で——。

綿巻《ワタマキ》すみかが、ゆっくりと起き上がろうとしていた。

燃える矢を受けた左肩《ひだりかた》は惨《むご》たらしく焼け焦《こ》げ、そこから滲《にじ》み出た粘《ねば》り気《け》のある黒っぽい液体が腕《うで》を伝って床《ゆか》にぽたぽたと垂れている。酷《ひど》い怪我《けが》ではあるが、サワの攻撃魔法《こうげきまほう》に直撃《ちょくげき》されてもまだ動けるからには、やはりもうすみかは人間では……少なくとも、小学六年生の女の子ではないのだ。

ぼんやりとそこまで考えてから、ユウマは自分の思考を少しだけ巻《ま》き戻《もど》した。

「…………魔法《まほう》……？」

ぎこちなく顔を巡《めぐ》らせて、後方のカリキュラスの中に立つ妹を見る。

サワは確かに魔法《まほう》を使った。アクチュアル・マジックのテストプレイ中に何度となく撃《う》った火属性の基本攻撃魔法《きほんこうげきまほう》、《炎の矢《ファイア・アロー》》を。

しかし、ここはアクチュアル・マジックの中ではない。ユウマたちが十一年暮らしてきた、現実世界なのだ。絶対不変の物理法則に支配された、魔法《まほう》も奇跡《きせき》も存在しない世界。

視線を右側に動かすと、ユウマと同時に吹《ふ》き飛《と》ばされたコンケンが、通路の反対側に倒《たお》れている。気を失ってしまったのか、項垂《うなだ》れたまま動かないが、出血をともなう怪我《けが》はしていないようだ。

再び正面を見る。

左腕《ひだりうで》から人間の血とは思えない液体を滴《したた》らせ、右手には相変わらず誰《だれ》かの腕《うで》を握《にぎ》ったままの綿巻《ワタマキ》すみかが、口しかない顔でユウマを見据《みす》えている。

その頭上に、数十秒前には存在しなかったものが浮《う》いていることにユウマは気付いた。

横長の、黄色い棒。薄暗《うすくら》がりの中で鮮《あざ》やかに発光するそれは、物理的な実体ではない。アイレンズによって投影《とうえい》されたＨＰバーだ。デザインは、アクチュアル・マジックのそれとまったく同じ。バーの下には、日本語で【綿巻《ワタマキ》すみか】と名前まで書いてある。

本来は青いはずのバーが黄色いのは、数値が半減しているからだ。サワの《炎の矢《ファイア・アロー》》一発でそこまで減ったのか、それとも最初からある程度減っていたのかは解《わか》らない。しかし、あの表示が正しいなら、怪物《かいぶつ》と化したすみかも決して不死身ではないのだ。

……なら、僕は……？

そう考えたユウマは、顔を正面に固定したまま、恐《おそ》る恐《おそ》る視線を左上に向けた。

するとそこに、自分自身のＨＰ／ＭＰバーが出現していた。

表示される名前は【芦原佑馬《アシハラユウマ》】。アクチュアル・マジックで使っていたキャラクターネームではなく本名だが、バーのデザインや字体はやはり同一。

……ここは、まだゲームの……アクチュアル・マジックの中……？

……これはもしかして、ゲームの演出？　趣味《しゅみ》の悪いサプライズ・イベントなのか……？

処理速度が大幅《おおはば》に低下した頭で、ユウマはそんなことを考えた。

しかし、あたかもその思考を読み取ったかのように。

「お兄ちゃん、ここは現実だよ！　もし死んだら、本当に死ぬから！」

背後から、鋭《するど》いサワの声が飛んだ。妹が嘘《うそ》や冗談《じょうだん》を言っているわけではないのだと、双子《ふたご》のユウマは即座《そくざ》に悟《さと》った。

現実世界。

なのに魔法《まほう》が使える。なのにＨＰバーが見える。

いや……。いや、そんなのは些細《ささい》な不条理だ。あんなに可愛《かわい》くて優《やさ》しかった綿巻《ワタマキ》すみかが、人を襲《おそ》う怪物《かいぶつ》になってしまったことに比べれば。

何か、途轍《とてつ》もなく異常なことが起きている。

しかしまずは、この場を切《き》り抜けなければ。すみかは間違《まちが》いなくユウマを殺すつもりだし、そのあとはコンケンに、そしてサワにも襲《おそ》いかかるだろう。そんなことをさせてはならない。

親友や妹のために——そしてすみか自身のためにも。

じりじりと近づいてくるすみかを凝視《ぎょうし》しながら、ユウマは気力を振り絞《しぼ》って立ち上がった。

すみかの腕棍棒《うでこんぼう》に直撃《ちょくげき》された右肩《みぎかた》と、カリキュラスのフレームにぶつけた背中が鈍《にぶ》く痛むが、動けないほどではない。

「お兄ちゃん！」

後ろで、またサワが叫《さけ》んだ。

「もう一度魔法《まほう》を撃《う》つのに、あと五十秒かかる！　それまでに、どうにかしてあいつのＨＰをレッドゾーンまで減らして！」

「ど、どうにかって……」

「大丈夫《だいじょうぶ》、AMを起動したから、お兄ちゃんのステータスも上がってる。右のほうに落ちてる鉄の棒を拾って！」

「み、右……？」

言われるままに見下ろすと、通路の端《はし》に長さ五十センチほどの鋼材が転がっていた。急いで飛びつき、拾い上げる。

破壊《はかい》されたカリキュラスの支持材か何かだろう、どこかに飛んでいってしまったアルミパイプよりずっと重い。しかもパイプではなくフラットバーで、折れた先端《せんたん》が剣のように尖《とが》っている。

本来のユウマの腕力《わんりょく》なら、重さ一キロはありそうな鋼材を振り回《まわ》すことなど絶対にできない。しかし、両手で握《にぎ》った鋼材は、アクチュアル・マジックの中で装備した武器のようにしっくりと腕《うで》に馴染《なじ》んだ。サワの「ステータスも上がっている」という言葉の意味はまだ解《わか》らないが、これなら戦えそうだ。

——戦う？

——綿巻《ワタマキ》すみかと……？

そんな思考が脳裏《のうり》を過《よぎ》り、いや、あれはもう綿巻さんじゃないんだと自分に言い聞かせようとした、その時。

「シャアアアアッ!!」

奇怪《きかい》な咆哮《ほうこう》を迸《ほとばし》らせたすみかが、激しく床《ゆか》を蹴《け》って飛びかかってきた。

右手に握《にぎ》った腕棍棒《うでこんぼう》を、真上から振り下ろしてくる。さっきはひとたまりもなく吹《ふ》き飛《と》ばされたその一撃《いちげき》を、頭上に掲《かか》げた鋼材で受け止める。

激しい衝撃《しょうげき》。負傷した右肩《みぎかた》に鋭《するど》い痛みが走る。しかしユウマは、

「う……おおおっ！」

現実世界では一度も上げたことのないような雄叫《おたけ》びとともに、すみかの腕棍棒《うでこんぼう》を跳《は》ね返《かえ》した。すみかが大きく仰《の》け反《ぞ》る。心を鬼《おに》にして、焼《や》け焦《こ》げた左肩《ひだりかた》に鋼材を叩《たた》き付《つ》ける。

「グシュウッ！」

悲鳴じみた声と、鈍《にぶ》い打撃《だげき》音が同時に響《ひび》いた。再びよろめいたすみかの頭上で、ＨＰバーが一割近くも減少した。

怪物《かいぶつ》と化したすみかは、腕力《わんりょく》こそ凄《すさ》まじいが、防御力《ぼうぎょりょく》はさして高くないらしい。これなら、あと一撃《いちげき》でＨＰをレッドゾーンまで減らせる。

サワに五十秒と言われた待ち時間も、半分は経過しただろう。もう一撃《いちげき》入れて、仰《の》け反《ぞ》らせたところにサワの《炎の矢《ファイア・アロー》》でとどめを――。

…………とどめ？

……僕はいま、綿巻《ワタマキ》さんを殺そうとしているのか……？

その自問に、もう一人の自分が叫《さけ》び返す。

──仕方ないじゃないか！　そうしなきゃ、僕もコンケンも、サワも殺されちゃうんだ！

しかし、迷いは去らない。

……本当にそうか？　本当に、もうそれしかないのか？

……綿巻《ワタマキ》さんを殺して、それで終わりにできるのか……？

「シャアアアアッ!!」

ユウマの躊躇《ちゅうちょ》を嗅《か》ぎ取《と》ったかのように、すみかが吼《ほ》えた。

体勢を回復するや、右手の腕棍棒《うでこんぼう》と左手の鉤爪《かぎづめ》を振りかざし、飛びかかってくる。

迷いが消えたわけではないが、体が勝手に動いた。

今度は棍棒《こんぼう》を受け止めず、右に跳《と》んでかわす。続けて襲《おそ》ってきた鉤爪《かぎづめ》は、体を仰《の》け反《ぞ》らせてやり過ごす。

すかさずユウマは、バットのように鋼材を振り回《まわ》した。重い鋼鉄がすみかの左脇腹《ひだりわきばら》を直撃《ちょくげき》し、肋骨《ろっこつ》が折れる嫌《いや》な感触《かんしょく》が両手に伝わってきた。

「ガバァッ！」

咳《せ》き込むような苦鳴と、どす黒い色の粘液《ねんえき》を口から振りまきながら、すみかが吹《ふ》き飛《と》んだ。

背中から床《ゆか》に叩《たた》き付《つ》けられ、バウンドして動かなくなる。黄色かったＨＰバーは二割を切り、真っ赤に染まる。

「お兄ちゃん、どいて！　魔《ま》法《ほう》でとどめを刺す！」

サワの声が響《ひび》いた。

ユウマは倒れたすみかを凝視したまま、妹に叫《さけ》び返した。

「待て、サワ！　殺しちゃだめだ！」

「何言ってるの！　殺さなきゃ、そいつはいつまでも襲《おそ》いかかってくるよ！」

それは事実だろう。怪物《かいぶつ》と化したすみかを元の綿巻《ワタマキ》すみかに戻《もど》す方法は、少なくともいまはない。

しかし、すみかに鋼材で大ダメージを与《あた》えた瞬間《しゅんかん》、ユウマの頭に一つのアイデアが浮《う》かんだのだ。

腕力《わんりょく》にまったく自信がないユウマが、一キロはありそうな鋼鉄の棒を自在に振り回《まわ》せる理由。

それをサワは、《アクチュアル・マジックを起動したから》だと言った。

ならば――。

ゲーム世界の腕力《わんりょく》だけでなく。

魔法《まほう》も、サワと同様に使えるのではないか。

「テネブリス《闇よ》!!」

鋼材から離《はな》した左手をまっすぐ突き出し、ユウマは叫《さけ》んだ。

手《て》の甲《こう》から肘《ひじ》近くまで伸びるクレストの回路パターンが、鮮《あざ》やかなライトブルーに輝《かがや》き。掌《てのひら》の先に、青紫《あおむらさきいろ》色の光球が出現した。

「お……お兄ちゃん⁉」

後ろでサワが叫《さけ》ぶ。妹に「任せろ」と念じながら、次の呪文《じゅもん》──形態詞を叫《さけ》ぶ。

「カペーレ・アニマ《魂の狩り手となり》！」

青紫《あおむらさき》の光球が形を変え、巨大《きょだい》な手を作り出す。

不意に、視界が霞《かす》んだ。あたかも、魔法《まほう》の手にエネルギーを吸い取られているかのように、全身から力が抜けていく。右膝《みぎひざ》が折れ、がくっと体が沈《しず》む。

しかしユウマは懸命《けんめい》に踏《ふ》み留まった。ここで失敗したら、サワはユウマを守るためにすみかを殺すだろう。妹にそんなことをさせたくはない。

ピントがぶれる視界の中央に、十字の照準線《レティクル》が出現した。左手を動かし、それを倒《たお》れたすみかの体に合わせ──。

「──イグニス《飛べ》‼」

発動詞。

青紫色《あおむらさきいろ》の手が、甲高《かんだか》い共鳴音を放ちながら飛翔《ひしょう》し、すみかの胸に命中した。

鋭《するど》く尖《とが》った指が、心臓を摑《つか》むかのように閉じられた、次の瞬間《しゅんかん》。

ムクを捕獲《ほかく》した時とはまったく違《ちが》う、巨大《きょだい》なガラス塊《かい》が砕《くだ》け散《ち》るような音が轟《とどろ》き、すみかの体が青紫色《あおむらさきいろ》の輝《かがや》きに包まれて消滅《しょうめつ》した。

同時に目の前が暗くなり、ユウマは背中から床《ゆか》に倒《たお》れ込んだ。

「お兄ちゃん！」

サワの声も遠く聞こえる。意識が薄《うす》れていく。

だが、気絶する前に、もう一つしなければならないことがある。

懸命《けんめい》に両目を見開くと、ユウマは左手を伸ばした。

上空から、何かがきらきらと輝《かがや》きながら落ちてくる。それは紫色《むらさきいろ》に透《す》き通《とお》る、一枚の小さなカード。

職業《クラス》《魔物使《まものつか》い》であるユウマが、捕獲呪文《キャプチャーじゅもん》でモンスター《綿巻《ワタマキ》すみか》をキャプチャーした証《あかし》。

震《ふる》える左手でカードをしっかりと摑《つか》んだ直後、今度こそユウマは意識を失った。

4

ぽたり。ぽたり。

冷たい液体が、口の中に滴《したた》ってくる。

意識が完全には回復しないまま、ユウマは反射的に吐《は》き出そうとしたが、その寸前で液体がやけに美味《おい》しいことに気付く。甘《あま》さは控《ひか》えめだがレモンピールのような爽《さわ》やかな酸味があり、貪《むさぼ》るように呑《の》み込んでしまう。

液体が体に染《し》み渡《わた》るにつれ、頭も少しずつはっきりしてきて、ユウマはつぶっていた両目を開こうとした。途端《とたん》、右肩《みぎかた》と背中に焼けるような痛みが走り、低く呻《うめ》く。

「うぐ……」

「まだ動かないで、もっと飲んで」

顔のすぐ近くで誰《だれ》かが囁《ささや》き、再び口にぽたぽたと甘苦酸《あまにがず》っぱい雫《しずく》が垂れてきた。それを必死に喉《のど》の奥《おく》へ送《おく》り込んでいると、痛みが徐々《じょじょ》に薄《うす》らいでいく。

「こんなもんかな……」

再び声が聞こえ、雫《しずく》が止まったので、ユウマは瞼《まぶた》を閉じたまま掠《かす》れ声でおかわりを要求した。

「も……もうちょっと……」

「またあとでね、コンケンも治療《ちりょう》しないと」

声の主が立ち上がる気配。密《ひそ》やかな足音が遠ざかる。

――――コンケン……。

――そうだ……あいつも、怪我《けが》をして……。

まだ半ば霞《かすみ》がかかった頭の中に、突然《とつぜん》いくつかの情景がフラッシュした。

ユウマに背中を向け、両手で鉄パイプを構えるコンケン。頼《たの》もしいその姿が、人形のように呆気《あっけ》なく吹き飛《ふ と》ばされる。奥《おく》の暗闇《くらやみ》から、見慣れた制服を着た、髪《かみ》の長い女の子が姿を現《あら》わす。

その右手には、奇妙《き みょう》な形の生白い棒が握《にぎ》られている……。

「………コンケン……綿巻《ワタマキ》さん……！」

今度こそ両目をいっぱいに見開き、ユウマは弾《はじ》かれるように体を起こした。再び右肩《みぎかた》と背中がずきりと疼《うず》くが、先ほどよりはずっとマシだ。

周囲を見回すと、金属や樹脂《じゅし》の残骸《ざんがい》が散らばる薄暗《うすぐら》い通路や、頭上に並ぶ大型のカプセルが目に入る。ここは――大規模アミューズメント施設《しせつ》《アルテア》の一番プレイルーム。そしてカプセルは、VRMMO‐RPG《アクチュアル・マジック》をプレイするためのフルダイブマシン、《カリキュラス》。

視線を自分の左手に落とすと、仄《ほの》かに発光する水色の回路パターンが肘《ひじ》のあたりまで伸びている。手《て》の甲《こう》に貼《は》られていた量子《りょうし》薄膜《はくまく》デバイス《クレスト》が巨大化《きょだいか》したのだ。

そしてその左手には、一枚のカードが握《にぎ》られている。

「……夢じゃ……なかったのか……」

ユウマの呟《つぶや》きに、先ほど聞こえた声が重なった。

「大丈夫《だいじょうぶ》……気を失ってるだけみたい」

顔を向けると、五メートルほど離《はな》れたところで背を向けてしゃがみ込むほっそりした人影《ひとかげ》と、通路の床《ゆか》で大の字になるもう一人が見えた。倒《たお》れているのはコンケン――近堂健児《コンドウケンジ》。そして、彼の顔を覗《のぞ》き込んでいるのは――。

「………サワ！」

双子《ふたご》の妹の名を呼びながら、ユウマは跳《は》ね起《お》きた。

右手で握《にぎ》ったままだった鋼材を放り出し、左手のカードを上着のポケットにそっと収めると、両足を前に投げ出して座《すわ》り込んだ状態から、床《ゆか》に手を突かずに全身のバネだけで立ち上がる。その動作は、完全なるインドア派であるユウマには到底《とうてい》不可能なはずの芸当だったが、それを意識することなく妹に駆《か》け寄《よ》る。

「サワ！　コンケンは……」

大丈夫《だいじょうぶ》なのか、という言葉は喉《のど》の奥《おく》に引っかかり、出てこなかった。

双子《ふたご》の兄より少しきつめな、よく言えばすっきり涼《すず》しげ、悪く言えば生意気そうな横顔は、間違《まちが》いなく十一年と八ヶ月のあいだ見続けてきた妹のものだ。しかし今朝自宅を出た時から、アルテアに到着《とうちゃく》してカリキュラスに入る瞬間《しゅんかん》まで身につけていたはずの雪花小《ゆきはなしょう》の制服は、上下ともに消《き》え失《う》せている。

代わりに着ているのは、体にぴったり貼《は》り付《つ》く、暗赤色の水着のようなもの。胸と腰《こし》から下だけが覆《おお》われ、両腕《りょううで》とウエストは白い肌《はだ》が露《あら》わになっている。やはり左手のクレストが大型化しているが発光色は赤で、紋章《もんしょう》も肘《ひじ》の上にまで達する。

サワの変化は衣服とクレストだけではない。水着の背中側からは、小さいがコウモリに似た飛膜状《ひまくじょう》の羽《はね》が突き出し、いつも着けている角つきヘアバンドの角も大きくなってしまっているようだ。さすがに尻尾《しっぽ》はないが、全体の印象は、人間というよりも……。

思考をそこで強引《ごういん》に断《た》ち切《き》り、妹から引き剝《は》がした視線を床《ゆか》に横たわるコンケンに向ける。

こちらはダイブ前と同じ格好で羽も角もないが、トレードマークのナイロンパーカーはびりびりに引き裂《さ》かれ、顔や胸元《むなもと》、袖《そで》をまくった前腕部《ぜんわんぶ》にはひっかき傷が無数に走る。腕棍棒《うでこんぼう》に痛《つう》撃《げき》された左の二の腕《うで》には、大きな血の染《し》み。

全て、怪物《かいぶつ》になってしまった六年一組のアイドル、綿巻《ワタマキ》すみかにつけられた傷だ。

ユウマが呆然《ぼうぜん》と立《た》ち尽《つ》くしていると、コンケンの傷を確認《かくにん》していたサワが、羽が生えた背中を向けたまま言った。

「息はしてるし、内臓がどうにかなってる様子もない。けど……左腕《ひだりうで》は折れてるね」

「お……折れ……って、骨折してるのか……？」

「そう言ってるでしょ」

短く息を吐《は》き、サワは一瞬《いっしゅん》だけ顔を左上に向けた。ユウマもつられてそちらを見上げたが、プレイルームの暗い天井《てんじょう》があるだけだ。

「……？」

視線を戻《もど》すと、サワがコンケンの顔に右手を伸ばしたところだった。苦しげに引き結ばれた口を摑《つか》んで少しだけ開かせ、そこに左手の人差し指を近づける。

「お、おいサワ、何を……」

「黙《だま》って見てて」

ユウマの言葉を遮《さえぎ》り、サワは鋭《するど》く息を吸い込むと――。

「サークラ《祝福よ》」

サワの左腕《ひだりうで》に走る模様――クレストの回路パターンが、ピンクがかった紫色《むらさきいろ》に輝《かがや》いた。

「ロース《雫となり》」

淡《あわ》いピンク色の光が指先に宿り、液体の如《ごと》く揺《ゆ》れる。

「カーサス《滴れ》」

三つ目の言葉が響《ひび》くと同時に、薄桃色《うすももいろ》に輝《かがや》く雫《しずく》が指先から滴《したた》り、コンケンの口に流《なが》れ込んだ。

最初はまったく反応がなかったが、二滴、三滴と続くと唇《くちびる》が小さく震《ふる》え、喉《のど》が動き始める。

その様子を見て、ユウマはようやく悟《さと》った。数分前、コンケンと同じように気を失っていたユウマの口に流《なが》れ込んできた、甘苦酸《あまにがず》っぱい液体はこれだ。そしてサワが唱えた三つの言葉は、アクチュアル・マジックの世界で魔《ま》法《ほう》を使うための呪文《じゅもん》。それが何の魔《ま》法《ほう》なのかすら、ユウマには判別できる。

「サワ……お前それ、《癒しの雫《ヒーリング・ドロップ》》の魔《ま》法《ほう》だよな……。でも、ここ、現実世界………」

「あのねえユウ、いまさら何言ってんの」

コンケンの口に光の雫《しずく》を滴《した》らせながら、サワが呆《あき》れ声を出した。

「あたしさっき、《炎の矢《ファイア・アロー》》も使ったでしょ。ていうかそれ以前に、ユウも《掴む手《グラスピング・ハンド》》を……」

そこでサワは不自然に言葉を途《と》切《ぎ》れさせたが、三つ目の魔《ま》法《ほう》名《めい》を聞いた瞬間《しゅんかん》、ユウマは鋭《するど》く息を吸い込んでいた。

《掴む手》は、職業《クラス》《魔《ま》物《もの》使《つか》い》だけが使える捕獲呪文《キャプチャーじゅもん》だ。射程はわずか十メートル、ホーミング機能もないが、HPがある程度減少しているモンスターに命中すれば、カード化して使い魔《ファミリア》にできる。

気を失う直前、ユウマは確かにその魔《ま》法《ほう》を使った。対象は、モンスターではなく、ユウマとコンケンに大《おお》怪《け》我《が》を負わせた……。

「う……うう、う……」

不意に低い呻《うめ》き声が聞こえ、ユウマは足許《あしもと》を見た。

通路に寝転《ころ》がるコンケンが、眉《み》間《けん》をぴくぴく、口をもごもごさせている。ぽたり、ぽたりと滴《したた》る雫《しずく》を貪《むさぼ》るように呑《の》み下《くだ》す様子は、自分もこうだったとは思いたくないほど子供っぽい――と言うか赤《あか》ん坊《ぼう》っぽい。

――これは絶対に録画しておいて、あとで脅迫《きようはく》の材料にしないと。でもクレストがこんなになっちゃっても、元の機能を使えるのかな。

などとぼんやり考えていると、コンケンがカッと両目を見開いた。

「う……う……うまいぞ――！」

光線が出そうな勢いで叫《さけ》ぶ口を、サワが左手でばしっと押さえる。

「でかい声出すな！　やばいのが寄ってきたらどうすんのよ！」

低い声で叱《しか》られたコンケンが、十回近く瞬《まばた》きを繰《く》り返《かえ》してから、まずサワを、次にユウマを見た。

「……もごご……もご……？」

何か言いたげなコンケンの口をなおもしっかり塞《ふさ》いだまま、サワは「もういっかいデカ声を出そうとしたら《沈黙《サイレンス》》の魔法《まほう》かけるからね」と囁《ささや》き、ようやく左手を外した。

「……サワと……ユウ……？」

律儀《りちぎ》に同じ言葉を繰《く》り返《かえ》したのであろうコンケンに、双子《ふたご》は同時に頷《うなず》きかけた。五年以上の付き合いの親友は、二人を交互《こうご》に見ながら続けて呟《つぶや》く。

「……でも……お前ら、なんか、感じが……」

サワを見てそう思うのは当然だろう。頭には角、背中には羽、制服は水着になってしまっているのだから。しかしユウマに起きた異変は左腕《ひだりうで》の大型化したクレストだけで、しかもいまは袖《そで》で隠《かく》れている。

そのはずだよな、と思いながら自分の体を見下ろすが、雪花小《ゆきはなしょう》の制服である白シャツに水色のノーカラージャケット、青墨色《あおずみいろ》の七分《しちぶ》丈《たけ》パンツという格好に変化はない。

「それよりコンケン、体、大丈夫《だいじょうぶ》か？」

疑問を棚《たな》上げしてそう訊《たず》ねると、コンケンは両手で自分の顔や胸元《むなもと》をぺたぺた撫《な》で回《まわ》した。

それを見てようやくユウマも、あれほど酷《ひど》かったコンケンの顔や胸のひっかき傷が薄《うす》く痕跡《こんせき》を残すだけになり、骨折したはずの左腕《ひだりうで》も問題なく動いているのに気付いた。さすがにナイロンパーカーのかぎ裂《ざ》きはそのままだが。

「お……おう、左腕《ひだりうで》がまだちょっといてーけど、骨は平気みてーだ。綿巻《ワタマキ》にぶったたかれた時、ボッキリいった気がした……けど…………」

そこまで言ったコンケンは、一瞬《いっしゅん》ぽかんとした表情になると、その顔を徐々《じょじょ》に青ざめさせた。

「……綿巻……。ユウ、あれ、綿巻だった……のか……？」

親友のすがるような目つきに、反射的に「違《ちが》う」と答えかけた口を、ユウマはぎゅっと引き結んだ。

一組男子の例に漏《も》れず、雪花小一《ゆきはなしょういち》の美少女にコンケンも憧《あこが》れていたはずだ。互《たが》いに恋《こい》バナをするような仲ではなかったが、去年の運動会の時にすみかと並んで撮《と》ることに成功したたった一枚のツーショット写真を、コンケンがクレストの奥深《おくふか》くに大切に保存していることをユウマは知っている。

だが、ここで誤魔化《ごまか》してても、あとでより大きなショックを与《あた》えるだけだ。親友だからこそ、真実を伝えなければならない。

「……うん、あれは綿巻《ワタマキ》さんだった」

「でも……でもよ、顔がなかっただろ……。それに、オレやユウを棒でぶっ叩《たた》いて……」

コンケンは記憶《きおく》が曖昧《あいまい》なようだが、すみかが振り回《まわ》していたのはただの棒ではなく、肩《かた》から引きちぎられた人間の腕《うで》だった。しかも、恐《おそ》らくは、六年一組の誰《だれ》かの。

そう告げるべきか否《いな》か迷っていると、コンケンは左腕《ひだりうで》をかばいながら起き上がろうとした。手を貸し、ゆっくり立たせる。

「……ユウ。綿巻さんは、どうなったんだ？」

ツンツン尖《とが》った前髪《まえがみ》の下の顔が、記憶《きおく》にないほど不安そうに強張《こわば》っているのを見て、ユウマは腹をくくった。

「死んでは……殺してはいない」

「そ、そうか……。──でも、なら、二人で綿巻さんを撃退《げきたい》したのか？　あんなとんでもねえパワーだったのに、どうやって……」

そこまで言いかけて、コンケンはやっとサワの異変に気付いたのか、ぱちくりと瞬《まばた》きした。

次いで、先刻自分を癒《いや》した液体の味を再確認《さいかくにん》するかのように口をもごもごさせる。

「……魔法《まほう》？　サワ、お前さっき、オレに回復魔法《かいふくまほう》使ったよな？　……てことは、ここはまだ仮想世界なのか？　綿巻《ワタマキ》さんも、魔法《まほう》で怪物《かいぶつ》に……？」

「…………」

目も鼻もない怪物《かいぶつ》になってしまったすみかを目撃《もくげき》した瞬間《しゅんかん》、ユウマも真っ先にそう考えた。カリキュラスから出たつもりで、実はまだカプセルの中にいるのではないか――ここは精緻《せいち》に再現された、仮想のアルテアなのではないか、と。

事実、いまユウマの視界左上には、【芦原佑馬《アシハラユウマ》】という名前と青いＨＰバー、緑のＭＰバーが表示されている。ＨＰバーは二割ほど、ＭＰバーは三割以上も減っているが、それは右肩《みぎかた》と背中の打撲《だぼく》が完治していないから――そして《摑む手《グラスピング・ハンド》》の魔法《まほう》を使ったからだろう。

ふと、ああそうか……と思う。さっき、コンケンを魔法《まほう》で治療《ちりょう》する直前にサワが視線だけを左上に動かしたのは、天井《てんじょう》ではなく自分のＨＰ／ＭＰバーを見たのだ。つまり妹の視界にも、ユウマと同じくアクチュアル・マジックのＵＩが表示されている。

「……サワ」

ユウマは振り向き、妹の名を呼んだ。

「なに？」

「お前さっき、僕がAMを起動した時、ここは現実だ、って言ったよな。ここで死んだら本当に死ぬって……あれ、何か根拠《こんきょ》あったのか？」

するると、角と羽を生やした妹は、珍《めずら》しく視線を逸《そ》らして頷《うなず》いた。

「うん……ある」

「どんなだよ……？」

と訊《き》いたのは、壁《かべ》に寄りかかるコンケンだった。サワは目を伏《ふ》せたまま、早口で答えた。

「あんたたちも知ってると思うけど、この……」

右手の親指を、通路の斜《なな》め上に並ぶカプセル群に向ける。

「……カリキュラスがプレイヤーに与《あた》える仮想感覚は、体感覚《たいかんかく》と平衡覚《へいこうかく》だけなの。視覚はクレストのアイレンズから、聴覚《ちょうかく》はイヤーピースから入力されるけど、味覚と嗅覚《きゅうかく》はまだサポートされてない。つまり、味や匂《にお》いを感じたら、そこは仮想世界じゃないってこと」

「…………」

サワの言葉を聞くやいなや、ユウマとコンケンは同時に鼻をひくつかせた。

そのつもりで嗅《か》ぐと、薄暗《うすぐら》いプレイルームの空気には膨大《ぼうだい》な匂《にお》いが含《ふく》まれている。真新しい機械類が放つグリスの匂《にお》い、樹脂《じゅし》や接着剤《ざい》のケミカルっぽい匂《にお》い、そして——金臭《かなくさ》い血の匂《にお》い。

確かにこの感覚は、アクチュアル・マジックの草原やダンジョンにはなかったものだ。

しかしいっぽうで、これほどの異常事態なのだから、カリキュラスの性能だって変わってしまってもおかしくない気がする。いや……この状況《じょうきょう》を現実だと認めるよりは、カリキュラスが誰《だれ》も知らないうちにアップデートされていたのだと思うほうが、まだ説得力があると言うべきか。

自分の目で見ているものが信じられないなんて……とぼんやり考えた、その時。

ユウマはもっと簡単に仮想と現実を見分ける方法があることに気付き、声を上げた。

「あ……なんだよ、そうじゃん……」

「どうした、ユウ？」

顔を覗《のぞ》き込んでくるコンケンに、自分の目を指さしてみせる。

「アイレンズだよ。もし僕らが見ている光景がデジタルデータなら、アイレンズを外せば全部消えるはずだ」

「お……おお、そらそうだ」

呟《つぶや》いたコンケンと同時に、ユウマも仮想デスクトップの左下にあるシステムメニューのアイコンを押した。

多重積層薄膜《たじゅうせきそうはくまく》コンピュータ《クレスト》は、皮膚《ひふ》に貼《は》る本体と、両目に装着するアイレンズ、両耳に装着するイヤーピースが三位一体《さんみいったい》となったデバイスだ。視覚情報を入力するためのアイレンズを外せば、現実ではないものは全て見えなくなる。

形状、材質的によく似ているソフトコンタクトレンズを外すには、自分の指で眼球表面から摘《つま》み取《と》る必要があるらしいが、クレストのアイレンズにそんな恐《おそ》ろしい作業は必要ない。下を向き、目の下に掌《てのひら》を置いて、もう片方の手でメニューの中のアイレンズ剝離《はくり》ボタンを押せば、吸着力がなくなって目からぽとりと……。

「………あれ」

落ちてこない。右目レンズの剝離《はくり》ボタンを繰《く》り返《かえ》し押すが、レンズが剝《は》がれ落《お》ちる時の目がすうっとする感覚も、掌《てのひら》に小さなレンズが落下する感覚も訪《おとず》れない。

「無駄《むだ》よ」

隣《となり》で、サワがそう囁《ささや》いた。言葉の意味を問《と》い質《ただ》そうとしたが、親友の呻《うめ》き声が聞こえたので急いで振り向く。壁《かべ》から離《はな》れたコンケンは、右手の掌《てのひら》を上に向けたまま、しかめっ面《つら》で周囲を見回している。

「コンケン、レンズ取れたのか⁉」

「そりゃ取れたよ。でも、景色はそのままだ。壊《こわ》れたカリキュラスも、ビリビリになったオレのパーカーも……これ、気に入ってたんだけどなぁ……」

——つまり、ここはやはり現実世界だということだ。九割がたそうだろうと思っていたが、それが十割になったことを受け入れるべく深呼吸していると、再びサワが囁《ささや》いた。

「ユウのアイレンズが取れないのは、クレストと同じで体と融合《ゆうごう》してるから。言っとくけど、イヤーピースも同じだから、無理に取ろうとしないで」

「へっ……」

慌《あわ》てて右耳を指先で探《さぐ》るが、耳介《じかい》の溝《みぞ》に嵌《は》めた超小型《ちょうこがた》マイク兼スピーカーは、完全に皮膚《ひふ》と融合《ゆうごう》してしまっている。呆然《ぼうぜん》とするユウマの手を摑《つか》んで耳から遠ざけさせると、サワはコンケンに言った。

「コンケン、早くアイレンズを戻《もど》して。それ、マジで生命線だからね」

「お……お、おう」

こくこく頷《うなず》いたコンケンは、レンズを再び両目に装着すると、何度か瞬《まばた》きを繰《く》り返《かえ》してから呟《つぶや》いた。

「全部……現実、なのかよ……」

左腕《ひだりうで》を持ち上げ、ゆっくり曲げ伸ばしする。

「……まあ、まだ肘《ひじ》がズキズキするしな……。あと……」

いきなり自分の股間《こかん》をまさぐり、

「……ついてるし」

ああなるほど、と思う。どういう種類の配慮《はいりょ》なのかは不明だが、アクチュアル・マジックのアバターは、あるべきものが再現されていないのだ。ユウマは納得《なっとく》したが、サワは冷ややかな顔でコンケンの右スネを蹴飛《けと》ばした。よく見れば、その足に履《は》いた靴《くつ》もいつものスニーカーではなく、爪先が鉤爪状《かぎづめじょう》に尖《とが》ったブーツの如《ごと》く変化している。

「いでっ……」

「アホ近堂《コンドウ》、そんなんで納得《なっとく》できるなら、あたしが体感覚《たいかんかく》のことを説明したり、アイレンズを外したりする必要なんてなかったじゃない」

「これは、念のための確認《かくにん》っつうか……」

蹴《け》られたスネを押さえながら、コンケンはサワの顔をまじまじと見上げた。

「……何よ？」

「いや、そんなカッコでも、本物のサワだと思ってさ……。──つうことは、あの綿巻《ワタマキ》さんも本物……ってわけか……」

視線をユウマに移し、

「……なあ、ユウ。綿巻さんは……どうなったんだ？」

「…………」

二秒ほど唇《くちびる》を噛《か》んでから、ユウマは左手を上着の左ポケットに入れ、一枚のカードを取り出した。

半ば透《す》き通《とお》る紫色《むらさきいろ》のカードに、銀色の細線で描《えが》かれているのは、正面を向いて立つ女の子の上半身。長いストレートヘア、ほっそりした輪郭《りんかく》、しかし顔には目も鼻もなく、口だけが異様に大きい。雪花小《ゆきはなしょう》の制服に飛び散る血の染《し》みまでもが、仔細《しさい》に再現されている。

線画の下には、くっきりとした文字で──【綿巻すみか】。

ユウマは無言で、そのカードをコンケンの顔の前にかざした。

訝《いぶか》しげに眉根《まゆね》を寄せた親友の両目が、限界まで見開かれる。そのまま唇《くちびる》を激しくわななかせ、いやいやをするように何度もかぶりを振る。

「コンケン。あたしは、すみかちゃんを止めるには魔法《まほう》で殺すしかないって思った」

サワが静かに語りかけると、コンケンは青白い顔をそちらに向けた。

「でも、ユウはそれを拒否《きょひ》したの。もう立ってるのも限界だったのに……自分が殺されるかもしれなかったのに、すみかちゃんを《掴む手《グラスピング・ハンド》》の魔法《まほう》でキャプチャーした。すみかちゃんを助けるためにね。そうでしょ、ユウ」

問われたユウマはゆっくり頷《うなず》き、カードを自分の胸に押し当《あ》てた。

「うん……。キャプチャーが成功すれば、ひとまず綿巻《ワタマキ》さんは止められるし、カード化してるあいだに、元の綿巻さんに戻《もど》す方法が見つかるかもしれない。僕は、その方法を見つけたい。手伝ってくれ、コンケン」

最後のひと言が、何らかのキーワードだったかのように。

コンケンの顔に血の気が戻《もど》り、次いで両目に意思の光が宿った。

——こいつは、昔からこうだった。自分のためよりも、友達のために何倍も頑張《がんば》っちゃう奴《やつ》なんだ。

僕はたぶん違《ちが》う、という思考を頭の片隅《かたすみ》に押しやり、ユウマはじっと親友の顔を見た。

一度深呼吸したコンケンは、両手を持ち上げて自分のほっぺたを勢いよく叩《たた》いた。まだ左腕《ひだりうで》が痛むのか一瞬《いっしゅん》顔を歪《ゆが》めたものの、落ち着きを取《と》り戻《もど》した声で――。

「解《わか》った。やろうぜ、ユウ、サワ。何がどうなってるのかサッパリだけど……オレたちは生きてるし、歩けるし、考えられる。だったら、いつまでもヘタッてられねーよな」

そう言うや、握《にぎ》った右手を突き出してくる。

「おう」

と頷《うなず》くと、ユウマはコンケンの右手に自分の拳《こぶし》をぶつけた。いつもやっている軽いフィストバンプ――のつもりだったのだが。

「いって!!」

コンケンが顔を歪《ゆが》めて呻《うめ》くので、思わず苦笑《くしょう》してしまう。

「大げさだなあ……そんなギャグやってる場合じゃないだろ」

「ギャグじゃねーよ！　マジいてーし……メリケンでも握《にぎ》ってんじゃねーだろーな」

「んなわけないだろ」

右手をパーにしてコンケンの鼻先につきつけていると、隣《となり》でサワが言った。

「痛くて当然よ。いまのコンケンは素の人間だけど、ユウは魔物使《まものつか》いだから」

「す、スのニンゲンって……当たり前だろそんな……の……」

言葉を減速させたコンケンは、ユウマの顔をまじまじと眺《なが》めてから、サワを横目で見やった。

「……それ、もしかして、コスプレじゃないのか……？」

「はあ？　この状況《じょうきょう》でコスプレなんかするわけないでしょ近堂《コンドウ》！」

再びコンケンの足を蹴《け》る振りをしてから、サワはユウマを見て言った。

「あたしはこのアホを覚醒《かくせい》……ジョブチェンジさせておくから、ユウはナギを起こしてきて。まだカリキュラスの中にいるはず。もう怪物《かいぶつ》は出てこないと思うけど、いちおう気をつけて」

「あ……う、うん」

頷《うなず》き、通路を歩き始めたユウマの背後で、コンケンが「ジョブチェンって何だよ」と怯《おび》えたような声を出している。その単語を聞いて、ようやくユウマも先刻コンケンがフィストバンプを痛がった理由を悟《さと》る。

ユウマのクレストが拡大したのは、サワの指示でアクチュアル・マジックを起動したからだ。あれ以降、視界左上には自分のHP／MPバーが表示されたままだし、綿巻《ワタマキ》すみかと戦っている時には彼女のHPも見えていた。恐《おそ》らくさっきのフィストバンプでコンケンに怪我《けが》をさせる、つまりHPを減らしていたら、彼のHPバーも頭上に現れたのではないか。

そう考えれば、サワの言う《覚醒《かくせい》》もしくは《ジョブチェンジ》の後に、重さ一キロほどもありそうな鋼材を軽々と振り回《まわ》せた理由も推測できる。

あの時サワは、「AMを起動したからお兄ちゃんのステータスも上がってる」と言っていた。すなわちいまのユウマは、運動が苦手な小六男子ではなく、レベル7魔物使《まものつか》いとしての能力を

――《掴む手《グラスピング・ハンド》》の魔法《まほう》だけでなく、モンスターと戦えるだけの体力までをも獲得《かくとく》していると推測できる。

同じように、サワもレベル7魔術師《まじゅつし》として覚醒《かくせい》したから《炎の矢《ファイア・アロー》》や《癒しの雫《ヒーリング・ドロップ》》の魔法《まほう》が使えると考えてよさそうだ。ユウマと違《ちが》って服装まで変化したり、角や羽が生えてしまった理由はまだ謎《なぞ》だが、本人がまるで気にしていないところをみると、それもある程度推測しているのではないか。

思考を巡《めぐ》らせながら十メートルほど歩き、ナギ――茶野水凪《サノミナギ》が使用しているカリキュラスの前まで辿《たど》り着《つ》いた時、後方で「ほんぎゃああ！」という情けない悲鳴が聞こえた。振り向くと、湾曲《わんきょく》する通路の先で、オレンジ色の光が脈打っている。コンケンがアクチュアル・マジックを起動し、まさにいま左手のクレストが巨大化《きょだいか》しているところなのだろう。

これでコンケンも、ただの小六男子からレベル7戦士にジョブチェンジしたわけだ。魔法《まほう》は使えないだろうが、体力はユウマよりずっと強くなるはずだから、これからフィストバンプをする時は逆にこちらが気をつけなくてはならない。

ともあれ、あとはナギをレベル7僧侶《そうりょ》として覚醒《かくせい》させれば、アクチュアル・マジック世界を冒険《ぼうけん》していた時の編成が現実世界でも再現される。物理、魔法《まほう》、回復、捕獲《ほかく》というバランスの取れた四人パーティーが。

クラスの男子たちと女子たちが、進級するにつれ距離《きょり》を置いていくなかで、ユウマ、サワ、ナギ、コンケンはずっと一緒《いっしょ》に遊んできたのだ。四人が揃《そろ》えば、この異変の理由を突《つ》き止《と》め、綿巻《ワタマキ》すみかを本来の姿に戻《もど》すという目標をきっと成《な》し遂《と》げられる。

左手に持ったカードを見詰《みつ》め、きっと元に戻《もど》してあげるからね、と声に出さずに囁《ささや》きかけてから、ユウマはそれをジャケットの左ポケットに戻《もど》した。アクチュアル・マジック世界で胸に装備していた専用カードホルダーが欲《ほ》しくなるが、さすがにあんな代物《しろもの》は現実世界では見つからないだろう。

短い階段を駆《か》け上《あ》がり、昇降台《ランプ》を歩いて、ナギのカリキュラス・カプセルの側面に立つ。

コンケンとユウマ、サワが自力で脱出《だっしゅつ》したのに、ナギがまだ出てきていない理由は不明だが、恐《おそ》らくは眠《ねむ》ってしまっているのではないか。昔からナギは寝るのが好きで、遊んでいる時に妙《みょう》に静かだなと思うと、うとうと居眠《いねむ》りしていることがよくあった。それでいて頭の回転が速く、成績もサワと同じくらいいいので、起こしてもすぐに状況《じょうきょう》を理解してくれるはずだ。

まずは、カプセルを指の背で軽く叩《たた》き、呼びかけてみる。

「ナギ……起きろよ、ナギ」

しかし反応はない。どうやら熟睡《じゅくすい》してしまっているようだ。

カプセルを派手にバンバン叩《たた》けばさすがに起きるだろうが、まだ広大な一番プレイルームを隅《すみ》から隅《すみ》まで調べたわけではない。怪物《かいぶつ》化したすみかと同じくらい危険な何かが潜《ひそ》んでいて、音に寄ってくるということも有り得るので、なるべく静かに起こしたい。

となると、あとはもうカプセルを強制的に開放するしかない。

自宅が隣同士《となりどうし》で、低学年の頃《ころ》までは一緒《いっしょ》に風呂《ふろ》にも入っていた仲とはいえ、女子が寝ている容《い》れ物《もの》を勝手に開けるのは気が引けるが、いまは超《ちょう》のつく非常事態だ。心の中で謝《あやま》ってから、しゃがみ込んでカプセルの側面下部に設けられている非常開放レバーを握《にぎ》る。

先端《せんたん》のボタンを押し込み、ロックを解除してから引っ張る。

がこん、と音を立てて、カプセルの蓋《ふた》が五センチほど浮《う》き上がった。

その隙間《すきま》に指を差し入れ、ゆっくり、ゆっくりと持ち上げていく。

「ナギ……」

再び呼びかけようとしたユウマの喉《のど》が、ぎゅっと狭《せば》まった。

心拍数《しんぱくすう》が跳《は》ね上がり、全身に汗《あせ》が滲《にじ》む。見開いた両目でカプセル内部を隅々《すみずみ》まで見回すが、結論は変わらない。

カプセルは、空っぽ。

茶野水凪《サノミナギ》は、わずかな痕跡《こんせき》も残さず消《き》え失《う》せていた。

5

「……外側の非常開放レバーが使われてなかったのは確かなの？」

駆《か》けつけてきたサワの問いに、ユウマは深く頷《うなず》いた。

「うん……間違《まちが》いない。確かこれ、一回使うと、カリキュラスを再起動しないと元に戻《もど》せないから勝手に触《さわ》るなって、オリエンテーションのお姉さんが言ってたよな……？」

「おう、言ってた」

と答えたのはコンケンだ。かぎ裂《ざ》きだらけのナイロンパーカーに制服の七分丈《しちぶたけ》パンツという格好は変わらないが、左手のクレストがユウマ同様に肘《ひじ》近くまで伸びている。回路パターンの色は明るいオレンジ。サワのように水着になったり角が生えたりしなかったのはいいとして、そうなるといよいよサワだけが変身してしまった理由が解《わか》らない。

しかしいまは、消えてしまったナギのほうが優先だ。

身を乗り出してカプセル内部を調べていたサワが、振り向いて言った。

「内側の非常脱出用レバーも使われてない。つまり……このカリキュラスは、ユウが開けるまで、外からも中からも開けられてないってこと」

「いや……でも、有り得ねーだろそんなの」

　サワとカプセルを交互《こうご》に見ながら、コンケンが反論した。

「ナギはオレらと一緒《いっしょ》にAMのテストプレイしてたんだから、ここに入ってたのは絶対だぜ？　んで、ボスドラゴンを倒《たお》したあと、何か……何かあって……」

　そこで言いよどみ、まだ薄《うす》くひっかき傷が残る右の眉毛《まゆげ》をぴくぴくさせる。これは昔から、全力で頭を使っている時のコンケンの癖《くせ》なのだ。

「……確か、ナギがビー……ビーなんとかの話をしてたよな？　ビームスじゃなくて……ビーサンでもなくて……」

「BSIS《ビーシス》だよ。脳信号の中断および走査《ブレイン・シグナル・インタラプト・アンド・スキャン》……だから、カリキュラスの電源が落ちるまで、ナギも僕らと同じように自分の体を動かせなかったはずだ」

　ユウマが注釈《ちゅうしゃく》すると、コンケンは勢いよく頷《うなず》く。

「そーそー、それシス。んで、その話をしたすぐあとにボス部屋の床《ゆか》が赤く光って、いきなり床《ゆか》が抜けて、黒い穴に落っこちて……気付いたらカリキュラスの中に戻《もど》っててさ。呼んでも誰《だれ》もこねーから、レバー使って外に出たんだ」

　ユウマの記憶《きおく》もほぼ同じだ。しかし一つだけ、仮想の暗闇《くらやみ》を落下した先で何かを見たような……何かが起きたような気がするのだが、どうしても思い出せない。脳が記憶《きおく》の再生を拒《こば》むかのようにずきっと疼《うず》いたので、思考を中断して答える。

「……僕も同じだった。非常脱出用レバーを引いて、蓋《ふた》を開けて外に出て……そしたらもうコンケンのカプセルは開いてて、でもサワとナギのは閉まったままだった。だから、二人ともまだ中にいるって思ったんだ……」

記憶《きおく》を探《さぐ》りながらそこまで口にしてから、「ん……？」と眉根《まゆね》を寄せる。

「どうしたの、ユウ？」

まるで頭の中を覗《のぞ》き込もうとするかのように顔を突き出してくるサワを、ユウマもまじまじと見返した。至近距離《しきんきょり》から眺《なが》めると、以前は真っ黒だったはずの髪《かみ》も微妙《びみょう》に紫《むらさき》がかっていて、瞳《ひとみ》に赤っぽい色のラインが走っていることに気付く。サワのアイレンズも角膜《かくまく》と融合《ゆうごう》しているはずなので、その影響《えいきょう》だろうか。

無意識のうちに右手を持ち上げ、妹の髪《かみ》を指先で摘《つ》まむと、感触《かんしょく》も以前とは違《ちが》うような気がする。ここ数年は髪《かみ》に触《さわ》る機会などなかったが、驚《おどろ》くほど細く、滑《なめ》らかで、金属のようにひんやりする感触《かんしょく》が、指先に心地好《ここちよ》い。

「ちょっ……何すんのよアホ兄《に》ぃ！」

これもここ数年ご無沙汰《ぶさた》だった悪口を浴びせながら身を引いたサワが、鉤爪《かぎづめ》つきのブーツでユウマのスニーカーを軽く蹴《け》った。

「で、何か思い出したの？」

「あ……う、うん。カプセルから出る直前に、誰《だれ》かの悲鳴を聞いた気がしたんだ。あれ、お前のか、コンケン？」

「へ？　悲鳴……？」

腕組《うでぐ》みをしたコンケンの顔が、瞬時《しゅんじ》に曇《くも》る。

「……ああ、確かに……。いや、オレじゃねーよ。オレ、たぶんユウよりほんのちょっとだけ早くカリキュラスから出て……そしたらなんか真っ暗だし、おかしな匂《にお》いもするし、情けねーけど下の通路に降りたとこでびびって動けなくなっちゃってさ。んで、自分のカリキュラスの下に潜《もぐ》り込んで体育座《たいいくずわ》りしてた」

「あんた、案外ビビリだもんね」

サワの容赦《ようしゃ》ない指摘《してき》に、コンケンは低学年レベルの反論を試みた。

「うっせー、ちげーし！」

「あれー、AMでダンジョン入る時もビビッてなかった？」

「それはその、パーティーリーダーとして気配りをだな……。とにかく、隠《かく》れてた時にオレも悲鳴聞いた気がするんだ。そんで、隠《かく》れ場所《ばしょ》から出てったら、ユウが綿巻《ワタマキ》さんと戦ってて……」

あの悲鳴、ユウのじゃなかったのか？」

急にそう訊《き》かれ、ユウマは再び記憶《きおく》を辿《たど》った。

「うーん……綿巻さんの顔を見た時、僕も叫《さけ》んじゃった気がするけど、その前にも誰《だれ》かの悲鳴を聞いたのは間違《まちが》いない」

「男？　女？」

サワの簡略化された質問に、小さくかぶりを振る。

「高めの声だったけど、カプセル越《ご》しだったから……」

「そう……」

頷《うなず》く妹の顔に仄《ほの》かな憂慮《ゆうりょ》の色を見つけ、ユウマは一瞬《いっしゅん》息を止めてから恐《おそ》る恐《おそ》る言った。

「サワ、まさか……あの悲鳴、ナギの……」

「わかんないよ、あたしにも！」

サワが露わにした感情の激発は、しかし即座《そくざ》に抑《おさ》え込まれてしまった。

「……たぶん、違《ちが》うと思う。ナギがカプセルから出たなら、絶対に中か外の非常開放レバーが使われてるはず。そうじゃないってことは……ナギは、ここから出てないのよ」

じゃあどこに行ったんだ、という当たり前の質問を、ユウマもコンケンも口にしなかった。

現在、アルテアでは現実世界の常識や原則を片《かた》っ端《ぱし》から叩《たた》き壊《こわ》すような異常事態が、次から次に起きている。密閉されたカリキュラスの中のナギが消えてしまうということだって、絶対にないとは言えない。しかし、だとしても——。

「……だとしても、どこかにはいるんだよな」

ユウマの呟《つぶや》きに、サワはルビー色を帯びた瞳《ひとみ》を見開いてから、深く頷《うなず》いた。

「それはそう。あたしもそう思う」

「じゃあ、捜しに行ってやんねーとな。ナギみそ、泣き虫だし」

　そう言ったのはコンケンだった。昔は、ナギみそと言われるたびに「みそじゃないもん」とべそをかいていたナギも、ここ一、二年で急にしっかりしてきた印象があるが、ユウマたちにとっては泣き虫の幼馴染《おさななじみ》であることに変わりはない。

「見つけたら、あんたがナギみそって言ったことチクッてやろ」

　サワの言葉に、「いまのなし、いまのなし！」と慌《あわ》てるコンケンの背中を、ユウマはぽんと叩《たた》いた。

「目標追加だな。綿巻《ワタマキ》さんを元に戻《もど》すことと、ナギを見つけること」

「おう」

　振り向き、二度目のフィストバンプ。かなりの勢いだったのに、今度はコンケンも痛がらなかった。にやっと笑ってから、その手を空中に置いたまま、ぽかんと口を開ける。

「……なんだよ、コンケン」

「いや……ちょっと思ったんだけどさ。クレスト使えんなら、メールでも電話でもすりゃいいんじゃねーの？」

「あ」

　ユウマも目と口を丸くする。

　まったくその通り——なぜそれを真っ先に思いつかなかったのか不思議なほどだ。

　アクチュアル・マジックを起動しているので仮想デスクトップはゲーム画面のレイアウトに

なっているが、左下にはクレストの機能を呼び出すためのシステムメニューアイコンがある。コンケンと同時にそれを押し、開いたホーム画面から電話アイコンをタップ。

そして、二人同時に「はあー……」とため息。電話アプリには、ネットに接続されていないことを示す赤いマークが表示されている。これではナギにも、もちろん他のクラスメイトにも担任教師にも学校にも自宅にも連絡《れんらく》できない。

「……あのねえ二人とも、あたしが真っ先に試《ため》してないわけないでしょ」

サワに呆《あき》れ声でそう言われ、二人同時にかくんと頷《うなず》いてホーム画面をスワイプする。

「……やっぱ、ラクしねーで自分の足で捜さねーとな」

「そうだな」

コンケンと実のない会話を交《か》わし、しかし頭のメモ帳には「有線通信端末《ゆうせんつうしんたんまつ》を探して試《ため》すこと」と書いておく。

カリキュラスの昇降台《ランプ》から通路に戻《もど》ると、ユウマは上着を脱《ぬ》いでサワに差し出した。水着も同然の格好をしている当人は恥《は》ずかしがる素振《そぶ》りも見せないが、少なくとも寒いだろう――と思ったものの、即座《そくざ》に「いい」と押し返《かえ》される。こういう時のサワには何を言っても無駄《むだ》だ。どこかでサイズの合いそうな服を探すこと、というタスクを脳内メモに追加してジャケットを羽織り直す。

再び話し合った三人は、まずこの一番プレイルームをくまなく捜索《そうさく》することにした。円形の部屋の直径は約三十メートル、ということは壁《かべ》に接する外周通路の長さは、三・一四をかけて九十四メートル前後。まだその四分の一くらいしか調べていないし、しかも通路は内側にもう一本ある。

「……ハンディライトかなんか欲《ほ》しいな……」

外周通路を反時計回りに歩き始めてわずか五秒で、コンケンが不満を訴《うった》えた。天井《てんじょう》の非常灯は薄暗《うすぐら》いうえに照らす範囲《はんい》が狭《せま》く、アイレンズの暗視補正機能をオンにしていても、通路の左手に並ぶカリキュラスの下の暗がりまでは見通せない。たとえ誰《だれ》か――何かが隠《かく》れていても、すぐ近くにいくまで気づけないだろう。

しかし先頭をすたすた歩くサワには暗がりが見えているらしく、やがてひときわ激しく破壊《はかい》されているカプセルの前で立ち止まった。調べるのかと思ったが、通路にまではみ出している残骸《ざんがい》の山から、もとはカプセルを支えるフレームの部材だったのであろう長い鋼材を引っ張り出す。長さ一メートルはありそうなそれを右手一本で持ち上げ、

「コンケン、これ」

と差し出す。

「お……おう」

受け取ったコンケンは「重っ」と口走ったが、両手で何度か振ってから、「……くはないな」と付け足した。

ユウマも、すみかと戦った時に見つけた五十センチほどの鋼材を再び拾ってきたが、正直なところ自由自在に振り回《まわ》すにはこのあたりが限界だ。やはり、AM世界で戦士だったコンケンのほうが、ジョブチェンジしたときの筋力値《ストレングス》の伸び幅《はば》が大きいのだろう。

そんなことを考えていると、頭がくらくらしてくる。ここは現実世界なのに、職業《クラス》だのステータスだのの概念《がいねん》が適用されるという状況《じょうきょう》がまだうまく呑《の》み込めない。

「……まったく、ゲームかよ……」

小声で呟《つぶや》くと、近寄ってきたサワが真剣《しんけん》な顔で囁《ささや》いた。

「ゲームだよ。でも、死んだらそれっきりだからね」

「え……？」

「AMじゃ、死んでも街に戻《もど》るだけだったけど、いまのあたしたちの体はアバターじゃなくて本物。ユウの怪我《けが》、完全には治ってないでしょ」

確かに、まだ体を大きく動かすと右肩《みぎかた》と背中に鈍《にぶ》い痛みが走る。

サワは少しだけ声を大きくして続けた。

「コンケンもちゃんと頭に叩《たた》き込んどいて……現実世界じゃ《死に戻《もど》り》はできないし、蘇生《そせい》魔法《まほう》も機能する保証はない。そもそも、レベルがぜんぜん足りないしね……。だから、どんな状況《じょうきょう》でも、生き残ることを最優先して」

「…………うん」

親友と同時に頷《うなず》きながらも、ユウマはかすかな疑問を感じた。

双子《ふたご》なのに、サワはいつもユウマより冷静で、判断も的確だ。必然、二人でMMORPGをプレイする時は、サワが後衛の魔法職《まほうしょく》、ユウマが前衛の戦士職になることが多かった。だからこの異常事態に際して、サワにあれこれ指示される状況《じょうきょう》に違和感《いわかん》はない。しかしそれにしても、サワは余りにも落ち着きすぎではないだろうか。まるで、ユウマとコンケンが知らないことを知っているかのように……。

――いや、考えすぎだ。サワは昔から頭が良くて、それ以上に負《ま》けず嫌《ぎら》いの頑張《がんば》り屋《や》だった。ここで自分が取り乱したら共倒《ともだお》れになってしまうと考えて、必死にリーダー役を完遂《かんすい》しようとしているだけなのだ。

ならばユウマも、兄としてそんなサワを支えなければならない。もっと自分の頭を使って、アルテアに……アクチュアル・マジックのテストプレイヤーに何が起きているのかを知ろうとしなくては。

「コンケン、ちょっとその棒も貸してくれ」

ユウマが右手に自分の鋼材を持ったまま左手を伸ばすと、コンケンは口を少しだけすぼめた。しかし不満なのは武器を渡《わた》すことではなく、鋼材を棒呼ばわりされたことだったらしい。

「それ、デュランダルって名前にしたから、これから芦原兄妹《アシハラきょうだい》もそう呼ぶように」

そんなお言葉とともに差し出された鋼材を、ユウマは「へいへい」と答えながら受け取った。

やはり、右手の鋼材より倍近く重い。両足を踏《ふ》ん張《ば》らないと、立っているのも辛《つら》いほどだ。両手の荷重に耐《た》えながら、視線を左上に向け、頷《うなず》く。

「……なるほどね」

「何がなるほどなんだよ？」

「HP／MPバーの下に、装備重量オーバーアイコンがついた」

「げっ、マジかよ……」

両目を見開くコンケンに棒改めデュランダルを返却《へんきやく》すると、即座《そくざ》にアイコンも消える。自分の短めな棒をしっかり握《にぎ》り、頷《うなず》く。

この空間は……恐《おそ》らくアルテアの内部全てが、アクチュアル・マジックのゲームシステムに、いわば《侵食《しんしよく》》されているのだ。現実世界の物理法則や身体能力が、システムによって拡張、あるいは歪曲《わいきよく》された状態。だから魔《ま》法《ほう》も使えるし重い鋼材も振り回《まわ》せるが、根本的なところ……ここが現実であり、ユウマたちが生身の人間であるという原則は変わらない。それを忘れると、多分ひどいしっぺ返しを喰《く》らう。

「解《わか》ったよ、サワ」

思考過程を省略したユウマの言葉に、妹はかすかに微笑《ほほえ》みながら頷《うなず》いた。

「じゃあ、探索《たんさく》再開ね。あたしもやっと見つけたとこ」

「え……何を？」

「閉じたままのカプセル」

そう答え、指さす先には、確かに蓋《ふた》が閉じたままのカリキュラスが無傷のフレームに鎮座《ちんざ》している。周囲を警戒《けいかい》しながら近づき、昇降台《ランプ》に上がる。

「こいつも、非常開放レバーはそのまんまだな」

カプセルの下を覗《のぞ》き込んだコンケンが言った。

「……開けるか？」

「やってみて」

サワの指示で、コンケンがレバーを握《にぎ》り、引く。

がこんとロックが外れ、浮《う》き上がった蓋《ふた》を、ユウマは慎重《しんちょう》に持ち上げた。予想はしていたが、ナギのカプセルと同様に中身は空だ。

「多分、他の閉じてるカプセルも全部空っぽだろうな……」

ユウマがそう言うと、コンケンは立ち上がって薄暗《うすぐら》い空間を見回した。

一番プレイルームには、確か外周通路沿いに四十八基、内周通路沿いに三十二基、合わせて八十基のカリキュラスが設置されているはずだ。そのうち、閉じたままのカプセルは三割ほど。このプレイルームにいたテストプレイヤー八十人のうち、六年一組の生徒は四十一人だから、割合をそのまま当てはめれば、十二人前後の生徒が閉じたカプセルの中で煙《けむり》のように消滅《しょうめつ》してしまったことになる。

「でも、蓋《ふた》が開いてるカプセルの中にいた奴《やつ》らは、オレたちみたいに外に出られたはずだよな。そいつらは、どこにいっちゃったんだ……？」

コンケンの疑問には、サワが答えた。

「普《ふ》通《つう》に考えれば、一階ロビーに戻《もど》ったんでしょ」

戻《もど》れた人は、と最小ボリュームで付け加えたが、コンケンには聞こえなかったようだ。

「あ、あー……そっか、この部屋にも出口はあるんだもんな……」

そう呟《つぶや》き、三人の現在位置のちょうど反対側——プレイルームの南側に顔を向ける。一段高くなっている内周のカリキュラスに遮《さえぎ》られて見えないが、そこの壁《かべ》にはエレベーターホールに続くドアがあるはずだ。

「なあ、オレらもロビーに行かなくていいのか？　いまごろ、エビセンとドイツが一組の奴《やつ》らを集めてるんじゃ……」

そのあだ名を聞いて、ユウマは遅《おそ》まきながら、一組を引率《いんそつ》していた担任教師の蝦沢友加里《エビサワユカリ》のことを思い出した。蝦沢先生《エビセン》と、《ドイツ》なる由来不明のあだ名を持つ教頭の原岸峰二《ハラギシミネジ》は、テストプレイに参加せず、一階ロビーの喫茶《きっさ》コーナーで生徒が戻《もど》るのを待っていたはずだ。

もちろんアルテアにはエビセンとドイツ以外にも、カリキュラスに入っていなかった大人がたくさんいる。施設《しせつ》の職員や売店の店員、エンジニア、警備員……合計すれば百人を下らないだろう。彼らはいったいどうなったのか。

――どうもなっていない……のかも。

――異常が起きているのはこの一番プレイルームだけで、南のドアから出てエレベーターでロビーに降りれば、そこは魔法《まほう》も怪物《かいぶつ》も存在しない、平和な世界が何ごともなく続いているのでは……。

不意に脳裏《のうり》を過《よぎ》った、根拠《こんきょ》のない希望にすがるような思考を、ユウマは歯を食い縛《しば》って振り払《はら》った。

全男子の憧《あこが》れの的だった綿巻《ワタマキ》すみかは怪物《かいぶつ》になってユウマとコンケンを殺そうとし、いまはカードに封印《ふういん》されてポケットに入っている。物心つかない頃《ころ》からの幼馴染《おさななじみ》である茶野水凪《サノミナギ》は、カリキュラスの中から姿を消してしまい、どこに行ったのかも解《わか》らない。双子《ふたご》のサワだって、角と羽まで生えてしまったのだ。そんな状況《じょうきょう》で、日常に戻《もど》ることなどできるわけがない。

「……ロビーには行くけど、その前にこの一番プレイルームの調査だけはやっておこう。何が起きてるのか突《と》き止めるための手がかりが見つかるかもしれない」

ユウマがきっぱり言い切ると、コンケンも「おう」と真面目な顔で頷《うなず》いたが、サワはなぜかくすっと小さく笑った。

「……なんだよ」

「なんでも」

澄《す》まし顔になる妹の脇腹《わきばら》に軽く肘《ひじ》打ちすると、即座《そくざ》に反撃《はんげき》される。双子《ふたご》が何年も繰《く》り返《かえ》してきたルーティーンなやり取り。やれやれと肩《かた》をすくめるコンケンにもついでに肘《ひじ》打ちしてから、通路に降りる。

三人は調査を続けたが、外周通路沿いのカリキュラスは全て、ほぼ無傷で蓋《ふた》が開いているか、無傷で閉じたままだが中が空か、あるいは酷《ひど》く破壊《はかい》されているかの三パターンのどれかだった。破壊《はかい》されたカプセルも仔細《しさい》に調べたかったが、昇降台《ランプ》に上がるための階段まで崩壊《ほうかい》しているものばかりで近づけない。

外周通路を四分の三周すると、前方右手の壁《かべ》に大型の自動ドア、左手には内周通路に繋《つな》がる階段が出現した。黒い調光ガラスの自動ドアは、まるで自動車が突っ込んだかのように外側へと押し倒《たお》され、その奥《おく》のエレベーターホールも照明が落ちている。

「……おいおい、何がぶつかったらあんなふうになるんだよ……」

呟《つぶや》きながら自動ドアに近づこうとしたコンケンのナイロンパーカーの裾《すそ》を、サワが思いきり引っ張った。

「ぐえっ！　な、何すん……」

「コンケン、ユウ、あそこ！」

鋭《するど》い声とともにサワが指さしたのは、ひび割れ、押し倒《たお》された自動ドアの手前の床《ゆか》だった。

目を凝《こ》らすと、何か大きな塊《かたまり》が転がっているようだ。カリキュラスの破片《はへん》ではない。不定形で、大きさはちょうどユウマの体と同じくらい。

鋭《するど》く空気を吸い込むと、忘れていた金臭《かなくさ》さをひときわ強く感じる。背中から後頭部に向けて痺《しび》れるような感覚が走《はし》り抜け、両腕《りょううで》に激しく鳥肌《とりはだ》が立つ。

近づきたくない――が、調べないわけにはいかない。

鋼材を握《にぎ》り締《し》め、周囲を警戒《けいかい》しながらじりじり前進する。明かりが欲《ほ》しいと感じたその時、隣《となり》に立つサワが小さく囁《ささや》いた。

「フラーマ《火よ》」

伸ばした左手の指先に、オレンジ色の小さな炎《ほのお》が灯《とも》り、周囲を照らす。炎系魔法《ほのおけいまほう》を発動するための属性詞――しかしサワは続くべき形態詞を唱えようとしない。そこでようやくユウマも妹の意図に気付く。

「そうか……属性詞だけで止めておけば、明かりに使えるのか。それ、ずっと灯《とも》しておけるの？」

「だめ、十秒以内に形態詞を唱えないと詠唱失敗扱《ファンブルあつか》いでMPが減る」

「なら、急いで調べないとな……」

恐怖《きょうふ》を堪《こら》えながら、ユウマは歩く速度を上げた。

予感はあった。しかし、オレンジ色の光に照らされた黒い塊《かたまり》が、人間――子供の体だということが明らかになった瞬間《しゅんかん》、両足の全ての関節が動くのを拒否《きょひ》した。転びそうになるユウマの左手を、サワが素早《すばや》く掴《つか》む。

妹の手はひんやりと冷たかったが、肌《はだ》と肌《はだ》が触《ふ》れる感覚が、パニックに陥《おちい》りかけたユウマの意識をリセットした。サワだって本当は怖《こわ》いはずなのだ。双子《ふたご》とはいえ兄貴が頼《たよ》りっぱなしでいいはずがない。

「悪い」

短く呟《つぶや》き、最後の二メートルを大またに歩く。そこで十秒が経過し、サワの指先に宿る炎《ほのお》がぽしゅっと情けない音を立てて消えた。今度はユウマが左手を突き出し、光系魔法《まほう》の属性詞を唱える。

「ルーミン《光よ》」

指先に白い光が宿り、より明るく足許《あしもと》を照らした。

俯《うつぶ》せに倒《たお》れる、同年代の少年。着ているのは水色のジャケットと青墨色《あおずみいろ》の七分《しちぶ》丈《たけ》パンツ。つまり、六年一組の男子生徒の誰《だれ》かだ。

もう生きていないことは、一瞬《いっしゅん》見ただけで解《わか》った。左脚《ひだりあし》はもの凄《すご》い力で捻《ひね》られたかのように外側に折れ曲がり、折れた臑《すね》の骨が皮膚《ひふ》を破って突き出している。右腕《みぎうで》はジャケットの袖《そで》ごと消《き》え失《う》せていて、そこから溢《あふ》れた大量の血が死体の下で赤黒い水たまりを作っている。金臭《かなくさ》さの源はこれだ。

突然《とつぜん》、後ろに立つコンケンが喉《のど》から妙《みょう》な音を出した。通路の反対側に走っていくや、激しく嘔吐《おうと》する。

無理もない。ユウマも数秒前から胃が裏返ってしまいそうな感覚に襲《おそ》われている。しかし、両目に涙《なみだ》を滲《にじ》ませて懸命《けんめい》に耐《た》える。

数秒かけて吐《は》き気《け》を追いやると、意を決して死体の横に屈《かが》み込み、右手の鋼材を床《ゆか》に置く。

「ごめん」と声を掛《か》けてから、右手で死体を仰《あお》向けに回転させようとする。

柔《やわ》らかく、生温かく——重い。

想像を遥《はる》かに上回る、凄《すさ》まじい重さだ。考えてみれば、六年生男子の平均体重は四十キロもあるのだから、腕《うで》が一本失われているとはいえそれだけの重量を片手でひっくり返すのは簡単ではない。

腰《こし》を深く落とし、足を踏《ふ》ん張《ば》って、システムに拡張された筋力を振り絞《しぼ》って体を裏返す。

顔を見るためだったのに、視線が真っ先に吸い寄せられたのは胸だった。ネクタイとシャツ、インナーがまとめて引きちぎられ、露《あら》わになった胸の中央には、巨大《きょだい》な穴が開いている。

心臓がない、と直感的に悟《さと》る。

「……を喰《く》ったのね……」

サワがごく低い声で呟《つぶや》いたのと同時に再び十秒が経《た》ち、左手に宿る光が消えた。MPバーがほんのわずかに減ったが、アクチュアル・マジックのシステムが適用されるなら、レベル7のユウマでも一、二ポイントぐらいはすぐに自然回復するだろう。

いっぽうサワは、綿巻《ワタマキ》すみかに《炎の矢《ファイア・アロー》》を一発撃《う》ったあと、ユウマとコンケンを治療《ちりょう》するために《癒しの雫《ヒーリング・ドロップ》》の魔法《まほう》を二回も使ったので、まだMPは回復しきっていないはずだ。急いで同じ属性詞を唱え、光を灯《とも》し直《なお》す。

仰《あお》向けになった死体の顔が照らし出された、その瞬間《しゅんかん》。

ユウマは先刻を上回る嘔吐感《おうとかん》に襲《おそ》われ、右手で口を押さえた。

知っている顔だったから、だけではない。その顔に、いままでの人生で見たことがないほど生々しい恐怖《きょうふ》の表情が刻《きざ》み込まれていたからだ。

両目は零《こぼ》れんばかりに見開かれ、斜《なな》めに歪《ゆが》んで開いた口からは、血に染まる舌がはみ出している。まるで、悲鳴を上げている最中に絶命したかのような……。

「…………あの悲鳴……」

どうにか嘔吐感《おうとかん》を押し戻《もど》し、ユウマは掠《かす》れた声で言った。

「……僕とコンケンが聞いた悲鳴は、こいつの……三浦のだったんだ……」

三浦幸久《ミウラユキヒサ》。出席番号三十七。明るくひょうきんなキャラクターで、女子に煩《うるさ》がられることもあったが、懲《こ》りずにギャグやジョークを繰《く》り出しては仲良しグループの生徒を笑わせていた。

覚醒《かくせい》直後に聞こえた悲鳴は男子のものか女子のものか判断できなかったが、あの甲高《かんだか》い響《ひび》きは、記憶《きおく》にある三浦の笑い声に違和感《いわかん》なく重なる。

覚醒《かくせい》直後、カリキュラスの中で三浦のものらしき悲鳴を聞いたユウマは、すぐに蓋《ふた》を開けて外に出た。そして、通路に下りたところで、怪物化《かいぶつか》した綿巻《ワタマキ》すみかに遭遇《そうぐう》した。ということは、恐《おそ》らく――。

「……それ、《ベロシ》か……？」

吐《は》くものがなくなったのか、戻《もど》ってきたコンケンが嗄《か》れた声を出したので、ユウマは無言で頷《うなず》いた。教頭《ドイツ》と同じく由来は知らないが、三浦《ミウラ》はベロシなるあだ名で呼ばれていた。ユウマはあまり接点がなかったが、コンケンはよくクレストのミニゲームで対戦していたはずだ。

またしても十秒が経過し、魔法《まほう》の光が消える。しかしもう凄絶《せいぜつ》な死に顔を照らす気になれず、鋼材を拾ってから後ろに下がり、コンケンと並ぶ。

「……もしかして、綿巻《ワタマキ》さんが、殺したのか？」

それは、数秒前にユウマも考えたことだった。

可能性は低くない、というよりもむしろそうとしか考えられない。あの時、すみかが現れたタイミングや方向は、この状況《じょうきょう》に矛盾《むじゅん》なく合致《がっち》する。そして……付け根から引きちぎられた、三浦の右腕《みぎうで》。怪物化《かいぶつか》した綿巻すみかは、人間の腕《うで》を棍棒《こんぼう》のように振り回《まわ》してユウマとコンケンを殴《なぐ》り倒《たお》した。あの腕《うで》は、恐《おそ》らく――。

「…………！」

ふとあることに気付き、ユウマはポケットからすみかのモンスターカードを引っ張り出した。アクチュアル・マジック内では、このカードをタップすると使い魔《ファミリア》のステータス・ウインドウが開き、もろもろのデータを確認《かくにん》できたのだ。HP／MPバーが見えるからには、ウインドウも呼び出せるはず。

強張《こわば》る親指でカードを軽く叩《たた》くと、軽《かろ》やかな効果音とともに青い矩形《くけい》が現れた。顔を近づけ、小さな文字で列挙されている情報を読む。

【綿巻《ワタマキ》すみか】
ナイト・フィーンド
レベル17
HP75／279　MP38／40
忠誠値64
スキル
・剛力《ごうりき》／熟練度31
・剣化《けんか》／熟練度24
・非視覚感知／熟練度48
・痛覚耐性《つうかくたいせい》／熟練度42
・闇耐性《やみたいせい》／熟練度67
・氷耐性《こおりたいせい》／熟練度43
装備
・ショートジャケット／物理《ぶつり》防御力《ぼうぎょりょく》4・魔《ま》法防御力《ほうぼうぎょりょく》0

・長袖《ながそで》シャツ／物理防御力《ぶつりぼうぎょりょく》2・魔法防御力《まほうぼうぎょりょく》0
・プリーツスカート／物理防御力《ぶつりぼうぎょりょく》3・魔法防御力《まほうぼうぎょりょく》0
・革《かわ》の靴《くつ》／物理防御力《ぶつりぼうぎょりょく》2・魔法防御力《まほうぼうぎょりょく》1
・三浦幸久《ミウラユキヒサ》の右腕《みぎうで》／打撃攻撃力《だげきこうげきりょく》18・魔法攻撃力《まほうこうげきりょく》3

装備欄《そうびらん》の最後に記されているアイテム名を見た瞬間《しゅんかん》、三度目の、そして最大の嘔吐感《おうとかん》が込み上げてきて、ユウマは低くえずいた。すかさずサワが背中を撫《な》でてくれたので、三浦の死体の上に吐《は》いてしまうことは避《さ》けられたが、逆流した胃酸が喉《のど》を焼く。水が欲《ほ》しい、と強く思う。

荒《あら》い呼吸を繰《く》り返《かえ》し、なんとか落ち着きを取《と》り戻《もど》したユウマの隣《となり》で、すみかのステータスを覗《のぞ》き込んでいたコンケンが低く呟《つぶや》いた。

「……ベロシの腕《うで》が、装備アイテムってなんなんだよ……。ベロシはゲームキャラじゃねーぞ……」

──いや、もう半分はその通りだ。三浦も僕もコンケンもサワも、現実世界に侵食《しんしょく》してきたアクチュアル・マジックを強制的にプレイさせられているキャラクターなんだ。

と頭の片隅《かたすみ》で思ったが口には出さず、ユウマは無言で頷《うなず》いた。

「なあ、ユウ……ベロシの腕《うで》、返してやれねーかな……」

仲が良かったコンケンがそう思うのは当然だ。こんな通路の真ん中ではなく、どこか人目に付かない場所に寝かせて、もぎ取られた右腕《みぎうで》もあるべき場所に戻《もど》す……クラスメイトとして、せめてそれくらいのことはしてやりたいとユウマも思う。だが。

「……そうするには、綿巻《ワタマキ》さんをカードから出さないと」

小声で言うと、コンケンが無音で口を開け、すぐに閉じた。色々な感情がない交ぜになった親友の顔を見ながら続ける。

「綿巻さんはもう僕の使い魔《ファミリア》になったはずだし、忠誠値も思ったより低くないから、出しても襲《おそ》ってくることはない……と思う。でもこの状況《じょうきょう》じゃ絶対確実とは言えないし、カードの中にいるあいだにかなりHPが回復してるから、もし襲《おそ》ってきたら、もう一度キャプチャーする前にまたダメージを与《あた》えないと……」

「いや……悪ぃ。聞かなかったことにしてくれ」

さっとかぶりを振り、コンケンは床《ゆか》の死体を見下ろした。

「……でも、せめて、どっかに寝かしてやりてーよな……」

「空のカリキュラスの中はどう？」

そう提案したのはサワだった。コンケンと顔を見合わせ、同時に頷《うなず》く。

「じゃあ、あたしがそこのカプセル開けるから、二人で三浦《ミウラ》くんを運んできて」

落ち着いた声で言うと、サワは一番近くにある閉じたカプセルへと向かった。ユウマは再び鋼材を床《ゆか》に置くと、三浦の足許《あしもと》に回《まわ》り込み、折れた左脚《ひだりあし》と無事な右脚《みぎあし》を両手でしっかり抱《かか》えた。

頭側に移動したコンケンもデュランダルを置き、背中の下に腕《うで》を差し入れる。呼吸を合わせ、慎重《しんちょう》に持ち上げる。途端《とたん》、視界左上に装備重量オーバーのアイコンが点灯する。

一人あたり約二十キロの荷重は、以前のユウマだったら支えるだけで精一杯《せいいっぱい》だっただろう。ジョブチェンジによって増加した筋力があっても、油断すると膝《ひざ》を突いてしまいそうだ。

「……上の兄貴がさ、登山やってんだけどさ」

慎重《しんちょう》に後ずさりをしながら、コンケンが呟《つぶや》いた。

「起きてる人間はけっこう一人でも運べるけど、寝てたり……死んでたりすると重くなって、運ぶのがすげー大変なんだと。オレ、その話を聞いた時、起きてようが寝てようが人の重さが変わるわけねーじゃんって思ったんだけどさ……」

親友が言わんとするところは、ユウマにも解《わか》った。

校庭で遊んでいる時や体育の授業中に、クラスメイトを背負ったりすることはたまにある。もちろん軽くはないが、一歩も動けないということもない。しかし三浦《ミウラ》の体は、腕《うで》が一本なく、血もほとんど流れ出して、しかも二人で運んでいるのに、スニーカーが床《ゆか》にめり込んでしまいそうなほど重い。

それでもどうにか通路は渡《わた》り終えたが、大変なのは階段だった。たった七段しかないのに、昇降台《ランプ》まで持ち上げ終えた時には、二人とも息が上がってしまった。渾身の力を振り絞《しぼ》り、サワが非常開放レバーで開けてくれていた空のカリキュラスに、三浦をそっと横たえる。

　ユウマとコンケンがはぁはぁと呼吸を繰《く》り返《かえ》していると、サワがカプセルの中に上体を入れ、大きく開いたままの三浦《ミウラ》の口と瞼《まぶた》を閉じさせた。アニメではさっと撫《な》でるだけで閉じるのに、両手を使って数十秒も押さえなくてはならなかった。

　三人並んでしばし黙禱《もくとう》し、階段を下りて自動ドアの手前まで戻《もど》る。

　二本の鋼材を拾い上げ、長いほうをコンケンに渡《わた》すと、ユウマは振り向いて一番プレイルームを見回した。

　外周通路のカリキュラス四十八基はほぼ調べ終えたが、内周通路の三十二基は手つかずだ。いままでの結果からして、カリキュラス自体から新たな情報が得られるとは思えないが、違《ちが》うものが見つかるかもしれない。たとえば――他のクラスメイトの死体が。

　同じことを考えたのか、コンケンが沈《しず》んだ表情のまま口を開いた。

「……いちおう、上の通路も……」

　しかしその言葉は、サワの鋭《するど》い声に遮《さえぎ》られた。

「しっ！」

　唇《くちびる》に右手の人差し指をあてながら、左手でエレベーターホールを指さす。

「何か聞こえた」

「え……？」

　眉根《まゆね》を寄せると同時に、ユウマの聴覚《ちょうかく》もそれを捉《とら》えた。

　ずしん、どしん、という重く鈍《にぶ》い衝撃音《しょうげきおん》と、細く高い子供の声――いや悲鳴。遠いが、方向はどうにか解《わか》る。上ではなく下だ。一階のロビーで、誰《だれ》かが何かに襲《おそ》われているのだと直感的に悟《さと》る。

「……行かないと！」

　押し殺《ころ》した声で叫《さけ》び、ユウマはエレベーターに向かおうとした。しかしサワがジャケットの裾《すそ》を摑《つか》んで引き留める。

「待って、ユウ。コンケンも」

　振り向いた二人が何かを言う前に、サワは猛烈《もうれつ》な早口でまくし立てた。

「助けにいくのはいいけど、もしもまたすみかちゃんみたいに怪物化《かいぶつか》した人と出くわしたら、次はあれこれ考えてる余裕《よゆう》はないよ。たとえそれがクラスの誰《だれ》かでも、襲《おそ》ってきたら迷わずに戦って。あたしが使える回復魔法《かいふくまほう》は《癒しの雫《ヒーリング・ドロップ》》だけで、あれは激遅《げきおそ》HoT《リジェネ》だから瞬間的《しゅんかんてき》な大ダメージには効果がない。もしやばそうと思ったら……」

　そこでぴたりと言葉が止まるが、「すぐに逃げて」と言いたかったのであろうことは明らかだった。ユウマは逡巡《しゅんじゅん》を振り切《き》り、強く頷《うなず》いた。

「解《わか》った。――行こう」

　今度はサワも無言で頷《うなず》く。コンケンとも顔を見合わせてから、押し倒《たお》された自動ドアの残骸《ざんがい》を踏《ふ》んでエレベーターホールに出る。右側の壁《かべ》には大型エレベーターの扉《とびら》が三つ並んでいるが、表示灯の光は見えない。駆《か》け寄《よ》り、下向きのボタンを連打するが無反応。

「多分みんな、階段で下りたんだわ」

サワの声で右を見ると、階段マークのついた防火扉《とびら》が半ば開いていた。しかも、床《ゆか》や壁《かべ》にはいくつかの黒い染《し》み――恐《おそ》らく血痕《けっこん》が見て取れる。

「オレが先に行く」

そう宣言したコンケンが、両手でデュランダルを握《にぎ》りながら扉《とびら》に近づいた。しばし奥《おく》の気配を窺《うかが》ってから、ユウマたちに頷《うなず》きかける。

防火扉《とびら》の先の階段室はいっそう暗かったが、壁《かべ》に埋《う》め込まれた非常灯が弱々しく光っていて、魔《ま》法《ほう》を使う必要はなかった。踊《おど》り場《ば》の右に下り階段、左には上り階段が見える。

上の階はどうなっているんだろう、と一瞬《いっしゅん》思ったが、いまは悲鳴が聞こえた一階のロビーに急がなくてはならない。コンケンを先頭に、血染めの足跡《あしあと》が無数に残る階段を足早に下りて、やはり開け放たれたままの扉《とびら》から一階のエレベーターホールに出る。

右手に広がるロビーが視界に入った瞬間《しゅんかん》、ユウマは予想外の光景に驚《おどろ》き、低く喘《あえ》いだ。

「なん…………で」

暗い。

だがそんなはずはない。

窓がないプレイルームと違《ちが》って、アルテアの一階ロビーは壁《かべ》の大部分がガラス張りのはずだ。

事実、午前十一時に六年一組の生徒たちとアルテアに足を踏《ふ》み入《い》れた時は、南東のガラスから五月の陽光がたっぷりと差《さ》し込み、黒を基調としたロビーを明るく照らしていた。

視界右下に表示される現在時刻は、午後三時二十分。この季節の太陽が沈《しず》むには、いくらなんでも早すぎる。

それなのに、ロビーを取り囲む巨大《きょだい》なガラス壁《かべ》の向こうは、まるで真夜中のように暗い。

いや、夜とかそんなレベルではない、完全な漆黒《しっこく》。アルテアが建っているのは、十四万人が暮らすのぞみ市の中心部。たとえ真夜中でも、隣接《りんせつ》する道路や商業ビルの明かりが見えるはず。

それがまったく存在しないというのは、いったい――。

「……ぁあああああっ！」

再び子供の悲鳴が、今度ははっきりと聞こえてユウマは我に返った。いまは窓の外よりも中……ロビーのどこかにいるはずのクラスメイトのことを考えなくては。

一階フロアの南側を占《し》めるメインロビーは、半分にカットしたバウムクーヘンのような形をしていて、二枚の壁《かべ》で仕切られている。最南端《さいなんたん》のエントランスの正面にチケットカウンターがあり、右手がショッピングエリア、左手が喫茶《きっさ》コーナー。カウンターの内側に、スタッフの姿はない。

――いや。

非常灯の弱々しい光に照らされるロビーの床《ゆか》には、大きな物体が幾《いく》つも転がっている。十に満たない数だが、恐《おそ》らくその全てが大人の死体。

フリーズしかけた意識を、またしても響《ひび》いた悲鳴と、激しい金属音が再起動させた。

「あっちだ！」

叫《さけ》び、無理やりに足を動かす。ぼろきれのようになった死体が点々と転がるロビーを横切り、チケットカウンターの前を通過してショッピングエリア方面を目指す。がしゃん、がしゃんという衝撃音《しょうげきおん》と複数の悲鳴に、新たな音が混ざる。太く獰猛《どうもう》な、獣《けもの》めいた唸《うな》り声。

トラス構造の仕切り壁《かべ》の向こうにあるショッピングエリアの入り口は、金属パイプを連ねたグリルシャッターで封鎖《ふうさ》されていた。衝撃音《しょうげきおん》と唸《うな》り声《ごえ》を発生させているのは、シャッターを体当たりで破ろうとしているらしい誰《だれ》か、いや何かだ。

三人は急いで仕切り壁《かべ》の陰《かげ》に身を隠《かく》し、その何かに目を凝《こ》らした。

大きい。身《み》の丈《たけ》は、小学生にして身長が百六十五センチもあるコンケンよりも遥《はる》かに高く、二メートル半を超《こ》えるだろう。横幅《よこはば》もたっぷりとあり、身動きするたびに灰色の皮膚《ひふ》に包まれた肉がぶよぶよと震《ふる》える。手足は短いが異様に太く、そして頭は——どう見ても人間のものではなかった。

たるんだ皮膚《ひふ》がヒダ状に重なる首から高々と突き出す頭は、肉でできた三角帽子《さんかくぼうし》のようだ。二メートル半の身長のうち、尖《とが》った頭が約五十センチを占《し》める。顔にあたる部分には目も鼻もないが、体との付け根近くに水平の裂《さ》け目《め》めいた口があり、そこから野太い咆哮《ほうこう》とともに大量の唾液《だえき》を撒《ま》き散《ち》らしている。

「………なんだよ、あれ……」

コンケンの掠《かす》れ声《ごえ》に、ユウマは答えられなかった。

二人を襲《おそ》った綿巻《ワタマキ》すみかは、目と鼻がなくなっていたとはいえ姿形はまだ人のままだった。しかしシャッターに体当たりを繰《く》り返《かえ》している生き物は、手足のバランスや肌《はだ》の質感、何より三角錐状《かくすいじょう》に尖《とが》った頭が人間離《にんげんばな》れしすぎている。

あれも、綿巻すみかのように、アクチュアル・マジックのプレイヤーが変貌《へんぼう》した姿なのか。

それとも——本物のモンスターが、現実世界のアルテアに現れたとでも言うのだろうか。

シャッターの内側には大型の陳列棚《ちんれつだな》でバリケードが築かれ、悲鳴はその内側から聞こえる。

どうやら中にいる複数の子供がバリケードを支えているらしい。しかしユウマたちが見ているあいだにも、グリルシャッターの金属パイプは徐々《じょじょ》にひしゃげ、バリケードも押し込まれて、そう長くは持ちそうにない。

「……なんとかしないと」

ユウマが無意識に呟《つぶや》いた言葉に、サワが鋭《するど》く応じた。

「あのトンガリ頭、たぶんＨＰと物理《ぶつり》防御力《ぼうぎょりょく》が相当高い。あんたたちの鉄棒じゃ倒《たお》せない」

「でも……ほっとけねぇよ。売店の中に、きっと一組の……」

「解《わか》ってる。魔法《まほう》で戦うしかないけど……あたしのＭＰ、まだ半分も回復してない」

サワの声にも焦《あせ》りが滲《にじ》む。AM世界ならMPポーションを飲めば回復できるが、現実世界にそんなものがあるわけがない。そしてMPの自然回復速度は、職業《クラス》やスキル構成にもよるが、低レベルではほとんどあてにできないくらい遅《おそ》い。

魔《ま》法《ほう》はユウマも使えるものの、魔《ま》物《もの》使《つか》い専用の闇《やみ》属《ぞく》性《せい》魔《ま》法《ほう》《掴《グラスピング》む手《・ハンド》》の他に使えるのは初歩的な汎《はん》用《よう》魔《ま》法《ほう》ばかりで、攻《こう》撃《げき》魔《ま》法《ほう》は一つも習得していない。そして純戦士のコンケンは、物《ぶつ》理《り》攻《こう》撃《げき》専門。

どうすれば、と妹に訊《き》こうとした口を、ユウマは強く引き結んだ。

サワの横顔も固く強《こわ》張《ば》り、額には小さな汗《あせ》の玉が滲《にじ》んでいる。この何も解《わか》らない極限状《じょう》況《きょう》で

ユウマとコンケンを先導してきたサワだが、内心では怖《こわ》いに決まっているのだ。クラスメイトが怪《かい》物《ぶつ》に変身し、あるいは惨《ざん》殺《さつ》され、親友のナギは姿を消し……そして自分の体には角や羽が生えてしまった。そんな状《じょう》況《きょう》で必死に踏《ふ》ん張《ば》っている妹に、いつまでも頼《たよ》っていていいはずがない。

——自分の頭で考えるんだ。あの化け物を倒《たお》す方法を。

サワの言うとおり、トンガリ頭の巨《きょ》体《たい》は丈《じょう》夫《ぶ》そうな灰色の皮《ひ》膚《ふ》と分厚い脂《し》肪《ぼう》に守られていて、刃《やいば》のついていない鋼材で殴《なぐ》ってもほとんど効果はないだろう。そういうモンスターには魔《ま》法《ほう》で対処するのが常道だが、この三人の中でただ一人攻《こう》撃《げき》魔《ま》法《ほう》が使えるサワのMPが枯《こ》渇《かつ》していてはそれも不可能。

もしここがゲーム世界なら、いったん撤退《てったい》して装備を調《ととの》え、ＭＰを満タンにすべき場面だ。しかし現実世界のアルテアには、剣や槍《やり》を売っている武器屋も、ポーションを売っている道具屋も存在しない。この場所にあるもので何とかするしかない……。

この場所に。

瞬間《しゅんかん》、ささやかな天啓《てんけい》が訪《おとず》れる。

ゲームシステムに侵食《しんしょく》されてしまったと言っても、ここはあくまで現実世界だ。であるなら、ゲーム世界にはないものがあるはず。そう……この規模の施設《しせつ》なら、きっと。

「サワ、コンケン。ロビーであいつから二……いや一分だけ逃げ回《まわ》れるか？」

小声で訊《き》くと、サワは二秒、コンケンは三秒で頷《うなず》いた。

「うん、たぶん動きはそう速くない。でも、どうする気？」

サワが問い返してくるが、作戦を一から説明している時間はない。

「とにかく頼《たの》む！　コンケンも、危ないと思ったら階段から二階に逃げ……」

ユウマの言葉は、心臓が止まりそうになるほど騒々《そうぞう》しい金属音に遮《さえぎ》られた。

繰《く》り返《かえ》される体当たりに耐《た》えかねたグリルシャッターが、天井《てんじょう》のブラケットから外れて落下したのだ。これでもう、ショッピングエリアの生徒たちを守る壁《かべ》は急造のバリケードしかない。いくら内側から押さえても、子供の力では一、二回の体当たりにも耐《た》えられないだろう。

「――タゲはあたしが取る！　コンケンは横から牽制《けんせい》して！」

そう叫《さけ》ぶや、サワは近くに落ちていた、犠牲者《ぎせいしゃ》のものであろう車のスマートキーを拾った。楕円形《だえん》のそれを、オーバースローで投擲《とうてき》する。

昔からキャッチボールがユウマより上手《うま》かっただけあって、キーは一直線に飛翔《ひしょう》し、トンガリ頭の側面に命中した。バリケード目掛《めが》けて突進《とっしん》しようとしていた巨人《きょじん》が、「ぐぶる……」と唸《うな》りながら三人に顔なき顔を向ける。

「こっちだ、バケモン！」

コンケンが大声を出した途端《とたん》、

「ぐぼっ、ぐぼおっ！」

怒《いか》りなのか喜びなのか定《さだ》かでない大声を出し、巨人《きょじん》はバリケードから離《はな》れた。上体を下げ、尖《とが》った頭を突き出すようにして、何度か床《ゆか》を踏《ふ》み締《し》め――。

「ユウ、行って！」

サワに左手で押され、ユウマは巨人《きょじん》が突進《とっしん》してくるのを待たずに振り向くと、床《ゆか》を蹴《け》った。

ほぼ同時に、後方で獰猛《どうもう》な雄叫《おたけ》びと地響《じひび》きが轟《とどろ》く。

――二人とも、頑張《がんば》ってくれ！

声に出さずに念じながら、チケットカウンターに向かってダッシュ。黒いカウンターを飛《と》び越《こ》えて内側へ。

弧《こ》を描《えが》くカウンター内の通路をさらに十メートルほど走ると、右手の壁《かべ》に目指すものが見えた。【STAFF　ONLY】の表示がある銀色の扉《とびら》。もちろん普段《ふだん》は電子ロックがかかっているだろうが、ビル全体の主電源が落ちているこの状況《じょうきょう》なら――。

「……開《ひら》けっ」

小声で叫《さけ》びながら左手でレバーハンドルを押し下《さ》げる。呆気《あっけ》なく回り、ドアが数センチ動く。

ここまでで八秒経過。飛《と》び込みたかったが一瞬《いっしゅん》足を止め、内部の気配を探《さぐ》る。音も、匂《にお》いも感じない。

改めてドアを押し開《あ》けた時、後ろのロビーで凄《すさ》まじい騒音《そうおん》が響《ひび》いた。それに重なって、サワの叫《さけ》び声《ごえ》。

「こっちよ、ノロマ！」

――二人は大丈夫《だいじょうぶ》だ。サワとコンケンが僕を信じてくれたみたいに、僕も二人を信じないと。

決意を心に刻み、ドアの奥《おく》に踏《ふ》み込む。

バックヤードは非常灯も消えていて、ほぼ真っ暗だ。やむなく光魔法《まほう》の属性詞を唱え、左手に十秒限定の明かりを灯《とも》す。右手の鋼材をしっかり握《にぎ》り締《し》め、走る。

右の壁《かべ》に最初のドア。ネームプレートの文字は事務室――違《ちが》う。次のドアは休憩室《きゅうけいしつ》――違《ちが》う。

三つ目。医務室。

ここだ。

ドアを開けると同時に魔《ま》法《ほう》の光が消えたが、幸い室内はオレンジ色の非常灯でぼんやりと照らされている。

無人の医務室は予想より広かった。部屋の左側に、カーテンつきのベッドが三台。右側に、診察《しんさつ》デスクとワゴン、その奥《おく》に白いキャビネット。迷わず部屋を突っ切《き》って、キャビネットのガラス扉《とびら》を開く。

目的のものは、下段の大きな棚《たな》にあった。右手の鋼材を左手に移し、白いポリ容器の握《にぎ》りを摑《つか》んで引っ張り出す。ラベルの表記は五リットル。これで足りるという確証はないが、サワとコンケンに約束した一分もすでに半分が経過してしまっている。足りなかったら奥《おく》の手《て》を使うしかないと決意し、ポリ容器をぶら下げて医務室から飛び出す。

暗い通路を走《はし》り抜け、金属扉《きんぞくとびら》を引き開けてチケットカウンターの中に戻《もど》ったユウマの目の前を——。

灰色の巨人《きょじん》が、恐《おそ》ろしいほどのスピードで左から右へと駆《か》け抜けた。

上体を低く下げ、尖《とが》った頭を突き出して突進《とっしん》する巨人《きょじん》の行く手には、ほっそりしたサワの姿がある。壁際《かべぎわ》で巨人《きょじん》を待ち受け、タイミングを計って右に転がる。

ズガァァン！　という凄《すさ》まじい音とともに、巨人《きょじん》の頭がロビーとエレベーターホールを隔《へだ》てる壁《かべ》に突き刺さった。プラスチックの化粧《けしょう》パネルとその奥《おく》のコンクリートを深々と貫《つらぬ》き、一秒ほど動きを止めてから、両手を壁《かべ》に押し当《あ》てて頭を引き抜く。壁《かべ》には、直径三十センチはありそうな大穴が残される。

あんな頭突《ずつ》きを喰《く》らったら、いくら強化されていると言っても小学生の体などひとたまりもないだろう。素早《すばや》く起き上がったサワが、ロビーの中央へと走る。巨人《きょじん》もどすどす足踏《あしぶ》みして向きを変え、再び突進《とっしん》の体勢に入る。

バックヤードから戻《もど》ったユウマをちらりと見たサワが、両手を叩《たた》きながら叫《さけ》んだ。

「ほら、鬼《おに》さんこっち！」

「がふうっ！」

巨人《きょじん》がひと声唸《うな》り、トンガリ頭を低く下げる。ゾウの如《ごと》き足で何度か床《ゆか》を蹴《け》ってから、猛然《もうぜん》と走り始める。ターゲットされたサワは、軽《かろ》やかなステップで少しずつ後ろに下がる。

その足が、床《ゆか》に転がる死体の腕《うで》に引っかかった。

「アッ」

小さく声を上げ、尻餅《しりもち》をつく。驀進《ばくしん》する巨人《きょじん》が、黒光りする頭の先端《せんたん》を床《ゆか》すれすれまで下げる。

ユウマは急いでカウンターを跳《と》び越《こ》え、巨人《きょじん》を追いかけた。だが距離《きょり》を縮められない。サワも立ち上がろうとするが、死体が着ているニットの袖《そで》がブーツの鉤爪《かぎづめ》に引っかかってしまったようだ。

――だめだ、サワ、逃げろ。早く立って。立つんだ。早く。

脳裏《のうり》で必死に念じるが、サワと巨人《きょじん》の距離《きょり》はもう五メートルもない。視界が狭《せば》まり、手足の感覚が薄《うす》れていく。引き延ばされる時間の中で、だめだ、だめだ、という思念だけがリピートする。

その時――。

「うおらああああッ！」

叫《さけ》びながら、巨人《きょじん》の右側から突っ込んでくる人影《ひとかげ》があった。

コンケンだ。デュランダルを両手で振りかぶり、サワを貫《つらぬ》く寸前のトンガリ頭に叩《たた》き付《つ》ける。

ガキィイイン！　という金属音が轟《とどろ》き、火花が飛び散った。名前は立派だが単なる鉄の棒は呆気《あっけ》なく弾《はじ》き飛《と》ばされ、コンケンも巨人《きょじん》の右肩《みぎかた》に接触《せっしょく》してその場に打ち倒《たお》される。

しかし捨て身の一撃《いちげき》は無駄《むだ》ではなかった。巨人《きょじん》が限界まで下げていた頭の先端《せんたん》が床《ゆか》に接触《せっしょく》し、フロアタイルとベースパネルを剝《は》ぎ取《と》って、その下のコンクリートスラブに引っかかったのだ。

尻餅《しりもち》をついたサワの三十センチ手前で、巨人《きょじん》は自分の頭を支点にして逆立ち状態になると、サワを跳《と》び越《こ》えて背中から落下した。

地震《じしん》のような振動《しんどう》に足を取られかけたが、ユウマは懸命《けんめい》に走った。これがたぶん最初で最後のチャンスだ。サワとコンケンの命《いのち》懸《が》けの頑《がん》張《ば》りを無駄《むだ》にするわけにはいかない。絶対に。

二人のすぐ左を駆《か》け抜けたユウマは、起き上がろうともがく巨人《きょじん》の、横幅《よこはば》二十センチはありそうな口に白いポリ容器を力いっぱい押し込んだ。

「ぶぼおおおっ！」

くぐもった声で叫《さけ》んだ巨人《きょじん》が、とんでもない力でポリ容器を嚙《か》み、凹《へこ》ませる。

ユウマは右手でサワを引っ張り起こすと、倒《たお》れたコンケンのところまで下がった。

妹の体に傷がないことはひと目で解《わか》ったが、どうやらコンケンも出血はしていないようだ。

二人とも、約束の一分間をきっちり稼《かせ》いでくれたのだから、ここから先はユウマが役割を果たさなくては。

灰色の巨人《きょじん》は、短い両腕《りょううで》で床《ゆか》を押して立ち上がると、再びどすん、どすんと足踏《あしぶ》みしながら転回した。もしここがゲーム世界で、充分《じゅうぶん》な攻撃手段《こうげきしゅだん》があればあの振り向きの遅《おそ》さは明らかな弱点だが、いまは黙《だま》って見ているしかない。

二秒かけて振り向いた巨人《きょじん》の口には、ポリ容器が半ば以上埋《う》もれている。べきべきという音からして、もうすぐ容器が壊《こわ》れるはずだ。

「……ユウ、あれ何？」

掠《かす》れ声で訊《き》いてきたサワに、ユウマはぼそりと答えた。

「消毒用エタノール五リットル」

途端《とたん》、赤い瞳《ひとみ》がいっぱいに見開かれ、すぐに細められる。

「……そうか、魔法《まほう》の代わりってわけね。でもどうやって着火するの？」

その質問を聞いた瞬間《しゅんかん》、心臓がどきんと跳《は》ねる。

エタノールはあくまでも助燃剤《じょねんざい》であり、火を点《つ》けるためには当然火種が必要だが、ユウマはライターなど持っていない。サワもコンケンも同様だろう。

左手の鋼材で他の金属を叩《たた》けば火花を出せるかもしれない。しかし高さ二メートルを超《こ》えるところにある巨人《きょじん》の口には背伸《せ》びをしても手が届かないし、巨人《きょじん》が黙《だま》って見ていてくれるはずもない。

硬直《こうちょく》するユウマの隣《となり》で、サワが小さなため息とともに呟《つぶや》いた。

「……考えてないわけね。――たぶん、あと一分逃げ回《まわ》れば、《炎の矢《ファイア・アロー》》を一発撃《う》てるぐらいのMPが……」

妹がそこまで言った時、ユウマの脳裏《のうり》に数十秒前の光景がフラッシュした。どうにか思考を立て直し、囁《ささや》く。

「いや……その前にいっこ試《ため》してみる。だめだったら魔法《まほう》で頼《たの》む」

「試《ため》す……？」

怪訝《けげん》そうな声を出すサワと、床《ゆか》にへたり込んだままのコンケンをちらりと見てから、ユウマは左手の鋼材を右手に持《も》ち替《か》えた。

直後、巨人《きょじん》がエタノールのポリ容器を噛《か》み砕《くだ》いた。

透明《とうめい》な液体が溢《あふ》れ出し、半分は口の中へ、もう半分は外へと流れる。

「ぶごおおおっ！」

巨人《きょじん》が苦しげに身を捩《よじ》り、飛び散ったエタノールが頭にまで降りかかった。

——ここだ。

ユウマは右手を振りかぶると、鋼材をフルパワーで巨人《きょじん》の頭へと投げつけた。

回転しつつ飛んだ鋼材は、尖《とが》った頭の先端《せんたん》近く——錆《さ》びた鉄のように黒ずんだ部分に衝突《しょうとつ》し、先刻コンケンに叩《たた》かれた時と同じように白い火花を散らした。ごくささやかな火種だったが、気化したエタノールに点火するにはそれで充分《じゅうぶん》だった。

ぼっ、という音とともに、巨人《きょじん》の上半身が一瞬《いっしゅん》で燃え上がった。

理科の実験でアルコールランプを燃やした時と同じ、青みがかった炎《ほのお》が暗いロビーを明るく照らす。巨人《きょじん》は野太い咆哮《ほうこう》を撒《ま》き散《ち》らしながら両腕《りょううで》を振り回《まわ》すが、炎《ほのお》は消えない。

巨人《きょじん》の頭上に青い棒が浮《う》き上がった。HPバーだ。下部には【コーンヘッド・ブルーザー】という名前と《炎上《えんじょう》》のデバフアイコンが表示されている。どうやら自分の手で攻撃《こうげき》するか、自分がダメージを喰《く》らわなければバーは出現しないらしい。

ユウマは、跳《は》ね返《かえ》ってきて近くに転がった鋼材を拾い上げてから、数歩後退した。

巨人《きょじん》の上半身は炎《ほのお》に包まれ、体の中に入ったエタノールにも引火したのか、口からも火柱が噴《ふ》き上がっている。しかしバーの減りは思ったよりも遅《おそ》い。炎《ほのお》のダメージが低いわけではなく、サワが予想したとおりHPの絶対量が多いのだ。たとえ《炎の矢《ファイア・アロー》》を使っても、倒《たお》しきるには何発も当てる必要があるだろうが、数秒で消えてしまう魔法《まほう》の炎《ほのお》と違《ちが》って、五リットルものエタノールはそう簡単には燃《も》え尽《つ》きない。

　やがて、灰色の皮膚《ひふ》の各所が黒く炭化し始めた。凄《すさ》まじく嫌《いや》な匂《にお》いが漂《ただよ》い、ユウマは左手で鼻を覆《おお》った。焦《こ》げた皮膚《ひふ》が剝《は》がれ落《お》ちると、その下からエタノールの青っぽい炎色《えんしょく》とは違《ちが》う、赤黒い炎《ほのお》が噴《ふ》き上がる。たぶん、たっぷり蓄《たくわ》えた脂肪《しぼう》までもが燃え始めたのだ。

「ぶごっ！　ぶぎゅおおおおっ！」

　おぞましい悲鳴を放ちながら、巨人《きよじん》が激しく身もだえる。自身の肉体が燃え始めると同時にHPバーの減少も加速し、たちまち半分を割《わ》り込んで青から黄色に変わる。

　床《ゆか》の上で、コンケンが呻《うめ》くように言った。

「こいつ……モンスターのくせに、本物の……生き物みてーな……」

　それに、サワが低く応じる。

「そうよ、こいつらはただの3Dオブジェクトじゃない。でも……たぶんそれは、生きてるあいだだけ」

「……それ、どういう……？」

　ユウマのその問いかけは、巨人《きよじん》――コーンヘッド・ブルーザー《とんがり頭の乱暴者》が前のめりに倒《たお》れ込む轟音《ごうおん》に搔《か》き消《け》された。

　ブルーザーのHPバーが二割を下回り、赤くなる。もう上半身の皮膚《ひふ》はほとんど焼け崩《くず》れ、脂肪《しぼう》を燃やす炎《ほのお》が三、四メートルほどの高さにまで噴《ふ》き上がっている。このままではロビーの建材に燃え移ってしまうのでは、と心配になってきた、その時だった。

キンコンキンコンキンコンと奇妙《きみょう》に歪《ゆが》んだ警報音が鳴《な》り響《ひび》き、天井《てんじょう》から幾筋《いくすじ》もの高圧水流が燃える巨人《きょじん》をピンポイントで狙《ねら》って噴射《ふんしゃ》された。火災検知器が立ち上る炎《ほのお》に反応し、放水銃《ほうすいじゅう》型スプリンクラーを作動させたのだ。

予想外の事態に硬直《こうちょく》するユウマの視界を、もうもうたる白煙《はくえん》が覆《おお》い隠《かく》した。その奥《おく》で火勢が急速に衰《おとろ》えていく。煙《けむり》の中でもこれだけは明瞭《めいりょう》に見えるブルーザーのＨＰバーは、まだ一割と少し残っている。

――どうする。あの残量なら、物理《ぶつり》攻撃《こうげき》で削《けず》り切れるか。それとも新しいエタノールを取りにいって、放水が止まってからもう一度燃やすか。

ユウマが逡巡《しゅんじゅん》していたのは、ほんの二、三秒だったはずだ。

しかし、それが命取りとなった。

「ぶごおおおっ！」

怒声《どせい》とともに、白煙《はくえん》の奥《おく》から凄《すさ》まじい勢いで伸びてきた巨大《きょだい》な手が、ユウマの胴《どう》を鷲掴《わしづか》みにした。

「ユウッ!!」

「お兄ちゃん!!」

背後でコンケンとサワが叫《さけ》ぶ。ユウマは体を限界まで捻《ひね》り、二人に向けて懸命《けんめい》に手を伸ばした。しかし、指先はほんの数センチのところで空を切り――。

全身の血が逆流するほどの勢いで、ユウマは高々と持ち上げられた。

「がばああああっ！」

いつの間にか立ち上がっていたブルーザーが、雄叫《おたけ》びを迸《ほとばし》らせながらユウマをトロフィーの如《ごと》く掲《かか》げる。すでに火は消えているが、スプリンクラーの放水はまだ続いていて、ユウマの頭や肩《かた》を高圧水流が直撃《ちょくげき》する。

「うあっ！」

思わず悲鳴を漏《も》らしてしまったが、真の危機は頭上ではなく足許《あしもと》にあった。

「ぐばあ……」

真っ黒に焼《や》け焦《こ》げたブルーザーが、トンガリ頭の付け根にある口を開ける。最初は横幅《よこはば》二十センチ足らずだったのに、ごきん、ごきんと嫌《いや》な音が響《ひび》くたびに拡大し、たちまち三倍以上の幅《はば》になる。

まさか。

とユウマが戦慄《せんりつ》した次の瞬間《しゅんかん》、巨人《きょじん》が手を離した。

落下したユウマの下半身を、底なし穴のような口が呑《の》み込む。一つ一つが子供の拳《こぶし》ほどにも大きい乱杭歯《らんぐいば》の列が、裁断機の如《ごと》く閉じる――。

ガキイィィン！

という金属音が轟《とどろ》き、巨人《きょじん》の歯列はユウマの体を食いちぎる寸前で止まった。

ユウマが、ほとんど脊髄反射的《せきずいはんしゃてき》な動作で、右手に握《にぎ》っていた鋼材を上の歯と下の歯のあいだに挟《はさ》み込んだのだ。

「があ‼」

ブルーザーの怒《いか》りの咆哮《ほうこう》が、ユウマの体を直接振動《しんどう》させる。鋼材と歯列が嚙《か》み合《あ》う箇所《かしょ》から、断続的に火花が飛び散る。

そしてユウマは、信じがたいものを見た。

厚さ六ミリ、幅《はば》五センチはある鋼材が、くの字に折れ曲がっていく。

「ユウ、早く逃げろ‼」

コンケンの叫《さけ》び声《ごえ》が聞こえる前から、ユウマはブルーザーの上顎《うわあご》と下顎《したあご》に両手を突っ張《ば》って、必死に下半身を引き抜こうとしていた。だがぶよぶよと蠢《うごめ》く肉に両足を搦《から》め捕《と》られ、なかなか脱出《だっしゅつ》できない。

ユウマがもがいているあいだにも、鋼材はぎし、ぎしと軋《きし》みながら曲がり続ける。やがて、歯列の先端《せんたん》が腹と背中に触《ふ》れる。

「く……！」

胃がひっくり返りそうな恐怖《きょうふ》に耐《た》えながら、ユウマは両手で巨人《きょじん》の口を押し広《ひろ》げようとした。だが、どんなに力を込めても、裁断機の如《ごと》き歯列は鋼材を押し曲げながら、ユウマの体に一センチ、また一センチと食い込んでくる。

「ユウ――ッ！」

「お兄ちゃん、諦《あきら》めないで!!」

コンケンとサワの声に、鈍《にぶ》い打撃音《だげきおん》が続く。二人がブルーザーの両脚《りょうあし》を攻撃《こうげき》しているのだ。

だが巨人《きょじん》はまったく意《い》に介《かい》する様子もなく、愚直《ぐちょく》に鋼材を噛《か》み締《し》め続ける。

ついに、ユウマの腹に鈍《にぶ》い痛みが走った。

もう上下の歯列の隙間《すきま》は十五センチもあるまい。あと十秒で歯が皮膚《ひふ》を突き破《やぶ》り、二十秒で胴体《どうたい》が真っ二つに食いちぎられる。

仮想世界なら、そんな死に方をしてもアバターは光のパーティクルとなって四散するだけで、すぐにホームポイントで蘇生《そせい》できる。

しかしここは現実世界だ。ユウマは内臓をまき散らして死に、二度と生き返ることはない。ロビーのあちこちに転がっている大人たちのように。一番プレイルームで事切れていた、三浦《ミウラ》幸久《ユキヒサ》のように。

「うあ……あああああっ……！」

恐怖《きょうふ》に耐《た》えきれず、ユウマは悲鳴を上げた。

視界左上で、ＨＰバーが減り始める。腹筋と背筋が押し潰《つぶ》され、内臓がひしゃげる。

「あ……あ……あああああアアアアア――――ッ!!」

自分のものとも思えない絶叫《ぜっきょう》に、鋼材がへし折れる音が重なった。

ブラックアウト。

6

ざ……ん。

ざざ……ん。

不思議な音が響《ひび》くたび、両足を温《ぬる》い水が浸《ひた》していく。

湿《しめ》った砂の上に寝転《ころ》がっているようだ。顔を撫《な》でていく風には、どこかで嗅《か》いだことのある匂《にお》いが含《ふく》まれている。これは……

潮《しお》の匂《にお》い。

ユウマは瞼《まぶた》を開けた。

夕方……だろうか。空が赤い。だがすぐに違《ちが》うと気付く。視界いっぱいに広がる空は、異様に鮮《あざ》やかなクリムゾンレッド一色に染まっていて、まったくグラデーションというものがない。

こんな夕焼け空は有り得ない。

その空を、眩《まばゆ》く燃える火の玉が、黒い煙《けむり》の尾《お》を引きながらいくつも横切っていく。

ゆっくりと体を起こし、周囲を見回す。

左右には、白い砂浜《すなはま》がどこまでも広がっている。正面には、やはり無限に続く水面……海だ。寄せては返す波が、ユウマの素足《すあし》を繰《く》り返《かえ》し洗う。自分の体を見下ろすと布きれ一枚たりとも身につけていないが、なぜか気にならない。

再び、顔を仰《あお》向ける。

遠雷《えんらい》のような音を響《ひび》かせて降り注ぐ流星……いや隕石群《いんせきぐん》は、赤い空を斜《なな》めに横切り、水平線の彼方《かなた》に消えていく。目を凝《こ》らすと、その方向の空に、凄《すさ》まじく巨大《きょだい》な爆煙《ばくえん》が立ち上っていることに気付く。

「星が……落ちてる……」

ユウマが呟《つぶや》くと――。

「そうさ」

すぐ右側で誰《だれ》かが答えた。

そちらを見ると、さっきまでは誰《だれ》もいなかったはずの場所に、少年が一人座《すわ》っていた。

ユウマと同じような体格、同じような髪型《かみがた》、そしてやはり服を一枚も着ていない。解《わか》るのはそれだけだ。ほっそりした裸体《らたい》は半ば透《す》き通《とお》り、輪郭《りんかく》が陽炎《かげろう》のように揺《ゆ》らいでいて、顔はよく見えない。

少なくとも声に聞き覚えはないし、こんな雰囲気《ふんいき》の知り合いがいたという記憶《きおく》もない。なのにユウマは、相手の正体を気にすることもなく、再び水平線を見やった。

「……あんなに落ちて、大丈夫《だいじょうぶ》なの？」

「大丈夫《だいじょうぶ》なわけがない」

少年が皮肉っぽく口《くち》の端《は》を歪《ゆが》める。

「あの隕石群《いんせきぐん》が、きみたちの言う《P - T境界》……ペルム紀末の、地球史上最大の大量絶滅《たいりょうぜつめつ》を引き起こしたものの正体さ。もうすぐ地殻《ちかく》そのものが砕《くだ》け、上昇《じょうしょう》してきた大量のマントルが、宇宙まで届くような火山爆発《かざんばくはつ》を起こす。そして、この星に存在する生命の九十五パーセントが死滅《しめつ》するんだ」

「そんな……なんとかしないと……」

ユウマが立ち上がろうとすると、少年が今度は愉快《ゆかい》そうに笑った。

「あははは……残念だけど無理だよ。ここまできたらもう、天使にも悪魔《あくま》にも止められない。……それに、きみが見ているこの光景は、二億五千万年前にすでに起きてしまったことなんだ。むしろ、この大量絶滅《たいりょうぜつめつ》が発生しなければ、きみたち現生人類だって誕生しなかったんだよ……ユウマ」

名前を呼ばれ、ユウマは濡《ぬ》れた砂に座《すわ》り直すと、もう一度少年の顔を見た。

「きみは……誰《だれ》なの？」

「誰《だれ》でもいいだろ。それに、そんなことを気にしてる場合なのか？」

見えない顔に皮肉っぽい笑《え》みを浮《う》かべ、少年は言った。

「きみはいまこの瞬間《しゅんかん》、死にかけているのに」

「…………」

その言葉で、ようやく思い出す。

ユウマは、トンガリ頭ことコーンヘッド・ブルーザーに下半身を食いちぎられた——いや、食いちぎられる寸前だったのだ。右手で剝《む》き出しの腹を撫《な》で回《まわ》してみるが、傷はもちろん痛みもない。

「僕は……死んだの？　ここは、死後の世界……？」

すると少年は、軽く肩《かた》をすくめた。

「死にかけてる、って言ったろ。まだ命の糸は繫《つな》がってる……切れる寸前だけどね」

「でも……あの状態から助かる方法なんて……」

「戻《もど》ったら、折れたつっかえ棒の角度を戻《もど》せ。そして魔物使《まものつか》いの力を使え。その二つを同時にやるんだ」

ユウマは、少年をまじまじと見詰《みつ》めた。幻像《げんぞう》の如《ごと》く揺《ゆ》らめく顔は相変わらず表情を読み取れないが、もう笑っていないことは解《わか》る。

「……どうして、そんなことまで知ってるの？」

「いまはどうでもいい。助かりたいのか、助かりたくないのか？」

「そりゃ助かりたいけど……でも、二つのことを同時にやるなんて……。それに、魔物使《まものつか》いの力っていうのはつまり……」

「迷ってる場合か？　あのデカブツは、きみの友達と妹も殺すぞ」

「…………」

その通りだ。サワとコンケンは、ユウマが殺されたからといって、即座《そくざ》に逃げたりはきっとしない――できない。たぶん冷静さを失い、ブルーザーに闇雲《やみくも》に殴《なぐ》りかかって、致命的《ちめいてき》な反撃《はんげき》を喰《く》らうだろう。

「解《わか》った……やるよ」

ユウマが頷《うなず》くと、少年は左手を伸ばし、ユウマの背中を軽く叩《たた》いた。

「迷うなよ、ユウマ。ぼくはきみに賭《か》けたんだからな。さあ、目が醒《さ》めるぞ……三、二、一、ゼロ」

7

目も眩《くら》むほどの激痛。

だが、まだ生きている。

ユウマは、一瞬《いっしゅん》の迷いもなく右手を動かし、へし折れた直後の鋼材の片方を掴《つか》んだ。それを渾身《こんしん》の力で回転させる。ユウマの腹を食いちぎる寸前だった巨人《きょじん》の歯列に再び鋼材が挟《はさ》まり、ガキッ！　と火花が散る。

だが、角度がわずかに足りない。このままでは数秒後に鋼材が外れてしまう……と思った、その時だった。

視界の色が薄青《うすあお》く変化し、全てが止まった。

コーンヘッド・ブルーザーも、足許《あしもと》のサワとコンケンも、天井《てんじょう》のスプリンクラーが噴射《ふんしゃ》する水流までもが、完全に静止している。

何もかもが凍《こお》り付いた世界で、ユウマだけが動き、左手でポケットからカードを引き抜いた。

それを高く掲《かか》げ、叫《さけ》ぶ。

「アペルタ《開け》!!」

立体魔法陣《りったいまほうじん》が展開し、黒い光が迸《ほとばし》り――その中心から、ずっ……と人影《ひとかげ》が現れた。

雪花小《ゆきはなしょう》の制服を着た、顔のない少女。

綿巻《ワタマキ》すみか。


再び時間が動き始めた。

ユウマがもう一度ブルーザーの歯と歯の間に挟《はさ》み込んだ鋼材が、耳障《みみざわ》りな音を立てて弾《はじ》け飛んだ。

今度こそ、本当に下半身を食いちぎられると直感した、その瞬間《しゅんかん》。

二つの手が凄《すさ》まじい速さで伸び、巨人《きょじん》の上の歯と下の歯を摑《つか》み止めた。

召喚《しょうかん》されたユウマの使い魔《ファミリア》、綿巻すみかがブルーザーの肩《かた》の上にしゃがみ込み、何も命令していないのに巨人《きょじん》の口が閉じるのを妨《さまた》げたのだ。

「がっ！　ごがあっ！」

怒《いか》りの咆哮《ほうこう》に、ブルーザーの顎関節《がくかんせつ》がみしみしと軋《きし》む音が重なる。モンスターの顎《あご》の力など推測するすべもないが、厚さ六ミリの鋼材を軽々とへし折ったのだから、トラやワニを上回るパワーがあるのは確実だ。

そのブルーザーの咬合力《こうごうりょく》を、綿巻すみかは華奢《きゃしゃ》な右腕《みぎうで》と左腕《ひだりうで》で完全に受け止めている。いや――それだけではない。ぶち、ぶち、という異音が響《ひび》くたび、巨人《きょじん》の顎《あご》は数ミリずつ押し広《ひろ》げられていく。

胴体《どうたい》を食いちぎる寸前だった歯列の圧力が弱まり、ユウマは「ぐはっ……！」と詰《つ》めていた息を吐《は》いた。

それがきっかけになったかのように、綿巻《ワタマキ》すみかが耳まで裂《さ》けた口を大きく開き――吼《ほ》えた。

「シャアアアアッ‼」

ほっそりした両手の甲《こう》に、ビキッ！　と骨が浮《う》き上がる。

すみかは上体を低く下げ、両肩《りょうかた》を怒《いか》らせて、これがフルパワーだと言わんがばかりの勢いで巨人《きょじん》の口をこじ開けていく。

腱《けん》や筋肉が断裂《だんれつ》し、軟骨《なんこつ》が砕《くだ》けるおぞましい音が響《ひび》き渡《わた》り――コーンヘッド・ブルーザーの上顎《うわあご》と下顎《したあご》が、一メートル近くも引き離《はな》された。

「おごおおおおおっ‼」

野太い怒声《どせい》、あるいは悲鳴を迸《ほとばし》らせたブルーザーが、巨体《きょたい》を不自然な体勢で静止させた。

頭上に浮《う》かぶ、残り一割足らずだったHPバーが瞬時《しゅんじ》に消し飛び――直後、灰色の巨人《きょじん》は、黒っぽい無数の断片《だんぺん》となって四散した。

支えを失い、落下したユウマを誰《だれ》かが両腕《りょううで》で受け止める。それがコンケンだということにも気付かずに、ユウマはブルーザーの断片《だんぺん》を凝視《ぎょうし》した。

どろどろした質感の、半ば透《す》き通《とお》った断片《だんぺん》たちは、虫の群れか何かのように渦《うず》を巻きながら上昇《じょうしょう》する。その先には直径三十センチほどの黒い輪っかが浮《う》いていて、断片《だんぺん》は凄《すご》い勢いでそこに吸い込まれていく。

輪っかの中に、何か紋章《もんしょう》のようなものが見えた……と思った直後、全ての断片《だんぺん》が吸収され、輪っか自体も消えた。

スプリンクラーの放水もいつの間にか止まっていて、広いロビーはさっきまでの激闘《げきとう》が嘘《うそ》のような静寂《せいじゃく》に包まれる。

不意に、ぴちゃん、ぴちゃんと湿《しめ》った足音が聞こえた。

ユウマが天井《てんじょう》に向けていた顔を動かすと、床《ゆか》にできた水たまりの中を、ゆっくりと近づいてくる人影《ひとかげ》が見えた。

「綿巻《ワタマキ》……」

「すみかちゃん……」

ユウマを抱《かか》えるコンケンと、その横に立つサワが掠《かす》れ声で囁《ささや》く。

いまの綿巻すみかは、ユウマの使い魔《ファミリア》だ。事実、コーンヘッド・ブルーザーに食われる寸前だったユウマを助けたのだから、少なくとも三人を攻撃対象《こうげきたいしょう》と見なしてはいないはず。だが、すみかはユウマが何も命令していないのに、自分の意思で巨人《きょじん》を屠《ほふ》った。その自律行動状態は、現在も継続《けいぞく》している。

いますぐ「止まれ」と命じるべきか、ユウマは迷った。

しかし、口を開くよりも早くすみかが電光の如《ごと》きスピードで右手を伸ばし、ユウマの首筋を摑《つか》んだ。

「お兄ちゃん！」

押し殺《ころ》した声で叫《さけ》ぶサワに、手振《てぶ》りで「大丈夫《だいじょうぶ》だ」と伝える。コーンヘッド・ブルーザーの顎《あご》を引きちぎるほどのパワーを秘めた右手には、ほとんど力が入っていない。

すみかは、ユウマの首から左頰《ひだりほお》へとゆっくり手を動かしながら、無貌《むぼう》の貌《かお》を近づけ――。

「ア………」

と嗄《か》れた声を出した。

無数の牙《きば》が並ぶ、巨大《きょだい》な口をぎこちなく動かし、再び囁《ささや》く。

「ア……シ、ハラ、ク…………ン………」

「…………！」

ユウマは両目を見開いた。

いまの綿巻《ワタマキ》すみかは、見た目も中身も人間ではない。ステータス・ウインドウに明記された、《夜の悪鬼《ナイト・フィーンド》》という種族名からもそれは明らかだ。キャプチャーされる前に三浦幸久《ミウラユキヒサ》を惨殺《ざんさつ》し、ユウマとコンケンをも殺そうとした、その事実を忘れるわけにはいかない。

しかし、たとえそうであっても、どこか奥《おく》のほうに本来のすみかの心が残っている。だから、いつか元に戻《もど》せる。

改めてその決意を固めながら、ユウマは左手を持ち上げ、自分の頬《ほお》に押し当《あ》てられたままのすみかの右手に重ねた。

「……ありがとう、綿巻《ワタマキ》さん」

囁《ささや》いてから、呪文《じゅもん》を唱える。

「クラウザ《閉じろ》」

すみかの体を、足許《あしもと》から闇色《やみいろ》の立体魔法陣《りったいまほうじん》が呑《の》み込んでいく。魔法陣《まほうじん》は頭に達すると凝縮《ぎょうしゅく》し、一瞬《いっしゅん》の閃光《せんこう》を放って、小さなカードを作り出す。

そのカードを左手で摑《つか》むと、ユウマは言った。

「コンケン、下ろしてくれ」

「でも……お前、腹と背中から血が出てるぜ。中身は大丈夫《だいじょうぶ》なのかよ？」

「中身って言うなよ」

苦笑《くしょう》しながら自分の体を見下ろすと、シャツの前身頃《まえみごろ》は無残に擦《す》り切《き》れ、鮮血《せんけつ》が滲《にじ》んでいる。背中もじんじん痛むが、ＨＰバーは残量七割のまま減っていく様子はないので、内臓に大きなダメージはなさそうだ。

「大丈夫《だいじょうぶ》、血も止まってるよ。ジョブチェンジしたら、筋力だけじゃなくて耐久力《たいきゅうりょく》も上がったみたいだ」

「確かに……オレももう、左腕《ひだりうで》痛くねーな」

そう応じると、コンケンはようやくユウマを床《ゆか》に下ろした。

自分の足で立ち、改めてロビーを見回す。

コーンヘッド・ブルーザーが足踏《あしぶ》みや頭突《ず》きをしたせいで、床《ゆか》があちこち損傷しているうえにかなりの範囲《はんい》が水浸《みずびた》しだが、新手のモンスターが現れる様子はない。危機はひとまず去ったと判断してよさそうだ……とユウマが考えた、その瞬間《しゅんかん》。

聞き覚えのある軽《かろ》やかなファンファーレとともに、視界中央に紫色《むらさきいろ》のメッセージ窓が開いた。

【芦原佑馬《アシハラユウマ》】
レベル7↓8
ステータスポイント＋3
スキルポイント＋40
入手：ブルージング・ハンマー×1
入手：グレイレザー・グローブ×1
入手：レッサーポーション×3

ユウマがこの窓を見るのは初めてではない。アクチュアル・マジックのテストプレイ中に、レベル1から7へと上昇《じょうしょう》する過程で何度も表示されたメッセージ・ウインドウ。

しかし、AM世界では当たり前の存在だった実体なき窓が、現実世界の空中に浮《う》かんでいる光景はあまりにもシュールで、ユウマは唖然《あぜん》とそれを凝視《ぎょうし》した。この場所は現実であり、またゲームでもあるのだという受け入れがたい事実が、改めて全身に重くのしかかってくる。

その気分を吹き払《はら》ったのは、やはりコンケンの声だった。

「っしゃ！　レベルアップだぜ！」

彼だけに見えるウインドウに向かってガッツポーズする親友をしばらく眺《なが》めてから、サワと顔を見合わせ、同時にくすっと笑う。そんな何気ない、小さい頃《ころ》から幾度《いくど》となく繰《く》り返《かえ》してきた一連《シークエンス》の流れが少しばかり気分を落ち着かせてくれて、ユウマは普段《ふだん》の声で親友に話しかけることができた。

「コンケン、お前にも経験値入ったのか？」

「んお？　おう！　ユウもレベル上がったんだよな。っつうことは、経験値均等割りか……。どういうルールなんだろーな……」

「AMと同じよ、たぶん」

サワが割《わ》り込む。

「対象モンスターに一ポイントでもダメージを与《あた》えたプレイヤー全員で均等割り。パーティーを組んでいれば、ダメージを与《あた》えなかったメンバーにも経験値が入るし、パーティーボーナスもあったはず」

「ほほー、なるほどね。だったら、トンガリ頭と戦う前にパーティー組んどきゃよかったな。つーか……こっちでもパーティーって組めんのか？」

コンケンの言葉に、ユウマは自分のHPバーを一瞥《いちべつ》した。

アクチュアル・マジックは、《レベルアップで全回復》などという優《やさ》しい仕様ではないのでHPもMPも減ったままだが、少なくともゲームシステムが現実世界でも機能していることは間違《まちが》いない。

「組める……んじゃないか？　いま、レベルアップログと一緒《いっしょ》にアイテムドロップログも流れたんだ。でも、オブジェクト……実体としてのアイテムは出現しなかった。なら、AM世界と同じくストレージに入ったはずだし、ストレージが使えるなら、それ以外のシステムも使えるはずだろ」

「ドロップ!?　マジで!?」

ユウマにしては頑張《がんば》って頭を使った推測は、コンケンの欲望丸出しな叫《さけ》び声《ごえ》に上書きされてしまった。

「な、何が落ちたんだよ!?　いまのトンガリ、相当レベル高かったろ……てことは、けっこういいアイテム出たんじゃねーの!?」

そんな場合じゃないよなあ、と思いながらもユウマは右手を持ち上げ、五本の指をすぼめた。

これをしたら、後戻《あともど》りできないところにまた一歩踏《ふ》み込むことになる。ふとそう感じたが、この異常事態を生き延び、ナギを見つけ、綿巻《ワタマキ》すみかを元に戻《もど》すためには避《さ》けて通れない道だ。

意を決して、空中でさっと指を広《ピンチアウト》げる。

ゲーム世界より少しだけ歪《ゆが》んで聞こえる効果音が響《ひび》き、メニュー画面が展開した。血と煤《すす》で汚《よご》れた指先で、ストレージタブに移動する。

三時間弱のテストプレイが終了《しゅうりょう》した時、ストレージにはモンスターからのドロップアイテムや道具屋で買った消耗品《しょうもうひん》などが大量に詰《つ》め込まれていた。しかしそれらはログアウトとともに消滅《しょうめつ》し、先刻コーンヘッド・ブルーザーがドロップした装備アイテムとポーションだけが格納されていると予想したのだが、意外にも二つだけ、AM世界で手に入れたアイテムが残存していた。

一つ目は、《テスト通過証明カード》。ダンジョンのボスドラゴンを倒《たお》した時に降ってきた、クリアタイムが書かれたカードだ。これは解《わか》らなくもないが、二つ目の《モンスターカード／ムク》というアイテム名を見た瞬間《しゅんかん》、ユウマは「え」と小さく声を上げてしまった。

オリエンテーションで予告されたとおり、テストプレイで獲得《かくとく》した武器も防具も消えたのに、なぜムクのカードは残っているのだろう。キャプチャーしたモンスターは、アイテムではなくパーティーメンバー扱《あつか》いということか？　それでは、正式サービス開始時に魔物使《まものつか》いが著《いちじる》しく有利になってしまうのではないか。

しかし、いまとなってはゲームの公平性などどうでもいいことだ。ムクのカードが破棄《はき》されなかったことを素直《すなお》に喜びながら、まずはポーションを二つ実体化させる。

「おお！　おー………レスポかよ……」

露骨《ろこつ》にがっかりした顔で下級回復薬《レッサーポーション》の略称《りゃくしょう》を口にするコンケンに、ユウマは淡《あわ》い黄色の液体が入った小瓶《こびん》を一つ差し出した。

「おいコンケン、この状況《じょうきょう》じゃポーションはめちゃくちゃ貴重だぞ。現実世界の薬を塗《ぬ》ったり包帯巻いたりしても怪我《けが》はそう簡単には治らないけど、回復薬《ポット》が魔法《まほう》と同じ扱《あつか》いなら、飲めば一発回復なんだからな」

「けどよー、それ、実際に飲んでみねーと効くかどうか解《わか》んねーじゃん？　ただのレモン味のジュースかも……」

「お前、好きだろレモン味」

そう言って小瓶《こびん》を押しつけ、もう一瓶《びん》はサワに渡《わた》す。妹はポーションの重要性が解《わか》っているらしく、「ありがと」と素直《すなお》に受け取った。ここで遅《おそ》まきながら、水着同然の格好のサワにはポーションを入れておくポケットもバッグもないのだと気付くが、サワは平然とストレージを開き、その上に小瓶《こびん》を置いた。AM世界と同じく瓶《びん》は瞬時《しゅんじ》に光の粒《つぶ》となって消え、ストレージ内に格納される。

こうしておけば落として割ったりする心配はないが、一秒を争う状況《じょうきょう》ではメニューを出し、ポーションを実体化させる手間と時間が命取りになりかねない。やはり、サワには早めに服とバッグを見つけてやらなければ——。

そう考えてから、ふと気付く。

「サワ、僕らが持ってきたバッグとかってどうしたんだっけ……？」

「バスの中に置いてきたでしょ。アルテアの正式オープン日にはロッカーが使えるようになるけど、今日は間に合わなかったから手荷物は持《も》ち込み禁止、って言われて」

「あー、そっか……」

頷《うなず》き、ユウマは視線をロビーの外側へと向けた。

高さ十メートルはありそうな全面ガラス張りの壁《かべ》は、相変わらず漆黒《しっこく》の闇《やみ》に染まっている。

しかし壁《かべ》の外には駐車場《ちゅうしゃじょう》があり、六年一組の生徒四十一人と引率教師《いんそつきょうし》二人を乗せてきたバスが駐《と》まっているはずだ。エレベーターが動かなかったのでエントランスの自動ドアも開かないと思われるが、ガラスの扉《とびら》ぐらいなら子供でも壊《こわ》せないことはないだろう。なんとか駐車場《ちゅうしゃじょう》まで行ってバッグを回収できれば、ポーションや他のアイテムを実体化したまま運べるし、バッグの中には水筒《すいとう》やお菓子《かし》も入っている。

その思考のばかばかしさに気付くまでに、一秒ほどかかった。

建物の外に出られたら、バッグを持ってアルテアに引き返す必要はない。外ならクレストのネット接続も復活するだろうから、警察なり消防なりに救助を求めればいいのだ。大人たちが何が起きているのかを突《と》き止めて、ナギを見つけ出し、綿巻《ワタマキ》すみかを元《もと》に戻してくれるはずだ。

たぶん——恐《おそ》らく。

「……外に出よう」

ユウマが呟《つぶや》くと、レッサーポーションの小瓶《こびん》を眺《なが》めていたコンケンが顔を上げた。

「え……？　でも、自動ドアが開かねーだろ？」

「ドアも壁《かべ》もガラスなんだから、僕たちでも壊《こわ》せないってことはないはずだ。コンケン、これ使え」

そう言うと、出しっぱなしのストレージ窓に指を走らせる。所有アイテム一覧の先頭にある《ブルージング・ハンマー》の名前を指先でタップし、ポップアップしたサブウインドウから《取り出す》を選ぶ。

ウインドウの上に出現したのは、期待したとおりの代物《しろもの》だった。

長さ一メートル近くもある丈夫《じょうぶ》そうな木製の柄《つか》に、金属の頭を嵌《は》め込んだ大型のハンマー。頭は細長い円錐形《えんすいけい》をしていて、打撃面《だげきめん》は円形、反対側は鋭《するど》く尖《とが》っている。つまり先ほど倒《たお》した《コーンヘッド・ブルーザー》の頭部ととてもよく似たデザインだ。

「おー、武器も落ちたんじゃん！」

一転して嬉《うれ》しそうな声を出すコンケンだったが、宙に浮《う》くハンマーを見た途端《とたん》、渋《しぶ》い表情になった。

「……両手用ハンマーかよ……。しかもなんか、さっきのデカブツのトンガリ頭に似てんだけど……」

「トンガリ頭からトンガリハンマーが落ちたんだから整合性あるだろ」

そう言うと、ユウマは右手でウインドウ上のハンマーを持ち上げようとした。しかし武器は見た目以上の重さで、慌《あわ》てて左手も使ってどうにかウインドウから離《はな》したが、HPバーの下に装備重量オーバーを知らせるアイコンが点灯してしまう。

「は……早く受け取れって」

全身でバランスを取りながら差し出すと、コンケンは「ちょい待ち」とストレージを開き、いつの間にか回収していたデュランダルを収納してから、がっしりした両手でハンマーの柄《つか》を握《にぎ》った。ユウマは慎重《しんちょう》に手を離《はな》したが、コンケンがふらつく様子はない。

「使えそうか？」

「あ、ああ……。クッソ重いけど、なんとか」

「お前、両手剣修練《マスタリー》スキルしか取ってなかったもんな。さっきのスキルポイントでハンマー修練も取れよ」

「や、ヤだよ！　次はオレも魔法《まほう》取るって決めてんだからな」

ユウマの真摯《しんし》なアドバイスを一蹴《いっしゅう》すると、コンケンはブルージング・ハンマーを握《にぎ》り直し、体の前で構えた。修練スキルがなくとも、戦士クラスだけあって格好はなかなか様になっている。

「どうだ、それで壁《かべ》のガラス、壊《こわ》せそうか？」

「んー、多分、こんだけ重けりゃ……。――でもよ……」

言葉を途切《とぎ》れさせたコンケンが、さすがに少々乱れてきた前髪《まえがみ》をショッピングエリアのほうに向ける。ユウマもそちらを見ると、悲鳴や絶叫《ぜっきょう》はすでに収まっているが、即席《そくせき》バリケードで封鎖《ふうさ》された入り口の奥《おく》からはまだ女子のものであろうすすり泣きがかすかに聞こえる。

「……先に、あいつらに教えてやったほうがいいんじゃねーの？　もうバケモンは倒《たお》したって」

「うーん……」

眉根《まゆね》を寄せ、考える。

コンケンの意見にも一理あるが、コーンヘッド・ブルーザーを倒《たお》しても問題が全て解決したわけではない。パニック状態に陥《おちい》っているであろうクラスメイトたちを落ち着かせるには、この状況《じょうきょう》からの脱出口《だっしゅつこう》を作っておいたほうがいい気がする。

どう思う、という問いを視線に乗せてサワを見たが、妹は無言で小さく頷《うなず》いただけだった。

それを賛同と受け取り、コンケンに向き直る。

「いや、先に出口を作ってからにしよう。すぐにここから逃げられるって解《わか》れば、みんなも安心するだろ？」

「そりゃまあ……そうだな」

大きく頷《うなず》き、トンガリハンマーをしっかり握《にぎ》り直すと、コンケンはロビーのエントランスに向かって足早に歩き始めた。ユウマとサワも後を追う。

エントランスはガラスの外壁《がいへき》を貫《つらぬ》く幅広《はばひろ》のトンネル状になっていて、中央に自動ドアがあり、内側の壁《かべ》と天井《てんじょう》は真っ黒く塗《ぬ》られている。四時間四十分前、期待に胸を高鳴らせてこの通路を歩いた時は、上下左右でイルミネーションが色鮮《いろあざ》やかに輝《かがや》き、埋《う》め込み式のスピーカーからは刺激《しげき》的な音楽が流れていた。しかしいまは音も光も存在せず、非常灯にぼんやりと照らされているだけだ。

何メートルもないのに妙《みょう》に長く感じるトンネルを突き当《あ》たりまで歩くと、外壁《がいへき》と同じく漆黒《しっこく》に染まった自動ドアが行く手を塞《ふさ》いだ。横に三台並ぶ自動ドアは全て、ユウマたちが近づいてもまったく反応しない。

「……このガラス、来た時は透明《とうめい》だったよな……？　なんでこんなに黒いんだ？」

首を傾《かし》げるコンケンと同時に、鼻が触《ふ》れるほどの距離《きょり》から自動ドアの扉《とびら》を眺《なが》める。どうやらガラス自体が変色してしまったわけではなく、ガラスの向こう側に真っ黒なフィルムか何かが貼《は》られているような感じなのだが、直射日光を遮蔽《しゃへい》しているならかなり熱くなるはずなのに、手を触《ふ》れるとひんやり冷たい。

「まあ、割ってみれば解《わか》るだろ。コンケン、頼《たの》んだ……割れたガラスで怪我《けが》すんなよ」

親友に後を託《たく》し、ユウマはサワの隣《となり》まで下がった。妹は相変わらずどこか浮《う》かない顔だが、ガラスの破壊《はかい》を止めるつもりはないようだ。

「よっしゃ！　オレ様の脳筋《ノーキン》パワーでブチ破ってやるぜ！」

自分で言うなよ、と突っ込む隙《すき》を与《あた》えずにコンケンは大型ハンマーを振りかぶり、

「うらっ！」

と叫《さけ》びながら打撃面《だげきめん》を自動ドアのガラスに思いきり叩《たた》き付《つ》けた。

戦士クラスの筋力ゆえか、あるいは本人のセンスがいいのか、初めて使う武器なのに完璧《かんぺき》な一撃《いちげき》だった。たとえ防犯用の複層ガラスでも、少なくともヒビくらいは入るはずだとユウマは確信した。しかし。

トンネルに響《ひび》き渡《わた》った音は、硬質《こうしつ》な破《は》砕音《さいおん》ではなく、まるで分厚いゴムの塊《かたまり》でも叩《たた》いたかのような、ドムンという鈍《にぶ》い低音だった。ハンマーは呆気《あっけ》なく跳《は》ね返《かえ》され、手からすっぽ抜けて床《ゆか》に落下し、コンケンも見事な尻餅《しりもち》をついた。

「あでっ！」

と叫《さけ》ぶ親友に駆《か》け寄《よ》り、顔を覗《のぞ》き込む。

「おい、大丈夫《だいじょうぶ》か？」

「あ、ああ……。──けど、何だよいまの手応え。ぜんぜんガラスっぽくなかったぞ……」

そう言いながら、コンケンは掌《てのひら》に残る感触《かんしょく》を確かめるかのように何度も開閉した。

ユウマはもう一度自動ドアに近付き、ガラス面を仔細《しさい》に眺《なが》めた。ハンマーが激突《げきとつ》した場所を、角度を変えながら凝視《ぎょうし》するが、ひび割れどころか傷一つ見つけられない。

「嘘《うそ》だろ……」

掠《かす》れ声《ごえ》を漏《も》らすと、隣《となり》に立ったサワが左手でガラスを撫《な》で、言った。

「たぶん、魔法《まほう》みたいなもので保護されてる。いまのあたしたちじゃ、何をしてもこのガラスは壊《こわ》せないと思う」

「魔法《まほう》……どんな……？」

「ほら、ＡＭの中でナギが防御力《ぼうぎょりょく》アップの支援魔法《バフ》をかけてくれたじゃん。あれの最上位版がガラスを強化してるって思えば、なんとなくイメージできるでしょ」

「……うん、できる」

頷《うなず》くと、ユウマも左手をガラスに押し当《あ》て、右手の指の背でこんこん叩《たた》いてみた。どんなに頑丈《がんじょう》なガラスでも振動《しんどう》くらいは感じられるはずだが、まるで分厚いコンクリートを叩《たた》いているかのよう——というより、物体を叩《たた》いているという感じすらしない。

「これ、他のガラスも……ていうか、どこの壁《かべ》やドアもきっと同じだよな……」

ユウマの呟《つぶや》きに、サワが無言で頷《うなず》く。ようやく立ち上がったコンケンが、最大限シリアスな声で呻《うめ》く。

「つーことは、完全に閉じ込められてるってわけかよ。オレたち、アルテアから出られねーのか……」

立《た》ち尽《つ》くす親友の顔は、薄暗《うすぐら》いトンネルの中でもはっきり解《わか》るくらい青ざめている。いつも明るくて精神的にもタフな彼だが、数少ない弱点の一つがホームシックに陥《おちい》りやすいことで、家族と離《はな》れて旅行をすると三日目には明らかに元気がなくなる。

もっともそれはコンケンの美点でもあって、少し体の弱い母親を全力で大切にしているのだ。ユウマの知る限りでは彼が母親に邪険《じゃけん》な態度を取ったことは一度もないし、本人も常日頃《つねひごろ》から「オレに反抗期《はんこうき》は永遠に来ない」と宣言している。そんなコンケンにとって、常識を逸脱《いつだつ》した異常事態に巻《ま》き込まれ、外に出られず家族に連絡《れんらく》もできないというこの状況《じょうきょう》は、ユウマが想像する以上にシビアなものであるはずだ。

もちろんユウマにとっても、外に出られないという事実を突《つ》き付けられたショックは大きい。アルテアから脱出《だっしゅつ》さえできれば、すぐに大人たちが助けにきて、問題を全て解決してくれると思っていたのだから。

しかし不思議と、絶望してへたり込むほどの衝撃は感じなかった。あるいは心の奥底《おくそこ》では、この結果を予想していたのかもしれない。これほどまでに異常極《きわ》まる状況《じょうきょう》が、ガラスを割るくらいで解決できるはずがない、と。

それに——そう、家族と引き離《はな》されているコンケンと違《ちが》って、ユウマの隣《となり》にはサワがいる。生まれた瞬間《しゅんかん》から全てを分かち合ってきた、ほとんど分身にも等しい存在である双子《ふたご》の妹が。ならば、コンケンの不安を和《やわ》らげるのはユウマの役目だ。

自動ドアから離《はな》れ、親友の背中をもう一度、少しだけ強めに叩《たた》く。

「大丈夫《だいじょうぶ》だよ、魔法《まほう》がかかってるならそれを解呪《ディスペル》する方法だってあるはずだろ？　それに、もしガラスを壊《こわ》せても、僕たちだけで逃げ出せるわけじゃないぞ。ナギを見つけて、綿巻《ワタマキ》さんを元に戻《もど》さなきゃいけないんだから」

二人の名前を聞いた途端《とたん》、コンケンの顔に幾《いく》らか血の気が戻《もど》った。瞬《まばた》きを繰《く》り返《かえ》し、何度か小さく頷《うなず》いてから、ユウマの背中を叩《たた》き返してくる。

「おう、ったりめーじゃねーか。まずはとっととナギみそを見つけて、四人パーティーを復活させようぜ」

そう宣言し、床《ゆか》からトンガリハンマーを拾い上げると、コンケンは最後に真っ黒いガラスを一睨《にら》みしてから勢いよく振り向いた。

「――んじゃ、戻《もど》るとすっか。一組の奴《やつ》らに、もう安全だって言ってやらねーと」

「うん……そうだね」

刹那《せつな》の逡巡《しゅんじゅん》を振り払《はら》い、頷《うなず》く。自動ドアの破壊《はかい》を試みたのは、脱出口《だつしゅつこう》を確保しておくことでショッピングエリアに立てこもっているクラスメイトたちを落ち着かせるためだったのだが、その目論見《もくろみ》は呆気《あっけ》なく潰《つい》えてしまった。彼らには、このアルテアが超常《ちょうじょう》の力で封鎖《ふうさ》されていることと、脱出《だつしゅつ》するにはガラスを破壊不能《はかいふのう》にしている原因を突き止《と》めるか、現状でも使える出口を見つける必要があることを伝えなくてはならない。

「おっと、その前に……」

歩き出そうとするコンケンのパーカーを引っ張り、再びウインドウを開く。

「この三人だけでもパーティーを組んでおこう。お互《たが》いのHPが見えるし、万が一また戦闘《せんとう》になったら経験値にボーナスがつくだろ」

「おう、そうだな……もしまたバケモンが出てきたら、次はオレが物理パワーでぶっ飛ばしてやっからな」

親友の軽口に苦笑《くしょう》しながら、パーティータブを開き、招待ボタンを押す。ポップアップしたインバイト用カーソルを、コンケンとサワに向けて弾《はじ》く。これで二人の視界には、ユウマからパーティーに招待された旨《むね》のメッセージが表示されるはずだ。

「おっ、きたきた」

コンケンが右手を動かすと効果音が響《ひび》き、ユウマのHP／MPバーの下にコンケンのバーが出現した。表示されている名前は、ユウマと同じく本名の【近堂健児《コンドウケンジ》】。さらにその下にサワのバーが——現れない。横を見ると、妹の右手は空中で停止している。

「……どうしたんだよ？」

訊《たず》ねると、なぜか少し尖《とが》った声で「解《わか》ってるわよ」と答え、指を動かす。今度こそ三つ目のHPバーが出現し、【芦原佐羽《アシハラサワ》】という名前が浮《う》き上がる。

HPは満タンだが、本人が言っていたとおりMPバーはまだ二割しか自然回復していない。魔術師《まじゅつし》だからMPの最大値が高いのだろうが、それにしても回復が遅《おそ》いのではないかと思った、その時。

芦原佐羽《アシハラサワ》という名前にノイズが走り、その上に幾《いく》つかのアルファベットが不規則に点滅《てんめつ》した――ような気がした。ぎょっとして目を凝《こ》らすが、ノイズもアルファベットも一瞬《いっしゅん》で消えて、佐羽の名前が安定する。

「…………いまの……」

慌《あわ》てて横を向いたが、サワの様子に変わったところはない。普段《ふだん》どおりの表情で、ユウマの顔を見返してくる。

「何よ？」

「……いや、何でもない」

かぶりを振り、パーティータブをストレージタブに切《き》り換《か》える。トンガリ頭がドロップした二つ目のアイテム、《グレイレザー・グローブ》を選んで実体化。

出現したのは、名前のとおり灰色の革《かわ》で作られた頑丈《がんじょう》そうな手袋《てぶくろ》だった。親指と人差し指はハーフフィンガーになっているので、ウインドウの操作にも問題はないだろう。

「おいコンケン、こんなのもドロップしたけど装備しとくか？」

「おお!?」

勢いよく手袋《てぶくろ》に顔を近づけたコンケンだったが、即座《そくざ》に大きく仰《の》け反《ぞ》った。

「うえ……それ、あのトンガリ頭の皮じゃん！　オレはいいよ……」

「いや、そういうわけじゃないと思うけどなあ……」

咄嗟《とっさ》に反論したが、言われてみれば手袋《てぶくろ》の素材はトンガリ頭の皮膚《ひふ》に幾《いく》らか質感が似ている。

そう思った途端《とたん》に触《さわ》りたくなくなるが、防御力《ぼうぎょりょく》が上がるのは間違《まちが》いないと自分に言い聞かせ、ウインドウ上のグローブを摑《つか》み取《と》る。

「じゃあ、僕が装備するからな」

「どーぞどーぞ」

念のためサワも見たが、すかさず「どーぞどーぞ」と言われてしまえばもう後には引けない。両手に灰色の手袋《てぶくろ》を嵌《は》めると、最初はごわごわ感があったが、何度か握《にぎ》ったり開いたりしたらすぐに馴染《なじ》んだ。

あとは、小さくてもいいから剣があれば、と思うがないものは仕方がない。プレイルームで見つけた鋼材はブルーザーにへし折られてしまったし、コンケンのデュランダルはユウマには重すぎる。しばらくは素手《すで》で頑張《がんば》るしかないだろう。

「よし……じゃあ、ショッピングエリアに行こう」

そう宣言し、トンネルの出口に向かおうとしたのだが。

「ちょっと待って、ユウ」

サワに呼び止められ、ユウマは踏《ふ》み出しかけた右足を戻《もど》した。

「何だよ？」

「あんた、さっきの消毒用エタノール、どこで見つけたの？」

「ああ……チケットカウンターの奥《おく》にバックヤードのドアがあって、その先の医務室で」

「そっか……医務室ね」

真剣《しんけん》な顔で頷《うなず》き、何やら考えを巡《めぐ》らせるように数秒間沈黙《ちんもく》してから、サワは言った。

「……みんなのとこには、コンケンが先に行ってくれる？」

「え？　サッペとユウはどうすんだよ？」

ハンマーを右肩《みぎかた》に担《かつ》いだコンケンに、サワは自分の体を指さしてみせた。

「あたし、こんな格好なのよ。ユウのシャツもボロボロの血まみれだし、医務室で着るものを探したいの」

するとコンケンは解《わか》りやすく視線を泳がせ、「お……おう、そうだな」と答えた。ユウマは咄嗟《とっさ》にもう一度ジャケットを脱《ぬ》ごうとしたが、サワに視線で制止されてしまう。

「そ、そんじゃオレは先にみんなのとこに戻《もど》るけど、お前らも早く来てくれよな。オレひとりじゃ色々説明しきれねーよ」

「解《わか》ってる、五分で戻《もど》る」

頷《うなず》き、サワは先に立って歩き始めた。

大人たちの死体が残されたままのロビーに戻《もど》った三人は、チケットカウンターの前で二手に分かれた。ナギが消えてしまったいま、さらに分散するのは不安な気もするが、パーティーを組んでいれば少なくともＨＰの状態は把握《はあく》できる。ハンマーを担《かつ》いだままショッピングエリアのほうに走っていくコンケンを見送り、サワと二人でバックヤードを目指す。

移動中、ユウマはそれとなく死体の服装や性別、年格好をチェックしたが、六年一組の担任である蝦沢《エビセン》先生と、引率《いんそつ》責任者の原岸《ドイツ》教頭は見当たらなかった。

チケットカウンターの端《はし》にあるスイングドアを乗《の》り越《こ》え、その奥《おく》のスタッフ用ドアを開ける。バックヤードに入るのは二度目だが、念のため周囲を確認《かくにん》しつつ、事務室と休憩室《きゅうけいしつ》の前を通過して医務室へ。

薄暗《うすぐら》い室内を見回してから、ユウマはふと気付いて言った。

「……あのさあサワ、よく考えてみたら医務室に服なんか……」

「ごめん、それ嘘《うそ》」

あっさりそう言い切ったサワは、足早に正面奥《おく》のキャビネットに向かった。

「ユウも来て」

「え……？」

なんで嘘《うそ》を、という質問を呑《の》み込んだユウマが小走りで追いつくと、サワはキャビネットのガラス戸を躊躇《ちゅうちょ》なく開けた。中には医薬品らしき小瓶《こびん》やら小箱やらがぎっしり詰《つ》まっている。

その一つを左手で取り、ラベルを確認《かくにん》してから、右手でメニュー・ウインドウを開く。

そしてサワは、ストレージタブに切《き》り換《か》えたウインドウの表面に、薬の瓶《びん》を置いた。

「お、おい……」

瓶《びん》がウインドウをすり抜け、床《ゆか》に落ちて割れる光景をユウマは予想した。なぜなら薬の瓶《びん》はもともと現実世界で作られたもので、モンスターがドロップしたアイテムではないからだ。

——しかし。

小瓶《こびん》は、光の粒《つぶ》となって実体を失い、紫色《むらさきいろ》のウインドウに吸い込まれてしまった。

「えっ……⁉」

仰天《ぎょうてん》しながら駆《か》け寄《よ》り、サワのストレージ窓を覗《のぞ》き込む。ユウマのストレージとは異なり、《テスト通過証明カード》だけが存在する所持品欄に、《抗生剤《こうせいざい》(48)》という新たな文字列が出現する。

「やっぱり、現実世界の物もストレージに収納できるみたいね」

平然と呟《つぶや》く妹の横顔を、ユウマはまじまじと見詰《みつ》めた。どうにかいま見た現象を受け入れ、頷《うなず》く。

「ま……まあ、武器とかポーションが実体化したんだから、その逆もアリなのかもだけど……こっちの物をストレージに入れる実験をするなら、どうしてわざわざ医務室まで……」

「アホ兄《に》ぃ、ただの実験じゃないわよ。ユウもストレージ開いて、この棚《たな》の中にあるもの全部突っ込んで」

そう指示すると、サワはキャビネットの中の薬類を片《かた》っ端《ぱし》からアイテム欄《らん》に放《ほう》り込み始めた。

わけが解《わか》らないままユウマもウインドウを出し、下の段にあるマスクや包帯、絆創膏《ばんそうこう》の箱をアイテム名の行列に変えていく。

　ほんの数十秒でキャビネットは空っぽになり、引き換《か》えに二人のストレージは所持限界重量の三割近くが医薬品だけで埋《う》まってしまった。

「サワ、なんで……」

「質問はあと！　ついてきて」

　右手でウインドウを消しつつ左手でユウマの疑問をシャットアウトし、サワは医務室を出た。廊下《ろうか》を少し戻り、今度は隣《となり》の休憩室《きゅうけいしつ》に入る。

　医務室も狭《せま》くはなかったが、こちらはさらに広々としている。中央にはお洒落《しゃれ》なデザインの丸テーブルが四卓置かれ、左の壁《かべ》にはスツールつきのカウンター席、そして奥《おく》の壁際《かべぎわ》にはドリンクや軽食のベンダーマシンが並ぶ。やはり人の姿はない。

　アルテアに異変が発生した時、この休憩室《きゅうけいしつ》を含《ふく》むバックヤードには多くの社員がいたはずだ。彼らはどこに行ってしまったのだろう……という疑問を口にしようとしたが、サワはユウマの手を摑《つか》んで部屋の奥《おく》へと引っ張っていく。目当てはベンダーマシンのようだ。

「……ハラ減ったのか？」

　と口にした途端《とたん》に、ユウマ自身も空腹を意識した。母親が持たせてくれた弁当をバスの中で食べたが、あれからもう四時間半以上経過している。ベンダーマシンにはおにぎりや総菜パン、お菓子《かし》がぎっしり並んでいるが、残念ながら機械の電源が落ちているようだ。

サワはユウマの質問に答えることなくマシンの操作ボタンを叩《たた》いていたが、すぐに離《はな》れた。

諦《あきら》めたのか、と思ったのも束《つか》の間《ま》——。

「ガラスを割るしかないわね」

「え……ええ!?」

妹の大胆《だいたん》すぎる宣言に、反射的にぶんぶんかぶりを振る。

「だ、だめだろそんなことしたら……いくらこんな状況《じようきよう》でも……」

「こんな状況《じようきよう》だからよ」

さっと振り向き、サワは赤みがかった瞳《ひとみ》でじっとユウマを見た。

「ユウ、落ち着いて聞いて。……たぶんあたしたちは、当分ここから出られない」

「と……当分、って……?」

「二、三日か、十日か……ヘタするとそれ以上」

「はあ!?」

驚愕《きようがく》の声を漏《も》らしてから、ユウマは再び首を横に振り動《うご》かした。

「い……いくらなんでも、そんなに長いあいだ出られないってことはないだろ？　いまごろはもう、外の人たちもアルテアがおかしいってことに気付いてるはずだ。確かに僕たちの力じゃガラスを壊《こわ》せなかったけど、外にはいろんな道具とか、重機だってあるし……ブルドーザーで突っ込めば……」

「…………」

数秒間沈黙《ちんもく》してから、サワは瞳《ひとみ》を伏《ふ》せ、小さく頷《うなず》いた。

「……そうだね、そうかもしれない。けど、絶対とは言えないでしょ？　いまのアルテアじゃ、あたしたちの常識とはかけ離《はな》れたことばかり起きてる。アクチュアル・マジック世界の理屈《りくつ》が、現実世界の理屈《りくつ》を上書きしちゃったのよ。考えてみて……もしもガラスを強化してるのがＡＭ世界最強クラスの魔法《まほう》なら、それをブルドーザーで破れると思う？」

「最強の……魔法《まほう》」

今度はユウマが黙《だま》り込む番だった。

ユウマたちはまだ、アクチュアル・マジックというゲームをほんの三時間プレイしただけだ。しかしいままでサワやナギ、コンケンと一緒《いっしょ》に遊んできた数多くのＲＰＧでは、最強クラスの魔法《まほう》は天変地異にも等しい威力《いりょく》を持っていた。炎《ほのお》の嵐《あらし》でモンスターの大群を焼《や》き払《はら》い、氷の塊《かたまり》で分厚い城壁《じょうへき》を打ち壊《こわ》し、光の壁《かべ》でエンシェントドラゴンの炎《ほのお》すら防いだ。

そのようなゲーム世界の超常《ちょうじょう》の力と、現実世界の重機の力を比べるなどそもそも不可能だが、それでもユウマの直感は前者に軍配を上げた。最強魔法《さいきょうまほう》の前には、ブルドーザーでさえ無力だ、と。

「……破れない、かもしれない」

小声で呟《つぶや》いてから、ユウマは少し音量を上げて続けた。

「でも……でもさ。ここに一週間とか閉じ込められるんだとしても、食料は他の場所にもあるだろ？　さっきのショッピングエリアにもお菓子《かし》とか飲み物は売ってるはずだし、それに……そうだよ、上の階にはでっかいレストランだってあったはずだ。何も、機械を壊《こわ》してまでここにあるものを食べなくても……」

「いま食べるわけじゃないよ」

そのひと言でユウマの言葉を遮《さえぎ》ると、サワは何かに耐《た》えるような表情で言った。

「安全なシェルター、腐《くさ》ってない食べ物と飲み物、それと薬。これからのアルテアでは、その三つが凄《すご》く重要になる。たぶん明日には……もしかしたら今夜にはもう、食料が不足してくるはず。最初のうちは、手に入るものをその場の全員で公平に分けようとするだろうけど、切羽《せっぱ》詰《つ》まってきたら絶対に揉《も》め事《ごと》が起きるわ。だってあたしたちには、ストレージっていう誰《だれ》にも見つからない隠《かく》し場所《ばしょ》があるんだから」

サワが何を言っているのか、ユウマにはしばらく理解できなかった。

数秒間かけて妹の言葉を頭に収めたが、それでも拒否反応《きよひはんのう》はなかなか消えなかった。何度か口を開いたり閉じたりしてから、おそるおそる訊《たず》ねる。

「………だから、揉《も》め事《ごと》になる前に、ここの薬と食べ物を全部僕たちで独《ひと》り占《じ》めしようって、そう言ってる……のか……？」

「違《ちが》う！」

紫《むらさき》がかった髪《かみ》を乱しながら、サワは激しくかぶりを振った。

「あたしたちだけが食べるためじゃない。他の誰《だれ》かに独《ひと》り占《じ》めされる前に確保して、ちゃんと分配するためよ！」

「なら、いまじゃなくても……あとでクラスの奴《やつ》らと一緒《いっしょ》に来れば……」

「手遅《ておく》れになって、後悔《こうかい》したくないの！」

押し殺《ころ》した声で叫《さけ》んでから、サワは強く唇《くちびる》を噛《か》み、ゆっくりと肩《かた》の力を抜いた。奇《き》妙《みょう》な衣《い》装《しょう》をまとう自分の体を見下ろし、すぐに目を逸《そ》らす。

「…………でも、確かに、それだけじゃない」

「え……」

「薬と食料を持ってれば、誰《だれ》かと交渉《こうしょう》しなきゃならなくなった時に優位に立てる。奪《うば》うために攻撃《こうげき》されるリスクはあるけど……それを考えても、持ってないよりは持ってたほうが有利だとあたしは思う」

「…………」

この瞬間《しゅんかん》――。

恐《おそ》らくユウマは生まれて初めて、たとえ双子《ふたご》の妹といえども、自分ではない人間であるならそれは《他人》なのだ、という認識《にんしき》を強《し》いられた。

もちろん、いままで何度も仲違《なかたが》いをしてきたし、三日間口をきかなかったことだってある。五年生になった日から入浴は別々になり、六年生になった時には部屋の中央にアコーディオンカーテンが設置された。それでもなおユウマにとってサワは己《おのれ》の半身に等しい存在だったし、一つの思考回路を共有しているような感覚は常にあったのだ。サワが何を感じているか、何を考えているのかはいつだって理解できたし、またユウマの思考も理解してくれていると信じていた。

なのにいま、ユウマには、サワの考えが理解できなかった。

交渉《こうしょう》、優位、リスク、有利……そんな言葉をサワが現実世界で使ったことが、いままで一度だってあっただろうか？　目の前に立っている、角と羽が生えた女の子は、いったい誰《だれ》なのだろう……？

「サワ、お前……」

本当にサワなのか、という言葉を寸前で呑《の》み込み、ユウマは強く唇《くちびる》を噛《か》み締《し》めた。

少なくともたった一つ、無条件に信じられることがある。

それはサワがユウマを、コンケンを、ナギを……そして綿巻《ワタマキ》すみかを助けたいと思っていることだ。その意思だけは疑ってはならないし、そのために薬や食料を先んじて確保すべきだとサワが判断したのなら、いままで大して頭を使ってこなかったユウマが感情論で反対していいはずがない。

「………解《わか》った」

短くそう告げると、張《は》り詰《つ》めたサワの顔に安堵《あんど》の色が一瞬《いっしゅん》だけ過《よぎ》った。しかしすぐに表情を引き締《し》め、ベンダーマシンに向き直る。

「ガラスを割らないと中の物は取り出せないけど……食料がガラスの破片《はへん》まみれになっちゃうのは避《さ》けたいな……」

その言葉を聞いて、ユウマは小さく首を傾《かたむ》けた。

「なあ、食料は全部ストレージに入れるんだろ？　それにガラスの破片《はへん》がくっついてたとして、ストレージから取り出す時に、状態が再現されるのか？」

「あ……そうね、実験してみよう」

素早《すばや》くウインドウを開くと、サワは近くの丸テーブルから塩の小瓶《こびん》とウェットティッシュの筒型《つつがた》容器を取った。ウェットティッシュで容器を拭《ぬぐ》って湿《しめ》らせ、そこに塩を振りかける。たっぷりと塩がまぶされた容器を、ストレージタブの上に置く。

「お……」

ユウマが声を漏《も》らしたのは、筒型《つつがた》容器は瞬時《しゅんじ》に光の粒《つぶ》となって消滅《しょうめつ》したのに、大量の塩粒《つぶ》はウインドウを透過《とうか》してぱらぱらと床《ゆか》に落ちたからだ。どうやら微《び》小《しょう》な塩の粒子《りゅうし》は、システムにアイテムとして認められなかったらしい。

「やった！」

　サワが小さく歓声《かんせい》を上げ、指をぱちんと鳴らす。ユウマに明るい笑顔《えがお》を向け、

「これならパンにくっついたガラスの破片《はへん》も除去されるはず。それに、もっといいことがあるよ」

　笑い顔はいつもの妹そのままで、ユウマも思わず口許《くちもと》を緩《ゆる》めながら訊《たず》ねた。

「いいことって何だよ？」

「もー、にっぶいなあ。上着脱《ぬ》いで、シャツとインナーも」

「…………？」

　指示の意図を摑《つか》めないまま、まずポケットのモンスターカードを出してから、ジャケットとシャツを脱《ぬ》ぐ。その下のスリーブレスインナーは、腹と背中の傷口に貼《は》り付《つ》いてしまっていて脱《ぬ》ぐのを躊躇《ちゆうちよ》したが、サワに容赦《ようしや》なく引き剝《は》がされてしまう。

「いって……」

　顔をしかめるユウマを無視して、サワはまず傷の具合を確かめた。

「うん、もう塞《ふさ》がってるけど、いちおう消毒だけしとく」

「え、いいよ」

「よくない」

　サワはにべもなく答え、医務室で確保したばかりの消毒薬を、ユウマの腹と背中の擦《す》り傷《きず》にぷしゅぷしゅ吹《ふ》きかけた。先刻に倍する痛みが走り、思わずびくっと体を竦《すく》ませてしまうが、

いかなる作用なのかHPバーがじわじわと回復していく。

サワはある程度予想していたらしく、軽く頷《うなず》くと今度はユウマが脱《ぬ》いだジャケットとシャツ、インナーを自分のストレージに放《ほう》り込んだ。

「あっ……」

衣類が光を放って消えた瞬間《しゅんかん》、黒っぽい粉のようなものがウインドウの下からこぼれ落ちた。そこでようやく、サワが口にした「いいこと」という言葉の意味を悟《さと》る。いまの粉は、衣類にこびりついていた汚《よご》れと血液だ。

サワはすぐにストレージを操作し、ジャケットを再び実体化させた。両手で広げたそれは、血の染《し》みやプレイルームの通路を這《は》いずった時の汚《よご》れ、コーンヘッド・ブルーザーに捕《つか》まった時についた煤《すす》、さらにはまだ乾《かわ》いていなかったスプリンクラーの水さえもが完全に除去されている。シャツもインナーも同様。

「ほら」

差し出された衣類を受け取り、まずインナーに頭を突っ込みながら、ユウマは言った。

「なるほどな……いちどストレージを通せば、汚《よご》れは全部除去されるってわけか」

「そう。この状況《じょうきょう》が長引いたら衛生状態が大きな問題になるって思ってたから、洗濯《せんたく》しなくて済むのは助かるわ。ただ……まさか人間はストレージに入れないだろうから、お風呂《ふろ》の問題は残るけどね」

そう言うサワの衣類はほとんど汚《よご》れていないが、そもそもが水着の親戚《しんせき》のような代物《しろもの》だし、コンケンだけならまだしもクラスの男子連中に妹のこんな姿を見られるのは抵抗《ていこう》がある。

「なあ、やっぱりお前の服も……」

「それはあと！　早く食料を取り出さないと」

塩の小瓶《こびん》とウェットティッシュもストレージに放《ほう》り込み、窓を消すと、サワはテーブルの下から椅子《いす》を引っ張り出した。座面と背もたれはプラスチックだがフレームは金属製で、確かにこれならベンダーマシンのガラスを割れる——もちろん魔法《まほう》で強化されていなければだが——だろうが、ユウマは急いで妹を制止した。

「ま、待った待った。そんなもんでぶっ叩《たた》いたら凄《すご》い音がするぞ」

「でも、しょうがないじゃない。焼き破りなんてできないでしょ」

物騒《ぶっそう》なことを口走るサワを下がらせ、ユウマは灰色のレザーグローブを嵌《は》めた右手を握《にぎ》ってみせた。

「多分、これでイケると思う」

振り向き、ガラスに拳《こぶし》を押し当《あ》てる。言ったからには成功させないと、兄貴の株がストップ安だぞ……と思いながら、床を蹴《け》る反動で全体重をガラスに伝えるイメージで、瞬間的《しゅんかんてき》に力を加える。

「せっ……！」

掛《か》け声《ごえ》は少々情けなかったが、ビキッ！　というガラスの悲鳴が上書きしてくれた。分厚いガラスに放射状のヒビが走り、粉々に崩《くず》れ落《お》ちる。破片《はへん》が幾《いく》らか中の商品にも飛び散ったが、椅子《いす》でぶっ叩《たた》くよりはマシだろう。怪物《かいぶつ》の皮でできたグローブの防御力《ぼうぎょりょく》ゆえか、右手に痛みも感じない。

「ナイス、お兄ちゃん！」

叫《さけ》んだサワが、左手でユウマを隣《となり》のベンダーマシンの前に押しやった。

「こっちはあたしが回収するから、そっちをお願い！」

割れたガラス扉《とびら》の中に手を伸ばし、おにぎりやサンドイッチをストレージに次々放《ほう》り込んでいく。妹の指示に「へーい」と答え、ユウマは再び拳《こぶし》を握《にぎ》った。

二つのベンダーマシンから、お菓子《かし》を含《ふく》む全ての食料を回収すると、ユウマのストレージは六割まで埋《う》まってしまった。上限重量は筋力値《ストレングス》と耐久値《エンデュランス》を基本に、運搬《うんぱん》スキルや装備アイテムの魔法《まほう》効果で補正されるので、コーンヘッド・ブルーザーを倒《たお》して得たステータスポイントとスキルポイントを使えばいくらか拡張できるはずだが、いまや生命線とも言える両ポイントを安易に使う気にはならない。あとでコンケンにもごっそり押しつけようと考えながら、最後のベンダーマシンに向き直る。

すでに破壊《はかい》した二台はガラス扉《とびら》の向こうでロボットアームが商品を取ってくれるタイプで、ガラスを割れば簡単に商品を取り出せたが、飲み物の自販機《じはんき》はそうはいかない。透明《とうめい》な窓の中

ユウマも習得している鍵《かぎ》開けの汎用魔法《はんようまほう》だが、対象の錠《じょう》のランクが上がるほど高いスキル値

続いて形態詞。光が細長く伸び、複雑な形状の鍵《かぎ》を作り出す。

「クラヴィス《鍵となり》」

属性詞。指先に灰色の光が宿る。

「フェラム《鉄よ》」

躊躇《ちゅうちょ》なく呪文《じゅもん》を口にした。

目を見開くユウマを下がらせ、サワは自販機《じはんき》の前面右側にあるキーホールに左手をかざすと、

「えっ……？」

……魔法《まほう》を使う」

「でも、水道水も容器がないと運べない。やっぱりペットボトルの飲み物が必要だわ。どいて

一度は頷《うなず》いたサワだったが、すぐにかぶりを振って続けた。

「そうね……。非常用発電装置が動いてれば、たぶん水道も使えるはず……」

「これは、バールのようなものがないとこじ開けられないぞ。……飲み物は、水道水を飲めばいいんじゃないか？」

しっかり施錠《せじょう》してある金属製の扉《とびら》を揺《ゆ》すってみてから、ユウマはサワに言った。

必要がある。

には空のサンプル容器が入っているだけで、内部の在庫を入手するには頑丈《がんじょう》な扉《とびら》をこじ開ける

が要求される。ゲーム世界の鍵《かぎ》と現実世界の鍵《かぎ》を同列に並べていいのかどうかは解《わか》らないが、ベンダーマシンの鍵《かぎ》は防犯性能の高いディンプルキーのはずで、かなり高ランクということになるのではないか。

はらはらしながら見守るユウマの前で、サワは魔法《まほう》の鍵《かぎ》を鍵穴《かぎあな》に差《さ》し込み、

「アペルタ《開け》！」

発動詞を唱えた。ガチガチ、ガチ……としばし小刻みな金属音が響《ひび》き、最後にガチン！と歯切れのいい解錠音《かいじょうおん》が響《ひび》いた。

「うお、よく開けられたなあ……。お前、汎魔《ハンマ》スキルの熟練度どれくらいだっけ？」

感心しながら訊《たず》ねたが、サワは答える時間も惜《お》しいというかのようにベンダーマシンの前面パネルを開けた。非常用のバッテリーを積んでいるのか、幸いコントローラーには通電していたので、ボタンを押してミネラルウォーターとスポーツドリンクの在庫を全て排出《はいしゅつ》させる。

それぞれ二十本以上も出てきたペットボトルをサワと手分けしてストレージに収納すると、ついに所持重量が上限の九割を突破《とっぱ》し、HPバーの下に黄色い警告アイコンが点灯した。この状態ならまだ普通《ふつう》に動けるが、十割を超《こ》えて赤い所持重量オーバーアイコンが点《つ》いてしまうと、トンガリハンマーを持った時のようにのろのろとしか動けなくなる。

しかし、ユウマのHPバーの下に並ぶサワのHPバーには、警告アイコンが点《つ》いていない。所持重量上限は、魔物使《まものつか》いのユウマより魔術師《まじゅつし》のサワのほうが低いはずなので不思議に思った

が、妹はまたしてもユウマに口を開く隙《すき》を与《あた》えずにベンダーマシンの前面パネルを元に戻《もど》し、ウインドウを消した。

「これでひとまず水と食料と薬は安心だね。手伝ってくれてありがと、ユウ」

「い、いや、それはいいんだけど……」

「あと、もう一つ欲《ほ》しいものがあるから探すの手伝って」

ユウマの言葉を遮《さえぎ》り、サワは小走りに休憩室《きゅうけいしつ》を出る。

てっきりすぐ左の事務室に向かうものと思ったのだが、サワが向かったのは通路の奥だった。さっき入った医務室のドアを通り過ぎると、この先はユウマにも未知のエリアだ。

非常灯がまばらに光るだけの通路は薄暗《うすぐら》く、何かが潜《ひそ》んでいても簡単には気づけそうにない。もうモンスターに遭遇《そうぐう》することはないと思いたいが、ロビーで大暴れしていたコーンヘッド・ブルーザーがどのような理由で現実世界のアルテアに出現したのか解《わか》らない以上、一度あることは二度あると覚悟《かくご》しておくべきだろう。

「なあサワ、この先を探索《たんさく》するなら、何か武器になるものを探したいんだけど……」

隣《となり》を歩く妹にそう提案したが、あっさりと却下《きゃっか》されてしまった。

「大丈夫《だいじょうぶ》、たぶんすぐ見つかるから……あっ、これかな？」

サワが立ち止まったのは、《女子更衣室《こういしつ》》というプレートが貼《は》られた扉《とびら》の前だった。

「…………」

雪花小学校《ゆきはなしょうがっこう》にも、プールと体育館に同じ名前の部屋があるが、男子がうっかり——あるいは意図的に近づこうものなら女子たちから凍結魔法《とうけつまほう》めいた視線を浴びせられてしまう。それゆえユウマは全力でこの中には入りたくないというオーラを放出したが、サワは躊躇《ちゅうちょ》なくドアノブを回すと中にユウマを押し込んだ。

灰色のロッカーが並ぶ室内は無人だったが、空気にほんのりと甘《あま》ったるい匂《にお》いが漂《ただよ》っていて、いっそう落ち着かない気分になる。

「……で、探し物って何だよ」

どうにか平静を装《よそお》って訊《たず》ねたものの、サワは即座《そくざ》に呆《あき》れ声を出した。

「決まってるでしょ、あたしの服」

「あ、ああ……何だよ、やっぱ気にしてるんじゃん……」

「ぶつぶつ言ってないで、ロッカーの中に使えそうな服があったら教えて。背中の羽が隠《かく》せそうなやつね」

「お、おう……」

頷《うなず》きながら手近のロッカーを開けようとしたが、ガチンという音とともに指先が弾《はじ》き返《かえ》される。

「鍵《かぎ》、掛《か》かってるぞ」

「そりゃそうでしょ。これにいちいち魔法《まほう》使ってたらMPがもったいないから、力ずくで開けるしかないね」

そう言いながらサワは扉《とびら》の引手に指を掛《か》け、体を反らせるようにして思いきり引っ張った。

バキッと音がして扉《とびら》が少し歪《ゆが》み、ラッチの金具がへし折れる。

「ほら、開いたでしょ」

平然と嘯《うそぶ》くや中を確認《かくにん》し、使える服がなかったのか即座《そくざ》に隣《となり》のロッカーに手を伸ばすサワを、ユウマはしばし呆然《ぼうぜん》と眺《なが》めた。

――ちっちゃい頃《ころ》は、道路で一円玉を拾っただけで交番に届けようって言い出す奴《やつ》だったのになあ。

などと回想に浸《ひた》りそうになり、急いで頭を振る。いまは無駄《むだ》にしていい時間は一秒もない。

現実世界がＲＰＧに侵食《しんしょく》されたのなら、他人の家の戸棚《とだな》を漁《あさ》るぐらい当たり前の行為《こうい》だと自分に言い聞かせ、隣《となり》の列に移動して探索《たんさく》を開始する。

ロッカー内に吊《つ》るされているのは、いかにも大人の女性の通勤ファッションといった感じのジャケットやカーディガンばかりだったが、五つ目のロッカーでユウマはようやく使えそうな服を発見した。黒地にマゼンタのラインが入ったフード付きのウインドブレーカーをハンガーごと確保し、サワのところに急ぐ。

「これ、どうだ？」

サワはユウマが差し出したウインドブレーカーを受け取ると、ハンガーから外して体に当て、頷《うなず》いた。

「うん、だいぶ大きめだけどむしろ都合いいわ」

素早《すばや》く羽織り、ジッパーを上げると、背中に生えた小さな翼《つばさ》は完全に隠《かく》れた。裾《すそ》も腿《もも》の半ばほどまであり、ぱっと見では中が水着だとは思われないだろう。

「いいじゃん。でも、問題はこれだな。フードで隠せるかな……」

言いながら、ユウマは何気ない動作でサワの頭に手を伸ばし、短い角に触《ふ》れた。途端《とたん》――

「んっ……」

サワが小さな声を漏《も》らすので、思わず仰《の》け反《ぞ》ってしまう。

「え……そ、その角、感覚があるのか？」

「い、いきなり触《さわ》らないでよね。――あるって言っても髪《かみ》の毛《け》と大差ないぐらいだけど、いままで感じたことない感覚だからまだ慣れてないのよ」

「そ、そりゃそうか……」

説明に納得《なっとく》しかけてから、ユウマは改めてサワの頭を覗《のぞ》き込んだ。身長はほとんど違《ちが》わないので背伸《せ》びをしないとよく見えないが、以前から着けていた角つきヘアバンドは頭と融合してしまったようだ。大型化した角は外側から大中小と三本並び、最大のものは長さ三センチほどもあるだろうか。

「ちょっと……あんまり見ないでよ。もういいでしょ、早くロビーに戻《もど》ろ」

そう言って離《はな》れようとするサワの肩《かた》を、ユウマは右手で摑《つか》んだ。

「いや、よくない」

意図した以上に硬《かた》い声が出てしまったが、構わず言葉を続ける。

「その角と羽、ほっといても大丈夫《だいじょうぶ》なのかどうか解《わか》らないだろ？　僕とコンケンはクレストが大きくなった程度なのに、サワ一人だけそんなのが生えるなんてどう考えてもおかしいよ。もしそれだけで済まなかったらどうする気なんだよ」

するとサワは、夕暮れ色の瞳《ひとみ》でユウマの顔をじっと見てから、軽く息を吐《は》いた。

「こっち来て」

肩《かた》からユウマの右手を外すと、その手を引っ張りながら更衣室《こういしつ》の奥《おく》へと移動する。そこには簡素なベンチが置かれ、正面の壁《かべ》に大きな姿見が据《す》え付《つ》けられている。

サワはユウマを姿見の前に立たせたが、非常灯から離《はな》れているので鏡の中の二人は黒い影《かげ》にしか見えない。しかしサワが右手を持ち上げ、かちっと何かのスイッチを押すと、眩《まぶ》しい光が放たれた。握《にぎ》られているのは小型のＬＥＤライトらしい。

「あっ、お前、そんなものどこで……」

「ロッカーの中。それより、よく見て」

「見てって、何を……」

再び視線を鏡に移すと、今度は自分の姿がくっきりと映し出された。

小学六年生としては大きくも小さくもない体格。髪《かみ》はクラスの男子の平均よりやや長めだが、お洒落《しゃれ》で伸ばしているわけではなく床屋《とこや》に行くのが面倒《めんどう》くさいだけ――……

「………え？」

小さく声を漏《も》らすと、ユウマは顔を鏡に近づけた。

気のせいではない。LEDライトに照らされたユウマの髪《かみ》が、仄《ほの》かに青っぽい輝《かがや》きを帯びている。紫色《むらさきいろ》になってしまったサワの髪《かみ》とよく似た、金属的な光沢《こうたく》。

慌《あわ》てて左手を持ち上げ、髪《かみ》を強く擦《こす》り合《あ》わせてから指先を検分するが、皮膚《ひふ》に色移りはない。何かで染まったのではなく、髪《かみ》の色そのものが変わってしまったのだ。

「……あたしだけじゃないよ。程度の差はあっても、ユウの体も変化してる」

ライトを消しながら、サワが言った。

「たぶんコンケンも、クラスのみんなも……あの時カリキュラスに入ってたプレイヤー全員に、同じことが起きてるはず……」

「全員……」

その言葉を繰《く》り返《かえ》しながら、ユウマは再び左手を持ち上げた。今度は髪《かみ》ではなく、その奥《おく》の頭皮に触《ふ》れる。指先で丹念《たんねん》に探《さぐ》るが、何も見つからない。

………いや。

前頭骨の右側、皮膚《ひふ》の下に、ごくわずかな膨《ふく》らみがある。

直径一センチ、高さはほんの五ミリほどで、押してもまったく痛みはない。だが、その突起《とっき》から脳の深いところまで神経が繋《つな》がっているかのような、奇妙《きみょう》な感覚がある。急いで指を左にずらすと、対称《たいしょう》の位置にも同じ膨《ふく》らみが見つかる。

単なるコブでないことは明らかだ。これはきっと芽のようなもの……このまま育てば、サワと同じような鋭《するど》い角が生えるに違《ちが》いない。

そう、恐《おそ》らくこの変化は進行するのだ。髪《かみ》の色と目の色が変わり、角が生え、羽が生え……そこで止まるのか、あるいはさらにその先があるのか。

左手を下ろし、その手でポケットの中のカードに触《ふ》れながら、ユウマは呟《つぶや》いた。

「……これ、もしかして綿巻《ワタマキ》さんと同じことが起きてるのか……？　変化が進めば、僕たちもいつかあんなふうに……？」

怪物化《かいぶつか》した綿巻すみかには、角も羽もなかった。目や鼻すらも消《き》え失《う》せ、代わりに鋭《するど》い牙《きば》が生えた大きな口と、凄《すさ》まじい膂力《りょりょく》を得ていた。一見、ユウマたちの変化とは別物に思えるが、あの姿が《完成形》であるという可能性も決して否定できない。

そして、同じくらい気になることが、もう一つ。

ユウマよりも遥《はる》かに変化が進行しているはずのサワは、どうしてこんなに落ち着いていられるのだろう？

すみかに襲《おそ》われたユウマを助けるために《炎の矢《ファイア・アロー》》の魔《ま》法《ほう》を使った時点で、サワはすでに現在と同じ姿だった。あの時サワは、カリキュラスから出た直後だったはずだ。なのに自分の体に起きた変化に驚《おどろ》いたり取り乱したりする様子もなく、それ以降もいまに至るまで基本的に落ち着いている。双子《ふたご》の兄であるユウマは、たかだか髪《かみ》がほんのり青くなり、頭に小さなコブができただけで、先刻から冷《ひ》や汗《あせ》が止まらないというのに。

「……たぶん、すみかちゃんみたいにはならないと思う」

ユウマの疑問に答えたその声にも、やはりパニックの気配は感じられなかった。

「彼女の変化はイレギュラーなもので……あたしたちは、あんなふうにはならないはず。……ただ…………」

その続きを待たず、ユウマは体ごとサワに向き直ると、ウインドブレーカー越《ご》しに細い肩《かた》を摑《つか》んだ。

「なあ、サワ。お前……まだ、僕に言ってないことを何か知ってるんじゃないのか？　僕らに……アルテアに、何が起きてるのかを……」

とうとう口にしてしまったその問いかけに、サワは予想外の行動で答えた。

肩《かた》を摑《つか》む手を振り払《はら》うどころか、一歩前に出て上体を密着させると、両腕《りょううで》をユウマの背中に回したのだ。目を閉じて俯《うつむ》くサワの額とユウマの額が触《ふ》れ合《あ》い、丸っこい角の先端《せんたん》が髪《かみ》の中に潜《もぐ》り込んでくる。

「……お願い……もう少しだけ、時間をちょうだい」

その声は、押しつけられた額を経由して直接頭の中に響《ひび》いた。

「状況《じょうきょう》が落ち着いたら、あたしの知ってることを全部教える。でもいまは、もっと調べたいし考えたいの。だから、あとちょっとだけ待って」

そう囁《ささや》くと、サワは顔を上げた。額が離《はな》れ、伏《ふ》せられていた瞼《まぶた》が開く。薄暗《うすくら》がりの中でも、まるで自ら発光しているかの如《ごと》く鮮《あざ》やかな赤みを帯びる瞳《ひとみ》が、至近距離《しきんきょり》からユウマの目を覗《のぞ》き込む。

潤《うる》んだその双眸《そうぼう》は不思議な磁力を放っていて、ユウマは吸い寄せられるように顔を近づけてしまった。しかし鼻と鼻がぶつかった瞬間我《しゅんかんわれ》に返り、慌《あわ》てて距離《きょり》を取る。

「うん……解《わか》った」

小さく頷《うなず》いてから、

「………ごめん、疑ってるみたいなこと言って……。サワが、僕やコンケンやナギを助けるために頑張《がんば》ってるのは、ちゃんと解《わか》ってるから」

そう付け加えると、サワはごくかすかに微笑《ほほえ》んだ。

ロッカーを荒《あ》らしてしまったついでに、何かの役に立ちそうな雑貨類を幾《いく》らか回収すると、二人は女子更衣室《こういしつ》を出た。通路はさらに奥《おく》へと続いているが、探索《たんさく》はひとまず切り上げることにしてロビーに戻《もど》る。

コーンヘッド・ブルーザーの犠牲《ぎせい》になったのであろう、十になんなんとする数の遺体をそのまま放置しておきたくはないが、いまは心の中で手を合わせるにとどめ、チケットカウンターから出てショッピングエリアを目指す。

コンケンと別れてからさして時間は経《た》っていないはずだが、みんなに状況《じょうきょう》説明はできたのだろうか……と思いながら、ロビーを仕切るトラスフレームの下を走《はし》り抜けた、その時だった。

「適当なこと言ってんじゃねえ！　どうせお前もバケモンなんだろうが……近堂《コンドウ》！」

敵意に満ちた叫《さけ》び声《ごえ》が聞こえ、ユウマは息を吸い込んだ。直後、視界に飛《と》び込んできたのは――。

陳列棚《ちんれつだな》のバリケードが少しだけ動かされたショッピングエリアの入り口と、その手前で棒のようなものを構える四人の生徒たち、そして奥《おく》の壁際《かべぎわ》に追い詰《つ》められたコンケンの姿だった。

8

冷静に判断すれば、初めてロビーに出てコーンヘッド・ブルーザーを目撃《もくげき》した時と同じく、いったん隠《かく》れて状況《じょうきょう》を把握《はあく》するべき場面だったかもしれない。

しかし、いわれなき糾弾《きゅうだん》に晒《さら》される親友の姿を見た瞬間《しゅんかん》、ユウマは大声で叫《さけ》んでいた。

「おい、何やってるんだ！」

途端《とたん》、コンケンを囲む四人が弾《はじ》かれたように振り向く。全員が六年一組の男子であることを、ユウマは瞬時《しゅんじ》に把握《はあく》した。

出席番号三十六番、穂刈陽樹《ホカリハルキ》。

出席番号二十九番、瀬良多可斗《セラタカト》。

出席番号二十四番、大野曜一《オオノヨウイチ》。

そして出席番号二十八番、須鴨光輝《スガモテルキ》――。

ツーブロックの穂刈とロングヘアの瀬良はスケボーが得意で、小学生ながらストリート系のファッションを好む、ちょい悪《ワル》ポジションの二人組。大野はバスケットボールクラブ、須鴨はサッカークラブのエース格。つまり全員が、クラス内ヒエラルキーの最上層に位置する者たちと言っていい。

ユウマとサワを視認《しにん》した途端《とたん》、須鴨《スガモ》は両手で握《にぎ》ったモップを二人に向けて突き出した。

「芦原兄妹《アシハラきょうだい》！　お前らもか⁉　……こっちに来んじゃねえ！」

声変わりの気配がある怒号《どごう》を聞いて、さっきコンケンを化け物呼ばわりしたのはこいつだとユウマは確信した。

いったい何を根拠《こんきょ》にそんな暴言を吐《は》くんだと言い返そうとして、寸前で呑《の》み込む。サワには角と羽が生えているし、ユウマも髪色《かみいろ》がほんのわずかだが変わってしまった。常識では説明のつかない変化だと言われればそのとおりなので、気付かれたら面倒《めんどう》なことになりそうだ。

いっぽう須鴨たち四人は、離《はな》れた場所から見る限りでは外見的な変化はない。しかしそれは、髪《かみ》が変色したり角や羽が生えたりすることを知らない可能性が高いということでもある。サワはフードつきのウインドブレーカーで上手《うま》いこと頭と背中を隠《かく》しているし、ユウマの髪色《かみいろ》も光に透《す》かしてみないと解《わか》らないほどの変化なので、ここは強く出るべきだ。

「……何言ってんだガモ！　僕たちのどこが化け物なんだよ⁉」

両拳《りょうこぶし》を握《にぎ》り締《し》めながら叫《さけ》び返《かえ》したユウマに、須鴨はいっそう刺々《とげとげ》しい言葉を返してきた。

「それしか有り得ねーんだよ！　お前ら、あのクッソでけぇ怪物《かいぶつ》を殺したんだろ⁉　んなことできるヤツは、バケモンに決まってんじゃねーか！」

これには一瞬《いっしゅん》なるほど、と思ってしまう。感情だけで動いている奴《やつ》かと思っていたが、案外筋の通った推論で即座《そくざ》の否定は難しい。コーンヘッド・ブルーザーのＨＰの大半を削《けず》ったのは

ユウマが浴びせた消毒用エタノールなのだが、自分でもなんであんなことができたのかと思うほどの奇策《きさく》なので、すぐには信じてもらえないだろう。とどめを刺した綿巻《ワタマキ》すみかのことは、もっと言えない。

……そういえば……僕はどうしてあの状況《じようきよう》で、綿巻さんを召喚《しようかん》しようと思ったんだろう？

ユウマの脳裏《のうり》に、そんな疑問が過《よぎ》った。

ブルーザーに腰《こし》まで呑《の》み込まれた絶体絶命の状況《じようきよう》で、ユウマはへし折られた鋼材をもう一度巨人《きよじん》の歯と歯の間に押し込み、同時に綿巻すみかのモンスターカードを取り出して召喚《しようかん》した。絶対に二度とはやれない離《はな》れ業《わざ》——いや、それ以上だ。すみかを召喚《しようかん》する時、自分以外の全てが停止したような、不思議な感覚があった。あれは何だったのか。

不意に、耳の奥《おく》にかすかな声が甦《よみがえ》る。同い年くらいの少年の声。でも、コンケンではないし一組の他の男子でもない。いったい誰《だれ》の声だろう……。

「おい、何とか言えよ！」

野太い声が、ユウマの思考を引き戻《もど》した。

叫《さけ》んだのは、須鴨《スガモ》の隣《となり》でデッキブラシを構える大野《オオノ》曜一《ヨウイチ》だ。早くも声変わりが終わりつつある掠《かす》れた低音で、さらなる怒声《どせい》を浴びせてくる。

「どうせお前らも、化け物に変身するんだろ！　バリケードの中には怪我《けが》してる奴《やつ》らもいるんだ、絶対に入れさせないからな！」

それを聞いたサワが、ユウマに少しだけ近づいて囁《ささや》く。

「あいつのほうが、交渉《こうしょう》相手としてはガモよりマシね」

同感ではある。大野《オオノ》は身長が六年一組でいちばん高く、真面目なスポーツマンで人望もあり、学級委員を決める選挙では須鴨《スガモ》に迫《せま》る票を得ていた。話せば解る相手——だと思いたいが、実直そうな顔に浮《う》かぶ警戒《けいかい》の色は、四人の誰《だれ》よりも濃《こ》い。

ユウマやコンケンとは一緒《いっしょ》に遊ぶほどの仲ではなくとも、決して反りが合わないわけではないのに、なぜここまで敵意をぶつけてくるのか。須鴨の「化け物を倒《たお》せるのは化け物」という主張には一定の説得力はあるにせよ、「どうせお前らも化け物に変身する」というのはいくらなんでも決めつけが過ぎる。まるで、実例を見たことがあるかのようだ。

というユウマの推測を、大野は自らの言葉で肯定《こうてい》した。

「解《わか》ってるんだぞ！　お前らも……お前らも、綿巻《ワタマキ》みたいに化け物に変身して、俺たちを襲《おそ》うつもりだろ‼」

その声には激しい怒《いか》りと、そして深い悲しみが含《ふく》まれているように感じられて、ユウマは息を詰《つ》めた。反射的に左のポケットを触《さわ》りそうになるのを堪《こら》え、問いかける。

「大野……お前、綿巻さんが変身するところを見たのか⁉」

「ああ、見たさ！　ここにいる連中はみんな見たんだ！　カリキュラスから出てきた綿巻が、顔のない化け物になって……ベロシに襲《おそ》いかかるところをな！」

それを聞いて、ようやく思い出す。ベロシこと三浦幸久《ミウラユキヒサ》は、一組では大野《オオノ》と別のグループに属していたが、クラブは同じバスケットボールクラブだったはずだ。たぶん学校外では仲良くしていたのだろう、教室でも三浦が大野のことを《ヨーイー》というあだ名で呼ぶのを何度か聞いたことがある。

大野の左右に立つ須鴨《スガモ》と穂刈《ホカリ》、瀬良《セラ》も、揃《そろ》って顔を歪《ゆが》めた。どうやら三人とも綿巻《ワタマキ》すみかが変身し、三浦を殺す場面を目撃《もくげき》したらしい。

しかしだとすれば、なぜユウマとサワとコンケンは、大野たちに遅れて目覚めたのだろうか。ユウマがカリキュラスから出た時、プレイルームにはもうクラスメイトたちの姿はなく、怪物《かいぶつ》化《か》した綿巻すみかがうろついているだけだった。

――いや、正確には違《ちが》う。目覚めた直後、ユウマはカリキュラスの筐体《きょうたい》の中で三浦の悲鳴を聞いたのだ。つまりあの瞬間《しゅんかん》、三浦はまだ生きていて……彼を襲《おそ》う綿巻すみかを、大野たちは目撃《もくげき》していたということになる。

「……おい、ヨーイー」

三浦が使っていたのと同じあだ名で呼びかけたのは、ユウマから見て右手奥《おく》の壁際《かべぎわ》に立つコンケンだった。四人がさっと体の向きを変え、モップやブラシを握《にぎ》り直《なお》す。

落ち着いて見ると即席《そくせき》の武器はいかにも貧相《ひんそう》で、いっぽうコンケンが右手に握《にぎ》り締《し》めている大型ハンマーは、コーンヘッド・ブルーザーからドロップした《本物の武器》だ。攻撃力《こうげきりょく》なら

掃除用具《そうじ》とは比べものにならないであろうそれを、コンケンは低く提《さ》げたまま問いかけた。なのに、

「お前ら、ベロシを見捨てて逃げたのか？　ガタイのでけーのが何人もいたんだろ。なのに、ベロシを囮《おとり》にして、全員で逃げたのかよ？」

離《はな》れていても、大野《オオノ》の横顔が瞬時《しゅんじ》に紅潮し、首の筋肉が盛り上がるのが見えた。強張《こわば》りは肩《かた》から腕《うで》、手へと移動し、握《にぎ》られたデッキブラシが小刻みに震《ふる》える。

しかし憤然《ふんぜん》と言い返したのは大野ではなく、スケボーコンビのツーブロックのほうこと穂刈《ホカリ》陽樹《ハルキ》だった。

「近堂《コンドウ》、てめぇこそあそこにいなかったくせに、勝手なこと抜かしてんじゃねーぞ！　売店の中で寝てる多田《タダ》と会田《アイダ》は、綿巻《ワタマキ》にやられて大怪我《けが》してんだよ！　あのままだったら何人も殺されてたはずのとこを、三浦《ミウラ》が体張って防いでくれたんだ……。あん時は、逃げるしかなかったんだよ！」

続けて、ロンゲのほうこと瀬良多可斗《セラタカト》もドスの利《き》いた声を出す。

「そんで、必死こいてロビーまで逃げてきたら、あのクソデケェ怪物《かいぶつ》が暴れ回ってるしよ……。エビセンもドイツもいねぇし、多田と会田を担《かつ》いで、死ぬ思いでこの売店に逃げ込んだんだ。怪物《かいぶつ》を始末してくれたのは感謝すっけど、ガモの言うとおり、あのデカブツをどうにかできるなんて普通《ふつう》じゃねぇよ。もし中に入れて、お前ら三人までのっぺらぼうのバケモンになったら、もう逃げ場《ば》はねぇ。お前らが俺らと同じ人間だってことが証明されるまで、ここは絶対に通さ

ねぇぞ」

口調や表情は甚《はなは》だ威嚇《いかく》的だが、言っていることは至ってロジカルだ。しかも目を凝《こ》らすと、瀬良《セラ》と穂刈《ホカリ》が着ているオーバーサイズのTシャツと大野《オオノ》のスクールシャツには複数のかぎ裂《ざ》きがあり、血痕《けっこん》らしきものもついている。怪我《けが》をしたという多田智則《タダトモノリ》と会田慎太《アイダシンタ》を三人で運び、ショッピングエリア入り口のバリケードも彼らが作ったに違《ちが》いない。

――もしかしたら、僕はいままで無意識に、運動能力全《ぜん》振りの大野や、ワルぶってる穂刈と瀬良を見下してたのかも……。

そんな苦い自省を噛《か》み締《し》めながら、ユウマは言った。

「あのトンガリ頭の怪物《かいぶつ》だけじゃない」

「あぁ？」

怪訝《けげん》な顔をする四人に、部分的ながら真実を告げる。

「プレイルームにいた綿巻《ワタマキ》さんも、僕らが無力化した。あと、三浦《ミウラ》くんは、カリキュラスの中に寝かせてきたよ」

途端《とたん》、大野がくしゃりと表情を崩《くず》した。

「…………ベロシは、死んだのか？」

ユウマが無言で頷《うなず》くと、大野の体から徐々《じょじょ》に緊張《きんちょう》が抜け、デッキブラシの先端《せんたん》が下がった。

両目に滲《にじ》むのは涙《なみだ》だろうか。

代わりにモップを握《にぎ》り直《なお》したのは、なおも敵意を消さない須鴨光輝《スガモテルキ》だった。

「おい、芦原《アシハラ》オトコ！　そんなことより、む……無力化ってのはどういう意味だよ⁉　綿巻《ワタマキ》はどうしたんだ⁉」

途端《とたん》、涙《なみだ》ぐんでいた大野《オオノ》が横目で須鴨を睨《にら》み、穂刈《ホカリ》と瀬良《セラ》も不愉快《ふゆかい》そうに口許《くちもと》を動かした。

しかし須鴨は、自分が三浦幸久《ミウラユキヒサ》の死を「そんなこと」呼ばわりしたことにも気付かず、かさにかかって喚《わめ》く。

「……まさか、トンガリ頭みたいに殺したんじゃねぇだろうな！　あんなになっても、綿巻はオレらの……一組の仲間なんだぞ！」

――さっきバケモン呼ばわりしてたくせに、何が仲間だよ。

という反駁《はんばく》を呑《の》み込み、ユウマは答えた。

「殺してないよ。でも、綿巻さんをどうしたのかは、簡単には説明できない」

「ふざけんな！　やっぱりお前らも……」

しかしそこで、瀬良がひときわ低い声を出した。

「ガモ、ちょっと黙《だま》ってろ」

「あぁ……⁉　お、オレは学級委員だぞ‼　お前らこそ出しゃばってくるんじゃねえよ‼」

その言い草に、大野も不快感を露《あら》わにした。

「学級委員って、お前はベロシが綿巻に襲《おそ》われた時、何もしないでとっとと逃げたろ。さっきもバリケード押さえてたのは俺たちで、お前は奥《おく》に隠《かく》れてたくせに」

「それは……」

須鴨《スガモ》は一瞬《いっしゅん》言葉に詰《つ》まったが、すぐにいっそう居丈高《いたけだか》な態度で言い返した。

「リーダーはオレだ！　オレがやられたら誰《だれ》が一組をまとめるんだよ⁉　この安地《アンチ》を見つけたのもオレだろうが‼」

「安地《アンチ》って、お前なあ……」

大野《オオノ》は苛立《いらだ》ちと呆《あき》れがない交ぜになった表情を浮《う》かべ、スケボーコンビに視線を送ってから、再び須鴨を見た。

「……だったら、バケモンかもしれない近堂《コンドウ》や芦原《アシハラ》の相手も俺たちがする。リーダーは安全な場所にいるべきなんだろ」

抑制《よくせい》されてはいるが、それゆえに迫力《はくりょく》のある低音で大野がそう宣言すると、須鴨もそれ以上反論できないようだった。しかし偉《えら》ぶった態度は崩《くず》さず、

「や……やりてぇんだったらやらせてやるよ。でも、あいつら三人とも、絶対中に入れんじゃねぇぞ」

と吐《は》き捨《す》てるように言い、ショッピングエリアの中へと消えた。

改めて注視すると、急造のバリケードはスチール製の陳列棚《ちんれつだな》を二重に並べただけの代物《しろもの》で、いかにも頼《たよ》りない。コーンヘッド・ブルーザーの侵入《しんにゅう》を防いだのは主にグリルシャッターで、

それが破壊《はかい》されてしまった以上、もし同様の怪物《かいぶつ》が再び襲《おそ》ってきたら陳列棚《ちんれつだな》のバリケードだけでは絶対に防ぎ切れない。そもそもブルーザーは頭突《ず》き一発でコンクリートに大穴を開けたのだから、その気になれば入り口のバリケードどころか、ロビーとショッピングエリアを隔《へだ》てる壁《かべ》そのものすら破壊《はかい》できるかもしれない。

「……安地《アンチ》とか言ってたけど、とうてい安全地帯とは言えないよね」

同じことを考えたのだろう、背後でサワが囁《ささや》いた。小走りに近づいてきたコンケンも、須鴨《スガモ》がいなくなったのに不安そうな表情は消えていない。

「おいユウ、思ったんだけど、あのトンガリ頭が一匹だけとは限らねーよな。同じヤツがまた攻《せ》めてきたら、あんなバリケード、十秒ももたねーぞ。……っつうか……」

ショッピングエリアの入り口からサワに視線を移し、上下に往復させる。

「……服ってそれしかなかったのかよ？　ウイブレ一枚じゃん」

「うっさいなぁ、スカート嫌《きら》いだし、足がこれじゃズボン穿《は》けないのよ」

「はあ？　ブーツくらい横着しねーで脱《ぬ》げよ」

呆《あき》れ顔《がお》になるコンケンの左肘《ひだりひじ》を、ユウマは軽くつついて注意を促《うなが》した。

同じように小声で何やら相談していた大野《オオノ》、穂刈《ホカリ》、瀬良《セラ》の三人が、モップやデッキブラシを構えたままじりじりと近づいてくる。ユウマたちから三メートルほど離《はな》れた場所で立ち止まり、バリケードの内側で様子を窺《うかが》っているであろう須鴨に聞かれたくないからか、大野が限界まで抑《おさ》えた声を出す。

「芦原《アシハラ》……、綿巻《ワタマキ》さんをどうしたんだ？　殺してないなら、どうやっておとなしくさせたんだよ？」

予想された問いだったが、答えるには少なからず勇気が必要だった。深呼吸して腹を括《くく》ると、ユウマはたったひと言だけ口にした。

「魔法《まほう》で」

「…………は？」

一瞬《いっしゅん》ぽかんと口を開けた大野《オオノ》たちが、たちまち険悪な表情になる。

「てめぇ、こんな時に何ふざけてんだよ」

小学生らしからぬワイルドツーブロックの穂刈《ホカリ》が、ドスの利《き》いた低音で凄《すご》んだ。昨日までのユウマならたちまち震《ふる》え上がる、とまではいかずともそれなりに萎縮《いしゅく》してしまっただろうが、怪物化《かいぶつか》した綿巻すみかや、怪物《かいぶつ》そのもののコーンヘッド・ブルーザーと対峙《たいじ》してきたからか、ほとんど恐怖《きょうふ》を感じない。

あるいはそれは、ジョブチェンジによって底上げされた身体能力があるからかもしれない。だとすれば、これから行う説明によって穂刈たちに対するアドバンテージは消えてしまうが、ずっと隠《かく》しておくわけにもいかない。それに、ユウマが明かさずとも、いつかは一組の誰《だれ》かがアクチュアル・マジックを起動することを思いつくはずだ。

「ふざけてるわけじゃない」

静かに答えると、ユウマは左腕《ひだりうで》を持ち上げ、ジャケットとシャツの袖《そで》をめくり上げた。手《て》の甲《こう》から肘近《ひじちか》くまで伸びる、巨大《きょだい》な回路パターンが露《あら》わになる。

「な……何だよそれ……？」

ロンゲの瀬良《セラ》が呟《つぶや》き、自分の左手とユウマの左手を見比べる。大野《オオノ》、穂刈《ホカリ》、瀬良のクレストは正常な形と大きさで、三人がジョブチェンジ前であることを示している。

「クレストがこうなると、魔法《まほう》を使えるんだ。それだけじゃない……体力も、筋力も上がる。あのでかい怪物《かいぶつ》と、どうにか戦えるくらいにね」

「はあ……？」

表情から険悪さは消えたが、なおも半信半疑――いや、一信九疑ぐらいの顔をしている大野たちに向けて、コンケンが大型ハンマーを突き出した。

「信じられねーなら、これ持ってみろよ。無理だと思うけど」

腰《こし》を屈《かが》め、床《ゆか》にハンマーを置くと、右足で蹴《け》って大野たちの前まで滑《すべ》らせる。

計算なのか天然なのか、軽めの挑発《ちょうはつ》をまぶしたコンケンの言葉に、大野が少し表情を変えた。身長は大差ないが、運動クラブに入っていないコンケンに体力で劣《おと》るわけがないと思ったのか、一歩前に出てしゃがみ込み、ハンマーに向けて右手を伸ばす。黒光りする柄《え》を握《にぎ》り、そのまま立ち上がろうとして――。

「うおっ」

唸《うな》り声《ごえ》を漏《も》らすや、がくっと床《ゆか》に膝《ひざ》を突いた。唖然《あぜん》とした顔で何度か瞬《まばた》きしてから、左手に持っていたデッキブラシを落とし、今度は両手で柄《え》を摑《つか》む。だが結果は同じ。柄《え》を持ち上げることはできても、金属製の頭は床《ゆか》から一ミリたりとも離《はな》れない。

「マジかよ」

「ウソだろ」

後方で呟《つぶや》いた穂刈《ホカリ》と瀬良《セラ》も、顔を見合わせてから前に出た。軽く息が上がってしまった大野《オオノ》と交代してハンマーに挑《いど》むが、二人とも結果は同じ。

「もういいか？」

コンケンの言葉に、三人は呆然《ぼうぜん》とした表情のまま下がった。入《い》れ替《か》わりに近づいたコンケンが、右手でハンマーの柄《え》を摑《つか》み、プラスチックのおもちゃか何かのように軽々と持ち上げる。本当はかなり腕《うで》に力を込めたはずだが、大野たちには解《わか》らなかっただろう。

コンケンがユウマの隣《となり》に戻《もど》ると、数秒経《た》ってから穂刈が口を開いた。

「……クレストがそんなふうになれば、オレたちもそのハンマーを持てるのか？」

「多分ね」

ユウマがイエスと断言しなかったのは、テストプレイで選択《せんたく》した職業《クラス》が僧侶《そうりょ》や魔術師《まじゅつし》だと、ジョブチェンジしてもあまり筋力がブーストされない可能性があるからだ。しかし大野たちは気にした様子もなく、意気込《いきこ》んで訊《き》いてくる。

「どうすりゃいいんだ⁉」

瀬良《セラ》の台詞《せりふ》に苦笑《くしょう》しそうになり、ユウマは懸命《けんめい》に顔を引き締《し》めながら答えた。

「教えるよ……けど、これはすごく重要なことだから、クラスの全員に説明したい。僕たちをショッピングエリアの中に入れるか、みんなをここに集めてくれ」

すると三人は再び顔を寄せ合い、小声で何やら囁《ささや》き交《か》わした。また揉《も》めるかと思ったのだが、ほんの数秒で意見が一致《いっち》したらしく、大野《オオノ》がユウマを見て頷《うなず》いた。

「解《わか》った。……けど、ガモがまたゴチャゴチャ言うと思うぜ」

「あいつを説得すんのはお前らの仕事だろ」

コンケンの指摘《してき》に、穂刈《ホカリ》が綺麗《きれい》に刈《か》り上げた側頭部をがりがり掻《か》いた。

「まあ……そうだな。ちょっと待ってろ」

そう言い残し、スケボーコンビはバリケードの隙間《すきま》に入っていった。すぐに言い合い以上、怒鳴《どな》り合《あ》い未満という感じの声が聞こえてきたが、三十秒もしないうちに瀬良が顔を出して、ユウマたちを手招きした。

思わずほっと息を吐《つ》いてしまったが、クラスメイトたちと合流するだけでこの騒《さわ》ぎなのだ。ユウマたちが発見した絶望的な事実――アルテアから出られないこと、怪物《かいぶつ》が出没《しゅつぼつ》すること、そして現実世界がアクチュアル・マジックのゲームシステムに侵食《しんしょく》されてしまっていることを説明したら、皆《みな》がどれほど動揺《どうよう》するのか想像もつかない。

しかしやるしかない。綿巻《ワタマキ》すみかを元《もと》に戻し、茶野水凪《サノミナギ》を見つけるという二つの目標を達成するためにも安心して休める拠点《きょてん》は必要だし、いまのところそれはこのショッピングエリアが最適なのだ。

大野《オオノ》の後について歩き、壊《こわ》れたグリルシャッターをまたいで、陳列棚《ちんれつだな》のバリケードの隙間《すきま》を通《とお》り抜ける。即座《そくざ》に須鴨《スガモ》があれこれ釘《くぎ》を刺してくると予想していたのだが、出入り口付近には姿がない。コンケンとサワも中に入ったことを確かめてから、室内を見回す。

一階ロビーの面積の六分の一近くを占《し》めるショッピングエリアは、細長い扇形をしていた。奥行《おくゆ》き十二メートルほどだろうが、もっと広く感じられるのは照明が薄暗《うすぐら》い非常灯だけなのと、大半の陳列棚《ちんれつだな》が左右の壁際《かべぎわ》に移動させられているからだ。正面奥《おく》にはレジカウンターがあり、その手前に大判のタオルやらブランケットが何枚も敷《し》かれて、二人の男子が横になっている。恐《おそ》らく怪我人《けがにん》であろう彼らを介抱《かいほう》している女子が二人、あとは部屋の各所に三々五々固まっている生徒たちの総数を、ユウマは素早《すばや》く数えた。十七人——。

近くに立つ大野、穂刈《ホカリ》、瀬良《セラ》に、ユウマとサワとコンケンを足すと、二十三人。行方不明《ゆくえふめい》のナギとカード状態の綿巻すみか、そして死んだ三浦幸久《ミウラユキヒサ》を加えても二十六人。六年一組の生徒は四十一人なので、十五人も足りない。

「……ここにいない奴《やつ》らは？」

まさかコーンヘッド・ブルーザーに殺されてしまったのでは……と戦慄《せんりつ》しながら、ユウマは大野《オオノ》に訊《たず》ねた。しかし、振り向いた大野はたったひと言、「解《わか》んねぇ」とだけ呟《つぶや》いた。

「解《わか》んないって、どういうこと？　二階のプレイルームから、みんな一緒《いっしょ》に降りてきたんじゃないの？」

サワの問いかけに、穂刈《ホカリ》が素早《すばや》くかぶりを振る。

「いや、プレイルームから出たらエレベーターが動いてなくて、非常階段で一階に降りようとしたんだけど狭《せま》くてさ。すし詰《づ》めになっちまって、後ろにいた奴《やつ》らは三階に上ってったんだ。女子は藤川《フジカワ》とか寺上《テラガミ》、男子は二木《ニキ》とか灰崎《ハイザキ》とか、あのへん」

「……三階に……」

深く被《かぶ》ったフードの中で、サワが軽く唇《くちびる》を噛《か》む。

妹が何を懸念《けねん》しているのか、ユウマにはすぐに解《わか》った。いったん上階に移動したとしても、もう二階のプレイルームにいた綿巻《ワタマキ》すみかも、一階で暴れていたコーンヘッド・ブルーザーも排除《はいじょ》されているのだ。なのにまだ十五人が降りてこないのは、そうできない理由があるからだと考えられる。

「もし三階に別のバケモンがいても、二木や灰崎がそう簡単にやられちまうとは思えねーけどな……」

コンケンの言葉に、ユウマは小さく頷《うなず》いた。なぜならその二人は、大野《オオノ》や須鴨《スガモ》とは別の意味で一組ヒエラルキーの頂点に立つ生徒だからだ。

出席番号三十三番、二木翔《ニキカケル》。

出席番号三十五番、灰崎伸《ハイザキシン》。

テストのたびにクラスのトップを争う秀才《しゅうさい》コンビ。と言ってスポーツが駄目《だめ》というわけでもなく、身長も高くて見た目もスマートなので、女子たちの人気はかなり高い。あの二人なら、恐《おそ》らくもうジョブチェンジの方法に気付いているのではないか。それどころか、ユウマたちが知らない情報を得ている可能性もある。一刻も早く合流したいが——その前に、まだまだやるべきことがある。

再びショッピングエリアを見回すと、ユウマたちに気付いたクラスメイトたちと目が合った。だが皆《みな》不安な表情のまま、壁際《かべぎわ》や陳列棚《ちんれつだな》の陰《かげ》から動こうとしない。綿巻《ワタマキ》すみかのように怪物化《かいぶつか》することを恐《おそ》れているのだろう。

ふと突き刺さるような視線を感じて目を向けると、エリア右奥《みぎおく》の狭《せま》いイートインコーナーに陣取《じんど》る須鴨光輝《テルキ》が、忌々《いまいま》しそうにユウマたちを見据《みす》えていた。隣《となり》には、テストプレイで須鴨とパーティーを組んでいた三園愛莉亜《ミソノアリア》と木佐貫櫂《キサヌキカイ》の姿もある。

「それで……クレストをパワーアップさせる方法って、何なんだよ？」

そろそろ待ちきれない様子の瀬良多可斗《セラタカト》に水を向けられ、ユウマは小さく頷《うなず》いた。

「うん……説明するから、みんなをレジカウンターの前に集めてくれ」

9

——こんなに大勢の注目を集めるのは、生まれて初めてかもしれない。

ふとそんなことを考えてしまってから、ユウマはそんなわけないと否定した。

雪花小学校《ゆきはなしょうがっこう》に入学してから五年と二ヶ月が経《た》つ。夏休み明けには自由研究の発表をするし、帰りの会で委員会活動の報告をすることも日常茶飯事《にちじょうさはんじ》だ。五年生の時には、《少年の主張》の作文がなぜかクラスの代表に選ばれて、全校生徒の前で音読する羽目に陥《おちい》ったことさえある。あの時に比べれば、いまユウマに視線を注いでいる生徒の数は約十分の一——であるはずなのに。

汗《あせ》で濡《ぬ》れた掌《てのひら》をズボンの側面に擦《こす》りつけながら、ユウマはサワとコンケンを除く二十人のクラスメイトを見回した。

リラックスしている生徒は一人もいない。皆《みな》の瞳《ひとみ》に浮《う》かぶのは、困惑《こんわく》、混乱、反発、不安、恐怖《きょうふ》、焦燥《しょうそう》……そしてほんの少しの期待。すでに、ユウマたちが巨大《きょだい》な怪物《かいぶつ》を始末したという話が広まっていて、この状況《じょうきょう》を解決してくれるものと思っているのだろう。

だが残念ながら、その期待には応えられない。ユウマはこれから、現在判明している事実——アルテアからは脱出《だっしゅつ》不可能であり、恐《おそ》らく怪物《かいぶつ》もあれ一匹だけではないということを皆《みな》に告げなくてはならないのだ。

「……おい、もったいぶんなよ。なんか言うなら早くしろ」

イートインコーナーに陣取《じんど》ったままの須鴨光輝《スガモテルキ》が、苛立《いらだ》ちを隠《かく》さない声を出した。すかさず隣《となり》の三園愛莉亜《ミソノアリア》が「そうよ、みんなヒマじゃないんだからね！」と追随《ついずい》する。木佐貫櫂《キサヌキカイ》は何も言わないが、長い前髪《まえがみ》に隠《かく》れた両目からは感情を読み取れない。

そちらを一瞬《いっしゅん》だけ見てから、ユウマはゆっくりと息を吸い、話し始めた。

「……みんなももう気付いてると思うけど、いまこのアルテアの中で、普通《ふつう》じゃ考えられないことが起きてる」

押し黙《だま》る二十人を順に見ながら、強張《こわば》る口を動かし続ける。

「綿巻《ワタマキ》さんが怪物《かいぶつ》になったり、でっかい化け物がうろついてたり……さっきバリケードの前で暴れてたやつは僕たちが何とかしたけど、たぶん同じような奴《やつ》が他にもいるはずだ。そいつがまた襲《おそ》ってきたら、あのバリケードじゃ防げない」

「簡単に言うけど、あんなクソでけぇ奴《やつ》をどうやって何とかしたんだよ⁉」

スケボーコンビの穂刈《ホカリ》が焦《じ》れた声を出し、瀬良《セラ》も何かを言おうとした。しかしそれより早く、新たな声が響《ひび》いた。

「だったら、他の化け物が来る前にアルテアから出たほうがいいんじゃないの？」

発言者は、長めの髪《かみ》を両肩《りょうかた》の上で二つ結びにして、黒縁《くろぶち》の眼鏡をかけた女子だった。

出席番号六番、清水友利《シミズトモリ》。図書委員で、よく難しそうな本を読んでいる。視力はクレストのアイレンズで補正できるのに、敢《あ》えて眼鏡を使う理由は、訊《き》いても教えてくれなかった……と以前ナギが言っていた。

友利の言葉に、数名の生徒が大きく頷《うなず》く。中にはいますぐここから出たいと言わんばかりに腰《こし》を浮《う》かせる者までいる。しかし友利はあくまで冷静に、落ち着いた声で意見を述べた。

「芦原《アシハラ》くんが他にも化け物がいるって考えた理由は、たぶん三階に行った藤川《フジカワ》さんたちが一階に降りてこないからでしょ？　私も心配だけど、子供だけでどうにかしようとするのは無茶だわ。外に出て、大人の助けを呼ぶべきだと思う」

日頃《ひごろ》は物静かで、休み時間でもほとんど喋《しゃべ》らない友利の理路整然とした主張に、仕切り屋の須鴨《スガモ》でさえ反論しようとしなかった。本当に、そうできたらどんなにいいか、とユウマ自身も考えながら口を開く。

「残念だけど、それは無理だ。さっきトンガリ頭の怪物《かいぶつ》を倒《たお》してから、エントランスの様子を確かめてきたんだ。自動ドアは開かないし、ガラスは真っ黒になってて、割ろうとしてもビクともしなかった」

「………」

友利がレンズの奥《おく》で両目を細め、他の生徒たちも不安そうにざわめく。そんな中、挑発的《ちょうはつてき》な声を出したのはやはり須鴨だった。

「そりゃ、お前みてぇなチビじゃ自動ドアの強化ガラスを割るのは無理だろ。オレか大野《オオノ》なら、一発で……」

「僕じゃない。コンケンが、このハンマーでぶっ叩《たた》いてもヒビさえ入らなかった」

ユウマが視線を向けると、一歩前に進み出たコンケンが、両手でブルージング・ハンマーを持ち上げてみせた。これがトンガリ頭からドロップした正真正銘《しょうしんしょうめい》の《武器》だとは誰《だれ》も思わないだろうが、大きさや重量感は充分《じゅうぶん》に伝わるはずだ。

先ほどハンマーを持ち上げようとして一センチも浮《う》かせられなかった大野が、横目で須鴨《スガモ》を見てから言った。

「俺は信じるぜ。だいたい、自動ドアから外に出られるなら、逆に大人が……警備員とか警察とかがアルテアに入ってきてるはずだろ」

「……………それもそうね」

即時《そくじ》の脱出《だっしゅつ》を主張していた清水友利《シミズトモリ》があっさり頷《うなず》いたので、ユウマはいささか驚《おどろ》いた。この頭の柔《やわ》らかさを須鴨にも見習ってほしいと思いながら、説明を再開する。

「多分、壊《こわ》せないのは自動ドアだけじゃない。ロビーのガラスは全部真っ黒で、外はまったく見えないしクレストもネットに繋《つな》がらない。この異常の原因を突き止《と》めない限り、アルテアからは脱出《だっしゅつ》不可能だと思う」

ユウマがついにその言葉を口にした途端《とたん》、友利は唇《くちびる》を引き結び、須鴨は大きく顔を歪《ゆが》め、他のクラスメイトたちも愕然《がくぜん》とした表情を浮《う》かべた。

脱出《だっしゅつ》不可能。

たくさんのマンガやゲームで使われてきた言葉だが、それが現実になってしまうと容易には受け入れがたい。黒く染まったガラスを自分の手で触《さわ》り、ハンマーで殴《なぐ》ってもびくともしないところを目撃《もくげき》したユウマでさえそうなのだから、クラスメイトたちの困惑《こんわく》は言葉だけでは解消されないだろう。

「……どうしても信じられないって人がいたら、あとでエントランスを見に行く時間を作るよ。でもいまは、この貴重な避難《ひなん》場所……シェルターを守ることと、そのための《力》をみんなに修得してもらうことを最優先にしたい」

いよいよ状況《じょうきょう》説明の核心《かくしん》に入るべく、ユウマは一度深呼吸した。しかしそこで再び須鴨光輝《スガモテルキ》の横槍《よこやり》が入った。わざとらしい舌打ちに続いて、敵意丸出しの言葉が飛んでくる。

「チッ、もったいぶるんじゃねーよ！　そうやって色々回りくどいことを言って仕切るつもりだろうけど、お前らは最後にここに来たんだからな。最初にこのショッピングエリアを見つけてシェルターにしたのは学級委員のオレなんだから、これからどうするか決めるのも当然オレ……」

須鴨の台詞《せりふ》が中断したのは、ユウマが勢いよく右手を持ち上げたからだった。

ショッピングエリアの真ん中に立っているユウマから、イートインコーナーに陣取《じんど》っている須鴨《スガモ》までは五メートルほども離《はな》れている。それでも須鴨は、自分に向けられたユウマの右手に何かを感じたかのように、少しだけ上体を引いた。

――案外、勘《かん》はいい奴《やつ》なのかもな。

そんなことを考えながら、ユウマは風の属性詞を唱えた。

「ヴェンタス《風よ》！」

広げた手の先にライトグリーンの光球が出現し、薄暗《うすぐら》いショッピングエリアを照らし出した。

須鴨が再び派手に仰《の》け反《ぞ》り、バランスを崩《くず》して椅子《いす》ごと床《ゆか》に転がったが、クラスメイトたちは誰《だれ》もそちらを見ようとしなかった。

全員の両目がいっぱいに見開かれ、口からは喘《あえ》ぎ声《ごえ》が漏《も》れる。これだけでも充分《じゅうぶん》な説得力があるだろうが、ＬＥＤライトか何かを使ったトリックだと言われないように、ダメを押しておくことにする。

「アヴィス《鳥となり》！」

形態詞を詠唱《えいしょう》すると、光球は渦巻《うずま》く気流となり、小さな鳥を形作った。風属性の汎用魔法《はんようまほう》、《風の小鳥《ウインド・バード》》。攻撃力《こうげきりょく》はないに等しいが、鳥をぶつけてモンスターの目を眩《くら》ませたり、離《はな》れたところにある物を落としたりできる。

ユウマは室内を見回し、壁際《かべぎわ》に動かされた陳列棚《ちんれつだな》の一つに狙《ねら》いをつけた。

「イグニス《飛べ》！」

発動詞を受け、緑色の小鳥は勢いよく羽ばたいて飛び立った。清水友利《シミズトモリ》の頭上を突っ切《き》り、陳列棚《ちんれつだな》の最上部に命中してから、空気に溶《と》けるように消滅《しょうめつ》する。棚《たな》に載《の》っていたアルテアの形のミニクッションが一つ床《ゆか》に落ち、乾《かわ》いた音を立てる。

ユウマの実演が終わっても、二十人の生徒たちはしばらく黙《だま》り込んだままだった。やがて、あちこちで囁《ささや》き声《ごえ》が交《か》わされ始める。

「いまの……魔法《まほう》だよな？　アクマジの……」

「うん……あたし、ゲームの中で同じ呪文《じゅもん》使ったもん……」

「でも、ここは現実世界だろ……何かのトリックじゃねーのか……？」

「それか、クレストのAR映像かも……」

半信半疑の生徒たちを再び黙《だま》らせたのは、ユウマの正面に立つ清水友利のひと言だった。

「いま、風を感じた」

右手の指先で自分の頬《ほお》を撫《な》でながら続ける。

「クレストは単体じゃ触覚《しょっかく》をサポートしてないから、空気が動いたならAR映像じゃないわ。LEDライトとミニ扇風機《せんぷうき》を使ったとしても、光を小鳥の形に変えて羽ばたかせたり、物を落としたりするのは無理よ。いまのはトリックじゃない……本物の魔法《まほう》だわ」

黒縁《くろぶち》眼鏡を光らせながら友利がそう言い切ると、もう反論しようとする生徒はいなかった。

須鴨《スガモ》は尻餅《しりもち》を突いたままぽかんと口を開け、取り巻きの三園愛莉亜《ミソノアリア》と木佐貫櫂《キサヌキカイ》も何も言おうとしない。

次に声を上げたのは、バスケクラブの大野曜一《オオノヨウイチ》だった。

「……もしかして、魔法《まほう》を使ってあの化け物を倒《たお》したのか？　あいつだけじゃない……綿巻《ワタマキ》も、魔法《まほう》で倒《たお》した……いや、殺したのかよ？」

「違《ちが》う」

生徒たちが動揺《どうよう》する前に、ユウマは急いで否定した。

「ここに押し入《い》ろうとしてた化け物は確かに殺したけど、綿巻さんは殺してない。魔法《まほう》で……拘束《こうそく》して、動けなくしたんだ。僕は、綿巻さんを元に戻《もど》す方法を探すつもりだ」

この段階で「捕獲魔法《キャプチャーまほう》でしてカード化した」とは言えず、ユウマは拘束《こうそく》という言葉を使ったが、幸いそこを追及《ついきゅう》しようとする生徒はいなかった。トンガリ頭ことコーンヘッド・ブルーザーも実際には魔法《まほう》ではなく消毒用エタノールを使ったのだが、それは追々説明すればいいだろう。いまは皆《みな》に、《ジョブチェンジ》の準備をさせるほうが先だ。

ユウマの宣言を聞いた大野は、表情を目まぐるしく変化させてから、どこか縋《すが》るような声を絞《しぼ》り出した。

「……元に、戻《もど》す……？　戻《もど》せるのか、綿巻を？」

「絶対に戻《もど》せるって約束はできない。けど、方法はあると思う。僕はそう信じてる」

それはユウマの嘘偽《うそいつわ》りない本心だった。大野にもそれが伝わったのだろう、細く、長く息を吐《は》いてからゆっくりと頷《うなず》いた。

「……解《わか》った。芦原《アシハラ》、俺はお前を信じる。これからは、お前の指示に従う」

「ありがとう、大野《オオノ》」

気恥《きは》ずかしさを押し殺《ころ》して礼を言ってから、他の生徒たちの様子を確かめる。穂刈《ホカリ》と瀬良《セラ》、それに清水友利《シミズトモリ》にも異論はないようだ。友利は決して一組女子のリーダー格というわけではないものの、ここに確保できたも同然だろう。言い方は悪いが、この四人さえ押さえられれば主導権は確保できたも同然だろう。

そのポジションにある藤川憐《フジカワレン》や寺上京香《テラガミキヨウカ》は三階に向かった十五人の中に含《ふく》まれていて、ここにはいない。

気がかりなのはやはり須鴨《スガモ》のグループだが、この極限状況《じょうきょう》で須鴨の独りよがりな言動は皆《みな》の反発を買っている気配があるし、ギャル系の三園愛莉亜《ミソノアリア》はヒエラルキー上位ではあっても女子の中では浮《う》き気味なようだ。

ユウマはクラス内の勢力争いに興味はないが、これから全員をジョブチェンジさせることを考えれば慎重《しんちょう》にならざるを得ない。攻撃魔法《こうげきまほう》を操《あやつ》る力や人間離《にんげんばな》れした腕力《わんりょく》を得た生徒たちが、それを好き放題に試《ため》したりすれば俄作《にわかづく》りのシェルターなどあっという間に崩壊《ほうかい》してしまう。この場の全員が自分の置かれた状況《じょうきょう》を認識《にんしき》し、受け入れ、落ち着きを取《と》り戻《もど》すまでは、ユウマとサワ、コンケンの三人で主導権を確保し続けるしかないのだ。

最後にもう一度クラスメイトたちの顔を見回し、ユウマは言った。

「じゃあ、これから、みんなに魔《ま》法《ほう》の使い方を教える」

怪我《けが》をしてブランケットに横たわる多《タ》田《ダ》智則《トモノリ》や会田《アイダ》慎太《シンタ》を含《ふく》め、全員が食い入るような視線を注いでくる。耳が痛くなるような沈黙《ちんもく》の中、ユウマはふと理由のない不安を感じた。自分が何か、とても重要なことを見落としているという感覚。

だが、もうこれ以上は引き延ばせない。両拳《りようこぶし》を強く握《にぎ》り、不安感を振り払《はら》ってから最後の注意事項《じこう》を告げる。

「僕たちは《ジョブチェンジ》って言ってるけど、それをすると左手のクレストが変形して、肘《ひじ》のあたりまで伸びてくる。その時に熱く感じるかもだけど火傷《やけど》はしないから我慢《がまん》してくれ。……じゃあ、みんな、仮想デスクトップにあるアクチュアル・マジックのアイコンを押して」

その指示を聞いた途端《とたん》、穂刈陽樹《ホカリハルキ》が目を丸くする。

「アクマジのアイコンって……あれ、カリキュラスの中じゃねーと起動しねーだろ」

「いいから、押すだけ押してみてくれよ」

ユウマがそう言っても、生徒たちは不安そうに顔を見合わせている。須鴨《スガモ》は明らかに様子見の態勢だし、大野《オオノ》でさえなかなかきっかけが摑《つか》めないようだ。

最初に右手を動かしたのは、図書委員の清水友利《シミズトモリ》だった。ほっそりした人差し指を眼鏡の前まで持ち上げてから、左下に滑《すべ》らせる。そこで一瞬《いつしゆん》指が止まったが、左手も持ち上げて右手に添《そ》え、ユウマには見えないアイコンを押し込む。

友利《トモリ》の左手の甲《こう》に貼《は》られたクレストが、鮮《あざ》やかなエメラルドグリーンに輝《かがや》いた。口から、細い悲鳴が漏《も》れる。

「……っ……あっ……」

それを見て、生徒たちはいっそう不安そうな顔になったが、何人かは負けん気を刺激《しげき》されたのか続いてアイコンを押した。その中には大野《オオノ》も含《ふく》まれていて、左手が赤い光に包まれた途端《とたん》に低い声で呻《うめ》いたが、すぐに大声で叫《さけ》ぶ。

「だ……大丈夫《だいじょうぶ》だ！　あっちぃけど、我慢《がまん》できないほどじゃねーぞ！」

それを聞いて、様子見モードだった生徒たちも次々にアイコンを押し始めた。薄暗《うすぐら》い空間を色とりどりの光が照らし出し、女子の悲鳴や男子の叫《さけ》び声《ごえ》が高い天井《てんじょう》に反響《はんきょう》する。イートインコーナーの三人もやっとアイコンを押したらしく、須鴨《スガモ》と愛莉亜《アリア》が派手に喚《わめ》く傍《かたわ》らで、木佐貫《キサヌキ》は灰色の炎《ほのお》を上げる左腕《ひだりうで》をじっと見つめている。

五人の負傷者を含《ふく》めた全員のクレストが変形を終えるのに、三分と少しかかった。

最後にアイコンを押した生徒の腕《うで》から光が消えると、ショッピングエリアに静寂《せいじゃく》が戻《もど》った。

放心した様子の二十人を見回し、ユウマは言った。

「……これで、みんなはただの小学生から、アクチュアル・マジックのテストプレイで選んだ職業《クラス》にジョブチェンジした。視界の左上に、自分のＨＰバーが出現してるだろ？」

全員の視線が同時に動き、またユウマの顔に戻《もど》る。

「職業《クラス》が魔術師《まじゅつし》や僧侶《そうりょ》の人は専用魔法《まほう》が使えるし、戦士は腕力《わんりょく》が上がってるし、盗賊《とうぞく》や狩人《かりゅうど》は素早《すばや》く動けるはずだ。ただ、魔法《まほう》を使えば当然だけどMPが減って簡単には回復しないから、試《ため》すなら属性詞までにしておいてくれ」

それを聞いた途端《とたん》、何人かの生徒が火《フラーマ》や氷《グラキエス》、光《ルーミン》などの属性詞を唱えた。生み出された色とりどりの光球は、十秒間皆《みな》の顔を照らしてから、ぼしゅっ！　と音を立てて消滅《しょうめつ》する。

「……………マジかよ……」

掠《かす》れ声で呟《つぶや》いたのは大野《オオノ》だった。恐《おそ》らく戦士クラスなのだろう、魔法《まほう》ではなく腕力《わんりょく》で自分の変化を確かめるつもりらしく、数歩前に出てコンケンに右手を差し出す。

「もう一度、そのハンマー持たせてくれ」

「おう。落っことすなよ」

まったく躊躇《ためら》う素振《そぶ》りも見せず、コンケンがブルージング・ハンマーの柄《つか》を大野に向けた。がっしりした両手でそれを握《にぎ》ると、慎重《しんちょう》に持ち上げ――呆然《ぼうぜん》とした顔で何度も上げ下げする。

ついさっきは床《ゆか》から離《はな》すことさえできなかったハンマーが、頑張《がんば》れば振り回《まわ》せる程度の重さになってしまったことを実感したのか、「……マジか」ともう一度呟《つぶや》いてから大野はコンケンにハンマーを返した。顔をユウマに向け、恥《は》じ入《い》るように言う。

「芦原《アシハラ》、さっきは化け物扱《あつか》いして悪かったな……」

「いや……当然の反応だよ」

そう答えると、大野《オオノ》は小さく頷《うなず》いて元の場所に戻《もど》った。他の生徒たちも、驚《おどろ》きが消えたわけではないにせよ、もう全てがトリックだと疑っている者はいないようだ。

これで、六年一組の生徒たちをまとめてジョブチェンジさせるという大仕事はひとまず完了《かんりょう》した。次は、皆《みな》が得た力を活用して、このシェルターの守りを固めなければならない。

戦える生徒の数は一気に増えたが、まだコーンヘッド・ブルーザー級のモンスターを怪我人《けがにん》ゼロで倒《たお》すのは難しいだろう。入り口のバリケードを強化し、容易に侵入《しんにゅう》されないようにするのが先決……いや、その前にもう一つやるべきことがある。

「ちょっと聞いてくれ！」

ユウマが大きな声を出すと、ざわついていた生徒たちがいっせいに視線を向けてきた。早くこれにも慣れないとな……と思いながら呼びかけを続ける。

「この中で、職業《クラス》が僧侶《そうりょ》の人は手を挙げてほしい」

真っ先に挙手したのは清水友利《シミズトモリ》だった。次に、怪我人《けがにん》の手当て――と言ってもこの状況《じょうきょう》では濡《ぬ》らしたハンカチで傷を拭《ふ》くくらいが精一杯《せいいっぱい》のようだが――をしていたショートヘアの女子がおずおずと手を挙げ、恰幅《かっぷく》のいい男子が続く。

それで終わりだった。右後ろに立つコンケンが、「三人かよ……」と呟《つぶや》く。

ユウマも、少なくとも五、六人はいるだろうと期待していたのだが、考えてみればアクチュアル・マジックの職業《クラス》は戦士、魔術師《まじゅつし》、僧侶《そうりょ》、盗賊《とうぞく》、狩人《かりゅうど》、商人、魔物使《まものつか》いの七種類であり、二十を七で割れば三に満たないのだから少なすぎるとは言えない。

ショートヘアの女子は、出席番号八番の曽賀碧衣《ソガアオイ》。太めの男子は出席番号三十九番、諸雄史《モロタケシ》。二人に清水友利《シミズトモリ》を加えた三人が、このシェルターの生命線だ。もし再びモンスターが襲《おそ》ってきたら最優先で守らなくてはならないのだが、いますぐ指示すれば不公平だと感じる生徒もいるだろう。まずは三人の貴重さを全員に実感して貰《もら》わねばならない。

「よし……清水さんと曽賀さん、それに諸くんは回復魔法《まほう》が使えるはずだ。怪我《けが》をした人たちを治療《ちりょう》してほしい」

ユウマの指示を聞いた途端《とたん》、友利が眼鏡の奥《おく》で何度か瞬《まばた》きし、言った。

「あ……そっか。魔法《まほう》で治せるんだ……」

頷《うなず》き、スカートを翻《ひるがえ》してレジカウンター前に寝かされた二人の怪我人《けがにん》に駆《か》け寄《よ》る。

ユウマの目から見ても、重傷なのは出席番号二十二番の会田慎太《アイダシンタ》だった。綿巻《ワタマキ》すみかの爪《つめ》にざっくりやられたらしく、Tシャツの左袖《ひだりそで》がぎざぎざに千切れ、肩《かた》から二《に》の腕《うで》にかけて何本も切り傷が走っている。白いタオルできつく縛《しば》ってあるが、出血は止まっていない。

会田もジョブチェンジしたので体力は底上げされているはずだが、アクチュアル・マジックのアバターと違《ちが》って生身の体は傷つくし、怪我《けが》も簡単には治らないということだろう。会田は、一組では死んだ三浦幸久《ミウラユキヒサ》ほどではないが明るいお調子者ポジションで、放送委員会に所属していたはずだ。

清水友利《シミズトモリ》は、真っ赤に染まったタオルを見て一瞬《いっしゅん》ひるんだ様子だったが、動きを止めることなく会田《アイダ》の横にしゃがみ込んだ。傷ついた左肩《ひだりかた》に両手をかざし、少々ぎこちない口調でスペルワードを唱える。

「サークラ《祝福よ》」

左手の甲《こう》から肘近《ひじちか》くまで伸びるクレストの紋章《もんしょう》がエメラルドグリーンに発光し、両手の前に白い光球が生まれた。

それを見て、ユウマはあれ？　と思った。綿巻《ワタマキ》すみかと戦って傷ついたユウマを癒《いや》すためにサワが同じ《聖の属性詞》を唱えた時は、発生した光は淡《あわ》いピンク色をしていたのだ。しかし本来聖属性のエネルギーは白いはずなので、色としてはこちらが正常だと言える。

友利は眼鏡の奥《おく》で両目を細め、形態詞を唱えた。

「プレミス《集まり》」

途端《とたん》、白い光が空中で渦《うず》を巻くように流れ始める。僧侶《そうりょ》だけが使える《聖なる癒し《ホーリー・ヒール》》の魔法《まほう》だとユウマは察した。サワが使った《癒しの雫《ヒーリング・ドロップ》》は指先から滴《したた》る雫《しずく》を対象プレイヤーに直接飲ませる必要があるが、こちらはただ魔法《まほう》を当てるだけだし射程距離《しゃていきょり》も長い。ホーミング能力はないので慎重《しんちょう》に照準を合わせる必要があるが、この距離《きょり》で外しはしないだろう。

「フジオーネ《融け合え》」

発動詞が唱えられた瞬間《しゅんかん》、光の流れは友利の手からまっすぐに伸び、会田の左肩《ひだりかた》に命中した。

会田《アイダ》はびくっと体を震《ふる》わせたが、すぐに表情が緩《ゆる》み、口からかすかなため息が漏《も》れた。

数秒で光が消えると、タオルからはみ出していた傷はほぼ完全に塞《ふさ》がり、茶色のかさぶたが残るだけになっていた。会田はそろそろと左腕《ひだりうで》を持ち上げ、前後に動かすと、何度か瞬《まばた》きしてから「痛くねえ！」と叫《さけ》んだ。しかしすぐにしかめっ面《つら》になり、「やっぱちょっと痛え！」と続ける。

「……どっちなのよ」

友利《トモリ》が真面目な顔で問《と》い質《ただ》すと、数人の生徒がくすくすと笑った。会田はソフトモヒカンに刈《か》った頭を右手でがりがり掻《か》き、照れ笑いを浮《う》かべながら答えた。

「いや、へーきへーき。さっきまではすげーズワズワしてたけど、いまは微妙《びみょう》にシリシリするだけだから。サンキュー清水《シミズ》……つか、魔法《まほう》すげーな……」

そう嘆息《たんそく》した会田の気持ちは、同じように魔法《まほう》で回復してもらったユウマにはよく解《わか》った。

周囲の生徒たちも、皮膚《ひふ》の下の肉が露出《ろしゅつ》するほどの傷が瞬時《しゅんじ》に治ってしまうという奇跡《きせき》を目《ま》の当《あ》たりにして、改めて状況《じょうきょう》の異常さを実感したらしい。くすくす笑いもすぐに収まり、静寂《せいじゃく》がシェルターを満たす。

それを破ったのは、会田の近くに寝転《ころ》がるもう一人の重傷者、多田智則《タダトモノリ》だった。出血はしていないが、骨にヒビでも入ったのか雑誌をテープで巻き付けて添《そ》え木《ぎ》にしている右腕《みぎうで》を抱《かか》えながら、情けない声で言う。

「あのさぁ、わりーけど、そろそろオレも治してくんない？」

途端《とたん》、生徒たちが再び笑い声を漏《も》らし、多田《タダ》がもともと垂れ気味の眉《まゆ》を見事な八の字にした。

その顔が更《さら》なる笑いを呼び、ユウマも思わず口許《くちもと》を綻《ほころ》ばせた。

友利《トモリ》も少しだけ表情を和《やわ》らげながら、再び《聖なる癒し《ホーリー・ヒール》》の呪文《じゅもん》を唱え、多田の右腕《みぎうで》を治療《ちりょう》する。光が収まると、多田はぶんぶん右腕《みぎうで》を振り回《まわ》し、「マジで痛くねえ！」と叫《さけ》んだ。

三度目の、そして最大の笑い声が上がり、ずっと張《は》り詰《つ》めていたシェルター内の雰囲気《ふんいき》が、反動もあってか大きく弛緩《しかん》した——

その時だった。

ユウマの背後で、いままでひっそりと気配を消していたサワが、

「お兄ちゃん‼」

と悲鳴じみた声で叫《さけ》び。

ほぼ同時に、天井《てんじょう》に設置された換気《かんき》ダクトのルーバーがあちこちで外れ。

そこから、黒っぽい塊《かたまり》が次々と落下してきた。

どさっ、どさっ、と重い音を立てて床《ゆか》に落ちたそれを、約二十人の生徒たちは呆然《ぼうぜん》と眺《なが》めた。

全長五十センチ、幅《はば》十五センチほどの、濃《こ》い灰色をした楕円形《だえんけい》の物体。全体的にぶよぶよした質感で、表面は無数の環節《かんせつ》に分かれ、下側には突起状《とっきじょう》の歩脚《ほきゃく》がいくつも並ぶ。片方の端《はし》には、一列に並ぶ四つの単眼と、鋭《するど》い牙《きば》を六本も生やした口がある。

虫――巨大《きょだい》なイモムシだ。それが、最低でも十匹。

凄《すさ》まじい嫌悪感《けんおかん》が全身の肌《はだ》を粟立《あわだ》たせる。小刻みに蠕動《ぜんどう》する環節《かんせつ》や、湿《しめ》り気《け》を帯びた光沢《こうたく》は本物の生物としか思えないが、現実世界にこれほど大きなイモムシがいるはずがない。つまりこいつらは、コーンヘッド・ブルーザーと同じ超自然的《ちょうしぜんてき》存在、すなわちモンスターだ。

そう認識《にんしき》したものの、どうすればいいのか咄嗟《とっさ》に判断できず、ユウマは凍《こお》り付《つ》いた。

ほんの一メートル先で蠢《うごめ》いていたイモムシが、不意に四つの単眼でユウマを見上げ――全身をぎゅっと収縮させるや、鈍重《どんじゅう》そうなフォルムからは想像もつかないほどのスピードで飛びかかってきた。

「うあっ……」

叫《さけ》びながら、ユウマは反射的に両手を突き出し、イモムシを空中でキャッチした。指先に、カブトムシの幼虫が巨大化《きょだいか》したらこんな手応えだろうと思わせる、リアルな重量感と弾力感《だんりょくかん》が伝わってくる。捕獲《ほかく》されたイモムシは、ユウマの手の中で繰《く》り返《かえ》し環節《かんせつ》を伸ばし、顔のすぐ先で六本の牙《きば》をガチッ、ガチッ、と開閉させる。

直後、ショッピングエリアを無数の悲鳴が満たした。

十数匹ものイモムシが次々とジャンプし、立《た》ち竦《すく》む生徒たちに飛びつき、押し倒《たお》していく。狙《ねら》われなかった生徒も、腰《こし》を抜かすか悲鳴を上げるばかりで、クラスメイトを助ける余裕《よゆう》はなさそうだ。

なんとかしなければと焦《あせ》るが、ユウマも自分を嚙《か》もうとするイモムシを遠ざけるのに必死でまったく頭が回らない。アクチュアル・マジックの中なら、地面に叩《たた》き付《つ》けて踏《ふ》み殺したり、いっそこのまま握《にぎ》り潰《つぶ》すことだってできるはずなのに、イモムシの生々しい感触《かんしょく》があまりにも不快すぎて身動きひとつできない。

突然《とつぜん》、イモムシがユウマの顔を嚙《か》もうとするのをやめて、体を真横に捩《よじ》った。

腕《うで》を嚙《か》まれる——と恐怖《きょうふ》した、その刹那《せつな》。

「ユウ、そのまま持ってて！」

ユウマの正面に回《まわ》り込んできたサワが、そう叫《さけ》ぶや右足を真下から一閃《いっせん》させた。

どむっ！　と鈍《にぶ》い音《おと》が響《ひび》く。垂直に蹴《け》り上げられたイモムシは、剝《む》き出しの天井《てんじょう》配管に激突《げきとつ》し、跳《は》ね返《かえ》って床《ゆか》に落ちた。

「コンケン！」

サワの声に、

「うおおお！」

という雄叫《おたけ》びが呼応する。ダッシュしてきたコンケンが、大型ハンマーを高々と振りかぶり、叩《たた》き付《つ》ける。

爆発《ばくはつ》めいた衝撃音《しょうげきおん》。高級そうなフロアタイルが放射状に砕《くだ》けながら陥没《かんぼつ》する。

——外した！

ユウマは歯を食いしばった。ハンマーヘッドが叩《たた》いたのは、イモムシの頭部の二センチ横。わずかな距離《きょり》だが、当たらなければ一メートル外したのと同じ……と思った、次の瞬間《しゅんかん》。

ハンマーの打撃面《だげきめん》から陽炎《かげろう》のような衝撃波《しょうげきは》が広がり、イモムシを巻《ま》き込んだ。丸々と太った体が薄《うす》くひしゃげ、ばちゅっ！　と怖気《おぞけ》をふるうような音とともに破裂《はれつ》する。飛び散ったのは体液ではなく、コーンヘッド・ブルーザーの時と同じ実体の薄《うす》い闇色《やみいろ》の断片《だんぺん》だったが、死んだのは間違《まちが》いない。

「あ……あれっ⁉」

コンケンも外したことを自覚していたのか、快哉《かいさい》ではなく途惑《とまど》いの声を上げた。隣《となり》のサワも驚《おどろ》いた様子だったが、すぐに得心したように呟《つぶや》く。

「スプラッシュ・ダメージ……」

アクチュアル・マジックで、数多くの武技攻撃《ぶぎこうげき》と、一部の大型武器の通常攻撃《こうげき》に与《あた》えられている範囲《はんい》ダメージのことだ。現実世界で同じ威力《いりょく》の衝撃波《しょうげきは》を発生させようと思ったら爆発物《ばくはつぶつ》を使うしかないが、恐《おそ》らくブルージング・ハンマーのような《武器》はモンスターと同じく超常《ちょうじょう》の存在であり、ゲーム世界の特殊《とくしゅ》効果を現実世界でも発揮できるのだろう。

しかし、いま重要なのはそこではない。イモムシが、スプラッシュ・ダメージだけで死んでしまうほど脆《もろ》いことを、生徒たちに伝えねばならない。

「みんな！　この虫、硬《かた》いもので殴《なぐ》れば簡単に……」

振り向きざまにそう叫《さけ》んだユウマが見たのは。

薄暗《うすぐら》いショッピングエリアに広がる、地獄《じごく》のような光景だった。

フロアには十人以上の生徒が倒《たお》れ、その首筋や胸元《むなもと》にイモムシが食らいついて、ジュルッ、ジュルルッ、とおぞましい音を立てている。恐《おそ》らく血を吸っているのだ。

パーティーを組んでいないので、吸血されている生徒たちのHPバーは見えない。手や足がたまに痙攣《けいれん》するところを見るとまだ生きているようだが、このままだと死者が出るのも時間の問題だろう。

無事な生徒も十人近くいるはずだが、その全員が棒立ちになって悲鳴を上げるか、フロアの隅《すみ》で縮こまっていて、とても戦えそうにない。せめて大野《オオノ》、穂刈《ホカリ》、瀬良《セラ》の三人が無事なら――と目を凝《こ》らすが、大柄《おおがら》で目立ったからか、あるいは女子をかばったのか、三人ともイモムシに吸い付かれてしまっている。

ならば、威勢《いせい》のいいことを言っていた須鴨《スガモ》だけでもとイートインコーナーを見ると、円形のテーブルを横倒《よこだお》しにして、その後ろに三園愛莉亜《ミソノアリア》、木佐貫櫂《キサヌキカイ》と一緒《いっしょ》に隠《かく》れているようだ。須鴨の性格からして、危険が去るまでは出てこないだろう。

約一秒でそこまで考えたユウマは、サワとコンケンに向けて叫《さけ》んだ。

「僕らだけでやるしかない！　サワがイモムシを蹴《け》り剝《は》がして、コンケンがハンマーで潰《つぶ》してくれ！」

「解《わか》った……けどお兄ちゃんは⁉」

「これで何とかしてみる！」

サワに向けて右拳《みぎこぶし》を突き出すと、ユウマはフロアの奥《おく》でイモムシに襲《おそ》われている女子生徒めがけて走った。

仰《あお》向けに倒《たお》れ、首元から吸血されている女子の顔は乱れた髪《かみ》に隠《かく》れてしまっているが、耳の上に眼鏡のツルが見える。一組の生徒で眼鏡をかけているのは、図書委員の清水友利《シミズトモリ》だけだ。ユウマがまっさきに友利を助けようとした理由は、彼女がたった三人しかいない貴重な僧侶《そうりょ》の一人だからだ。

生きていてくれと念じながら、一心不乱に血を吸っているイモムシの横腹を、スニーカーで思い切り蹴《け》り飛《と》ばす。イモムシは友利から剝《は》がれ、一直線に飛んで奥《おく》の陳列棚《ちんれつだな》に激突《げきとつ》したが、六本の牙《きば》が生えた口は鮮血《せんけつ》で真っ赤に染まっている。もちろん全て友利の血だろう。

攻撃《こうげき》したせいで、イモムシの頭上に相応のサイズのＨＰバーが現れた。近接戦闘職《せんとうしょく》ではないユウマが普通《ふつう》の靴《くつ》で蹴《け》っただけなのに、ＨＰは二割近く減っている。やはり防御力《ぼうぎょりょく》はほとんどないようだ。バーの下には【ヘルタバナス・ラーヴァ】という固有名が表示されているが、意味は解《わか》らないし調べる手段もない。

いまはとにかく、一秒でも早く全ての生徒を助けなくては。

ユウマは友利を跳《と》び越《こ》え、陳列棚《ちんれつだな》にしがみつくイモムシめがけて、

「ハアッ！」

という気合いとともに右拳《みぎこぶし》を突き出した。

ジョブチェンジの恩恵《おんけい》も体の動かし方には及《およ》ばないらしく、いかにも不格好な一撃《いちげき》だったが、灰色のレザーグローブに包まれた右拳《みぎこぶし》はかろうじてイモムシの胴体《どうたい》を捉《とら》えた。ぶよぶよとした軟体《なんたい》に、拳《こぶし》が深く埋《う》まる。一瞬《いっしゅん》の溜《た》めのあと、灰色の表皮が風船のように膨《ふく》らみ、バァーン！と弾《はじ》ける。

いくらイモムシが軟《やわ》らかいと言っても、さすがにユウマのへなちょこパンチ一発で破裂《はれつ》するほど脆《もろ》くはないだろう。恐《おそ》らく、コーンヘッド・ブルーザーが落としたレザーグローブにも、コンケンのハンマーと同じく超常《ちょうじょう》の力が宿っているのだ。

──行ける！

飛散する実体なき断片《だんぺん》には目もくれず、ユウマは他の僧侶《そうりょ》二人を捜した。曽賀《ソガ》碧衣《アオイ》、そして諸雄史《モロタケシ》。

碧衣はすぐに見つかった。幸いイモムシには襲《おそ》われなかったらしく、フロアの片隅《かたすみ》で数人の女子たちと身を寄せ合っている。だが諸の姿が見当たらない。一組で最大の体重を誇《ほこ》る彼を、奥行《おくゆ》き十数メートルの空間で見失うはずがないのに。

やむなくユウマは、一番近くで襲《おそ》われている男子生徒に駆《か》け寄《よ》った。俯《うつぶ》せに倒《たお》れ、うなじをイモムシに食いつかれているのはバスケクラブの大野《オオノ》曜一《ヨウイチ》だ。一匹殴《なぐ》り潰《つぶ》したせいか嫌悪感《けんおかん》が薄《うす》れたので、左手でイモムシの首根っこを摑《つか》み、大野《オオノ》から引き剝《は》がす。そのまま床《ゆか》に叩《たた》き付《つ》け、右拳《みぎこぶし》で粉砕《ふんさい》する。

サワとコンケンも、順調にイモムシを処理しているようだ。残る七、八匹もできるだけ早く片付け、血を吸われた生徒を手当てしつつ、諸《モロ》を捜さなければ。

ユウマが、大野の隣《となり》に倒《たお》れている瀬良多可斗《セラタカト》の首筋のイモムシを摑《つか》み、引き剝《は》がそうとした、その時。

「きゃあああああっ!!」

ひときわ甲高《かんだか》い悲鳴が、ショッピングエリアに響《ひび》き渡《わた》った。

声の方向を見ると、イートインコーナーに隠《かく》れていたはずの須鴨光輝《スガモテルキ》が床《ゆか》に突っ伏《ぷ》し、その背中にイモムシが貼《は》り付《つ》いている。悲鳴を上げているのは須鴨の傍《そば》に立《た》ち竦《すく》む三園愛莉亜《ミソノアリア》だが、素手《すで》でイモムシに触《ふ》れる勇気は出せないらしい。

顔を上げた愛莉亜と、ユウマの目が合った。

「芦原《アシハラ》、ルキを助けて!!」

この状況《じょうきょう》で、いままで須鴨に意地悪された仕返しをするほどユウマも子供ではない。ジョブチェンジした以上は須鴨だって貴重な戦力だし、助けなくてはならないのは確かだが、他にも一刻を争う状況《じょうきょう》の生徒はたくさんいる。

隠《かく》れていたぶんイモムシに見つかるのが遅《おく》れたのなら、須鴨はまだ血を吸われ始めたばかりのはず。そう考えたユウマは、愛莉亜《アリア》に向けて叫《さけ》んだ。

「ガモはまだ大丈夫《だいじょうぶ》だ！　絶対助けるからもうちょっと待って！」

　すると愛莉亜は、意外にも素直《すなお》に頷《うなず》いた。

「わ……解《わか》ったけど、急いで!!」

　ユウマはもう答えず、瀬良《セラ》から引き剝《は》がしたイモムシの腹部を右手で摑《つか》み、ひと思いに握《にぎ》り潰《つぶ》した。

　続けて穂刈陽樹《ホカリハルキ》と、主代《ヌシロ》ちなみという女子生徒を助けた時、離《はな》れた場所からコンケンの声が聞こえた。

「ユウ、こっち側のイモムシは全部潰《つぶ》した！」

「ＯＫ！」

　叫《さけ》び返《かえ》し、イートインコーナーにダッシュする。

　倒《たお》れたままの須鴨《スガモ》の背中に乗ったイモムシは、左の肩甲骨《けんこうこつ》の下あたりに六本の牙《きば》を突き立《た》て、口の奥《おく》から無数の細い触手《しょくしゅ》を伸ばして、じゅるじゅると血液を吸い上げている。

　全長五十センチの吸血イモムシは、現実世界のアオムシやシャクトリムシと比べれば遥《はる》かに巨大《きょだい》だが、重さはせいぜい四キログラムというところだろう。小柄《こがら》な生徒ならともかく、体の大きい大野《オオノ》や須鴨までもが上に乗られただけで動けなくなってしまうのは不思議だが、理由を探《さぐ》っている余裕《よゆう》はない。

「早く、早く!!」

愛莉亜《アリア》の泣き声に急《せ》かされながら、ユウマはイモムシの後ろ首にあたる部分を鷲摑《わしづか》みにした。じたばた暴れるイモムシの牙《きば》が、須鴨《スガモ》の背中から抜けた瞬間《しゅんかん》一気に引《ひ》き剝《は》がす。

これが最後の一匹だし、モンスターとしてはさして高レベルではなさそうなので、ある程度ダメージを与《あた》えればキャプチャーできるかもしれない。しかし目の前に立つ愛莉亜が嫌悪感《けんおかん》も露《あら》わに「早く殺して！」と喚《わめ》くので、捕獲《ほかく》を断念して振り向き、イモムシを摑《つか》む右手ごと床《ゆか》に叩《たた》き付《つ》ける。

ばちゅっ！　と外皮が破裂《はれつ》し、溢《あふ》れ出た黒い断片《だんぺん》が渦《うず》を巻きながら上昇《じょうしょう》して、トンガリ頭の時と同じく不思議なリングに吸い込まれて消えた。

「は…………」

ユウマが小さく息を吐《は》いたのを、見計らったかのように。

またしてもユウマにだけ聞こえるレベルアップ・ファンファーレが鳴《な》り響《ひび》き、メッセージ・ウインドウが開いた。

【芦原佑馬《アシハラユウマ》】
レベル8↓9
ステータスポイント＋3

スキルポイント＋40
入手：ヘルタバナス・ラーヴァの牙《きば》×５
入手：ヘルタバナス・ラーヴァの毒腺《どくせん》×３

パンチ一発で死ぬ程度のイモムシを六匹倒《たお》しただけでレベルが上がったのは、コーンヘッド・ブルーザーの経験値が大量に溢《あふ》れていたか、イモムシに何か隠《かく》れた危険性があったからだと思われるが、どうあれいまはガッツポーズするような場面ではない。

ショッピングエリアに満ちていた生徒たちの悲鳴が、徐々《じょじょ》に薄《うす》れ、消える。しかしすぐに、愛莉亜《アリア》が「ルキイィィ!!」と絶叫《ぜっきょう》する。

それを皮切りに、無事だった生徒たちが次々と倒《たお》れるクラスメイトに駆《か》け寄《よ》った。ユウマも膝立《ひざだ》ちになり、須鴨《スガモ》の顔を覗《のぞ》き込んだが、瞼《まぶた》は閉じられたままだ。HPバーを確認《かくにん》できればと思うが、アクチュアル・マジックのシステムでは、他人のバーを見るにはパーティーを組むか敵対状態になるしかない。

ひとまず須鴨の首筋に指先を押し当《あ》ててみると、かなり早いがしっかりとした拍動《はくどう》を感じる。もう出血もほぼ止まっているようなのに、目を開けない理由は――。

「たぶん毒ね」

いつの間にか後ろにいたサワが小声で言ったので、ユウマは立ち上がり、頷《うなず》いた。

「うん……僕もそう思う」

「ど……毒？　ルキ、死んじゃうの？」

須鴨《スガモ》の向こうにぺたんと座《すわ》り込んだ愛莉亜《アリア》が、両目に涙《なみだ》を溜《た》めながら不安そうに訊《き》いてくる。いつの間にかもう一人の取り巻きである木佐貫櫂《キサヌキカイ》もテーブルの裏から出てきて、長い前髪越《まえがみご》しにじっと須鴨の顔を見ている。

ユウマは一瞬《いっしゅん》躊躇《ためら》ってから、首を横に振った。

「いや……あのレベルのモンスターが致死毒《ちしどく》を持っているとは思えないし、普通《ふつう》のダメージ毒なら動けるはずだ。たぶん麻痺毒《まひどく》だと思う」

「麻痺《まひ》……」

「このままでも命の危険はないと思うから、もうちょっとだけ待ってて」

愛莉亜《アリア》にそう告げると、ユウマは振り向いて曽賀碧衣《ソガアオイ》の姿を捜した。すぐに、清水友利《シミズトモリ》の横にしゃがみ込み、首元の傷口にハンカチを当てている碧衣を発見し、駆《か》け寄《よ》る。

気付いた碧衣と、左右に座《すわ》る二人の女子が同時に顔を上げた。

「あ……芦原《アシハラ》くん、友利ちゃんが……」

涙《なみだ》ぐむ碧衣がか細い声を出すと、右側の女子も涙《なみだ》をぽろぽろ零《こぼ》しながら言った。

「ともちー、あたしをかばって……なのにあたし、逃げちゃって……」

友利をあだ名で呼ぶお下《さ》げ髪《がみ》の女子は、出席番号十番の津多千聖《ツダチセ》。一組では飼育委員をしていて、友利《トモリ》と最も仲がいい生徒だと記憶《きおく》している。

「津多《ツダ》ちゃんのせいやないよ。うちも何もできひんかったし」

その千聖《チセ》を、長い髪《かみ》を一つ結びにした三人目の女子が慰《なぐさ》める。出席番号十五番、針屋《ハリヤ》三美《ミミ》。

碧衣《アオイ》と仲がよく、一緒《いっしょ》に料理クラブに所属していたはずだ。

三人の向かい側にしゃがみ込むと、ユウマは友利の左手首を摑《つか》み、脈拍《みゃくはく》があるのを確かめてから言った。

「たぶん、毒に冒《おか》されてるんだ。曽賀《ソガ》さん、解毒魔法《げどくまほう》は使える？」

「解毒《げどく》……？」

一瞬《いっしゅん》きょとんとした碧衣は、自分の左手の大型化したクレストを眺《なが》めてから、素早《すばや》く頷《うなず》いた。

「う、うん。覚えたばっかりだったけど、たぶん使える」

「じゃあ、清水《シミズ》さんに試《ため》してみてくれ」

「…………解《わか》った」

碧衣は、傷口を押さえる役を千聖に託《たく》し、正座して背筋を伸ばした。

両手を友利の胸にかざし、呪文《じゅもん》を唱える。

「サークラ《祝福よ》」

左手のクレストが黄色く輝《かがや》き、白い光球が生まれる。

「プルーヴィア《雨となり》」

光球が無数の小さな光に分裂《ぶんれつ》し、漂《ただよ》う。

「テルサス《洗い流せ》」

光が極細《ごくぼそ》の尾《お》を引いて降り注ぎ、友利《トモリ》の体に浸透《しんとう》した。《聖なる浄め《ホーリー・ピュリファイ》》——アクチュアル・マジックのテストプレイでナギも同じ魔法《まほう》を使い、ユウマやコンケンが喰《く》らった毒を浄化《じょうか》してくれた。

早くナギを捜しにいかなきゃ、という焦燥感《しょうそうかん》を深呼吸で抑《おさ》え込み、解毒魔法《げどくまほう》の効果が現れるのを待つ。

光の雨は五秒ほどで降り止《や》み、碧衣《アオイ》が手を下ろした。

いつの間にか、周囲に他の生徒たちも集まってきている。緊迫《きんぱく》した時間がじりじりと過ぎ、不意に友利の瞼《まぶた》が震《ふる》え——ぱちっと開いた。

「はあっ……はあ、はあ……」

しばらく荒《あら》い呼吸を繰《く》り返《かえ》してから、友利は碧衣を見て言った。

「ありがとう、曽賀《ソガ》さん。せっちゃんも、無事でよかった」

「ともちー！」

千聖《チセ》が、再び涙《なみだ》を溢《あふ》れさせながら友利に抱《だ》きつく。しばらくそっとしておいてやりたいが、そうもいかない。

「清水《シミズ》さん、倒《たお》れてる時も意識はあったの？」

ユウマがそう訊《き》くと、友利《トモリ》は横たわったまま頷《うなず》いた。

「ええ、目は開けられないし声も出せなかったけど、音は聞こえてた。私に嚙《か》みついてた虫をやっつけてくれたの、芦原《アシハラ》くんだよね。ありがとう」

「いや……。それより、動けるようになったら、曽賀《ソガ》さんと手分けして、麻痺《まひ》してる人たちを解毒《げどく》してほしいんだ」

「うん、もう大丈夫《だいじょうぶ》」

そう言うと、友利は津多千聖《ツダチセ》の手を借りて起き上がった。首元の嚙《か》み傷《きず》が痛々しいが、出血は止まっているようだ。

ユウマも立ち上がると、いちおうの落ち着きを取《と》り戻《もど》したショッピングエリアを見回した。

イモムシに嚙《か》まれて麻痺《まひ》してしまった生徒は、須鴨《スガモ》を含《ふく》めて残り十二人。友利と碧衣《アオイ》だけで全員を解毒《げどく》すると、二人ともMPが枯渇《こかつ》してしまうだろう。

三人目の僧侶《そうりょ》、諸雄史《モロタケシ》の力も借りたいところだが、いまだに姿が見えない。いったいどこに行ってしまったのかと考えながら視線を回《めぐ》らせていると、コンケンとサワが小走りに近づいてきた。ハンマーを肩《かた》に担《かつ》いだコンケンが、不安そうな顔で囁《ささや》く。

「諸、どこにもいねーよ」

「シェルターの外に出たってことは？」

その問いにはサワが答えた。

「ロビーもざっと確認《かくにん》したけど、見える範囲《はんい》にはいなかった」

「てことは……まさか、二階に……」

唇《くちびる》を噛《か》みながら、ユウマは最後のつもりでもう一度ショッピングエリアを見回した。

すると、いままで認識《にんしき》できていなかったものに気付く。壁際《かべぎわ》に寄せられた陳列棚《ちんれつだな》が邪魔《じゃま》してよく見えないが、レジカウンター内側奥《おく》の壁際《かべぎわ》に目立たないドアがある。

もちろんあるだろう、店舗《てんぽ》は必ずバックヤードを備えているものだ。そして、営業時間なら鍵《かぎ》はかかっていない。

「……サワ、コンケン、あれ」

ユウマが視線でドアを示すと、二人がさっと表情を引き締《し》めた。

無事な生徒たちは全員、麻痺《まひ》した友達を介抱《かいほう》しているか、友利《トモリ》と碧衣《アオイ》の解毒魔法《げどくまほう》を見守っている。彼らの隙間《すきま》をすり抜けてフロアを斜《なな》めに横切り、レジカウンターの内側に入ってドアに近づく。

近くで見ると、ドアは完全には閉まっておらず、五ミリほどだが奥《おく》に動いた状態だった。

ユウマはまず何の音もしないのを確かめてから、スニーカーの爪先《つまさき》でドアをそっと押した。

しっかり嵌《は》まっていなかったラッチボルトがカチャ、とかすかな金属音を立てて外れ、ドアが三十センチほど動く。

奥《おく》は真っ暗だが、生き物の気配はしない。壁《かべ》のどこかに照明のスイッチはあるのだろうが、アルテア全体が非常用節電モードになっているらしい現状では、明かりが点《つ》くとは思えない。

クレストの暗視補正機能だけで中を調べるしかないと腹《はら》を括《くく》り、踏《ふ》み込もうとしたユウマの肩《かた》を、後ろにいたサワが引き戻《もど》した。

「な……なんだよ?」

「あたしが先に行く」

そう宣言するや、サワはウインドブレーカーのポケットから小型のＬＥＤライトを取り出し、スイッチを入れた。白い光が、暗闇《くらやみ》を丸く穿《うが》つ。

「なんだよサッペ、いつの間にそんないいモノ……」

羨《うらや》ましそうな声を出すコンケンを無視して、サワはドアとドア枠《わく》の隙間《すきま》に体を滑《すべ》り込ませた。

ユウマも追いかける。

バックヤードに入った途端《とたん》、暗視補正機能がオンになり、ＬＥＤライトの光が増幅《ぞうふく》された。

奥行《おくゆ》きのある空間は、手前が休憩《きゅうけい》スペース、奥《おく》がスチールラックの並ぶ在庫保管スペースになっているようだ。全ての管理業務はクレストで行う想定なのだろう、学校の職員室と違《ちが》ってフラットパネルモニタとＰＣが載《の》った事務机は一つも存在しない。

サワは上下左右をくまなく照らしながら、バックヤードの奥《おく》へ歩いていく。その光が天井《てんじょう》で止まったので見上げると、店舗側《てんぽがわ》に敷設《ふせつ》されていたのと同じ吊《つ》り込み式換気《しきかんき》ダクトのルーバーが、一枚外れている。

いっそう周囲を警戒《けいかい》しながら休憩《きゅうけい》スペースを通過し、在庫保管スペースに入る。

左右に並ぶラックのあいだの通路を確認《かくにん》しつつ、三メートルばかり歩いた時。

左を照らしたサワが、びくっと体を竦《すく》ませたので、ユウマは咄嗟《とっさ》に妹の前に飛び出した。

白い光の輪の中に、雪花小《ゆきはなしょう》の制服を着た誰《だれ》かがうつ伏《ぶ》せに倒《たお》れている。太めの体つきの男子。諸雄史《モロタケシ》に間違《まちが》いない。

だがユウマの視線は諸ではなく、その背中に乗っているものに吸い寄せられた。

吸血イモムシことヘルタバナス・ラーヴァとよく似た色、似た質感――しかし形と大きさはまるで違《ちが》う。元の倍近い大きさに膨《ふく》らんだ、目も口も足もない丸い塊《かたまり》。下部から生えた無数の触手《しょくしゅ》が、まるで植物の根の如《ごと》く諸の背中に食い込んでいる。

「お、おい……なんだよアレ……」

ユウマの左側から通路を覗《のぞ》き込んだコンケンが、掠《かす》れ声で呻《うめ》いた。

「もしかして……さっきのイモムシが、血を吸って、育った……？」

呆然《ぼうぜん》と呟《つぶや》いてから、ユウマはそれが真実だと直感した。イモムシは、つまるところ幼虫だ。餌《えさ》を食べて成長し、サナギになる。諸の背中に貼《は》り付く球体こそ、ヘルタバナス・ラーヴァのサナギなのだ。

あたかも、そのユウマの推測を追認《ついにん》するかのように。

球体の上面《うわつら》に、ピシッ！　と乾《かわ》いた音を立てて亀裂《きれつ》が走った。

瞬間《しゅんかん》、サワが張《は》り詰《つ》めた声で叫《さけ》ぶ。

「コンケン、潰《つぶ》して!!」

「お……おう!!」

コンケンが、ブルージング・ハンマーを構えながら飛び出す。早くも扱《あつか》いに慣れたらしく、ぎこちなさを感じさせないパワフルな動作で、重い鈍器《どんき》を水平に振り回《まわ》す。

ハンマーはサナギの側面を痛撃《つうげき》し、深々と陥没《かんぼつ》させた。その衝撃《しょうげき》で、すでに裂《さ》けかけていた表皮が弾《はじ》け飛び、中から粘液《ねんえき》にまみれた塊《かたまり》が飛び出して左側のラックに激突《げきとつ》した。

べしゃっ、と床《ゆか》に落ちたのは、全長八十センチ以上もありそうな羽虫だった。巨大《きょだい》な複眼はハエに似ているが胴体《どうたい》は細長く、口にはナイフのような突起《とっき》が生えている。ハチ――ではなく、これは恐《おそ》らくアブだ。

床《ゆか》でびくびくと身震《みぶる》いするアブを、コンケンは真上からの迷いのない一撃《いちげき》で叩《たた》き潰《つぶ》した。アブの頭上に表示されていた、【ヘルタバナス】という固有名つきのＨＰバーが消し飛び、虫自体も黒い断片《だんぺん》となって四散する。

ハンマーを振り下《お》ろした格好のまま、はぁはぁと荒《あら》く息をするコンケンに、サワがねぎらいの言葉を掛《か》けた。

「ナイス。あと十秒遅《おそ》かったら羽化《うか》してたわね」

「……オレ、アブ苦手なんだよ……」

「好きな人、そうそういないでしょ」

二人のやりとりを聞きながら、ユウマは諸雄史《モロタケシ》の横にしゃがみ込んだ。たぶん諸も麻痺《まひ》してしまっているのだろうから、解毒《げどく》するにはショッピングエリアまで運ぶか、友利《トモリ》か碧衣《アオイ》にここまで来てもらう必要がある。

——とりあえず、コンケンと僕で持ち上げられるか試《ため》してみよう。

そう考えたユウマは、まず諸を仰向《あお》けにするべく、首の下に手を差し入れた。

「あっ……！」

途端《とたん》、声を上げてしまう。

冷たい。諸の肌《はだ》は、体温というものがまったく感じられないほど冷え切っている。

「どうしたの、ユウ？」

サワの問いかけにすぐには応えず、ユウマはもういちど諸の首筋に触《ふ》れた。指先をどれだけ強く押し当《あ》てても、拍動《はくどう》はまったく感じられない。どこか作り物のようにも思えるこの感触《かんしょく》は、二階のプレイルームに倒《たお》れていた三浦幸久《ミウラユキヒサ》の肌《はだ》と、とても、とてもよく似ている。

何かを察したかのように押し黙《だま》った妹と、きょとんとしている親友を見上げ、ユウマは囁《ささや》いた。

「…………死んでる」

10

「だめ……HPが回復しない」

小さくかぶりを振りながらそう告げると、清水友利《シミズトモリ》は両手を下ろした。

ユウマとコンケンが運んできた諸雄史《モロタケシ》の体に、友利が《聖なる癒し《ホーリー・ヒール》》の魔法《まほう》を掛《か》けたのだ。

しかし、諸の青ざめた顔に血の気は戻《もど》らず、瞼《まぶた》が動く気配もない。

周りで見守っていた生徒たちが、呻《うめ》き声《ごえ》やすすり泣きを漏《も》らす。その中から、二人の男子が出てきて諸の横で膝《ひざ》を突く。

「モーヤン、なに死んでんだよ……」

絞《しぼ》り出すような声で呟《つぶや》いたのは、諸とは対照的にほっそりした体格で、前髪《まえがみ》長めのマッシュヘアにした男子。出席番号四十一番の、若狭成央《ワカサナルオ》だ。

その右側で呆然《ぼうぜん》と口を開けている、ツーブロックマッシュというより坊《ぼっ》ちゃん刈《が》りの男子は出席番号三十番、滝尾昌人《タキオマサト》。この二人と諸雄史は、それぞれ若狭がミリタリー、滝尾がアニメ、諸が声優と、方向性こそ違《ちが》えど尖《とが》った趣味嗜好《しゅみしこう》を共有していて、クラスでも休み時間になると諸の机に集まってトークに花を咲《さ》かせていた。ときどき須鴨《スガモ》あたりが「うるせーぞオタク！」などとちょっかいを出しても、「てめーもサッカーオタだろが」とニヤニヤしながらやり返す三人の胆力《たんりょく》を、隠《かく》れゲームオタクのユウマは羨《うらや》ましく思ったものだ。

若狭《ワカサ》、滝尾《タキオ》の目に涙《なみだ》はないが、諸《モロ》とは真の友情で結ばれていたのであろうことは疑いようもない。ユウマも少なからず衝撃《しょうげき》と悔恨《かいこん》を感じているものの、その理由の半分は感情ではなく理屈《りくつ》、いや計算だ。

この俄《にわか》作りのシェルターにたった三人しかいない貴重な僧侶《そうりょ》職の一人を、みすみす死なせてしまった。

確か諸雄史《タケシ》は、ショッピングエリアの換気《かんき》ダクトから十数匹の巨大《きょだい》イモムシが落ちてきた時、レジカウンターの近くにいた。咄嗟《とっさ》にカウンターを乗《の》り越《こ》え、ドアを開けて、バックヤードに避難《ひなん》したのだろう。

しかしそこにもイモムシが落ちてきて、在庫保管スペースまで逃げたものの、追いつかれてしまった。背中を嚙《か》まれ、麻痺《まひ》した状態で致死量《ちしりょう》の血を吸われて……死んだ。

そう考えれば、イモムシ——ヘルタバナス・ラーヴァの経験値が、脆《もろ》さのわりに大量だったのも納得できる。仮に仲間がいない状態で嚙《か》まれて麻痺《まひ》したら、ほぼ死が確定してしまうのだ。加えて、死体に寄生したサナギはほんの数分で成虫にまで育つ。その戦闘《せんとう》能力は、幼虫の比ではあるまい。

恐《おそ》らく次はもっとうまく対処できるだろうが、諸雄史は生き返らない。今後は、清水友利《シミズトモリ》と曽賀碧衣《ソガアオイ》の二人だけで、他の十九人を治療《ちりょう》してもらわなくてはならないのだ。

――とにかく、二人は絶対に守る。本人たちは嫌《いや》がるかもしれないが、戦士職の生徒で常に護衛しておくべきだろう。急いでその態勢を作り、魔法職《まほうしょく》の生徒には汎用魔法《はんようまほう》スキルの熟練度を上げさせて、最低でも《癒しの雫《ヒーリング・ドロップ》》の魔法《まほう》まで習得してもらう。さしあたってはそれが目標だ。

いや、その前にいくつかするべきことがある。

諸《モロ》の遺体から離《はな》れると、ユウマはサワに近づき、囁《ささや》きかけた。

「バックヤードの休憩《きゅうけい》スペースにトイレがあった。そろそろ行きたくなってる人もいるだろうし、まずサワが女子に声を掛《か》けて全員一緒《いっしょ》に行ってきてくれ。そのあと僕が男子を連れていくから」

「ああ……そうね、了解《りょうかい》」

頷《うなず》いたサワが、清水友利《シミズトモリ》に歩み寄っていく。

続けてユウマは、背が高くて力もあるコンケンと大野《オオノ》、瀬良《セラ》、穂刈《ホカリ》を呼んだ。須鴨《スガモ》も体格に恵《めぐ》まれているが、まだ愛莉亜《アリア》に介抱《かいほう》されながらイートインコーナーに横たわったままだ。

「芦原《アシハラ》……また助けてもらっちゃったな」

近づいてきた大野が忸怩《じくじ》たる様子でそう言うと、瀬良、穂刈も情けなそうに項垂《うなだ》れた。

「せっかくジョブチェンジしたのに、何もできねーとはな……」

「あのクソデカイモムシ見たらビビッちまってさ……」

「いや、あれは仕方ないよ……まさか毒を持ってるなんて僕も予想できなかったし。それより、女の子たちを守ってくれてありがとう」

礼を言ってから、慣れない笑《え》みを浮《う》かべて付け足す。

「またでっかい近接パワータイプのモンスターが出てきたら、今度こそ大野《オオノ》たちに押し付《つ》けるからな」

「おう、任せとけ」

ニヤッと笑い返してくる三人に、ユウマは先刻思いついたことを告げた。

「いろいろやることがあるんだけど、まず、天井《てんじょう》の換気《かんき》ダクトをどうにかして塞《ふさ》ぎたいんだ。イモムシがさっきの十何匹で全滅《ぜんめつ》したとは思えないし」

「ああ、そりゃそうだな」

三人に加えてコンケンも頷《うなず》く。

「どうせ停電で換気《かんき》システムは動いてねーし、根元のとこをビッチリ塞《ふさ》いじまおーぜ。なんかかさばるものを詰《つ》め込めばいいんじゃね？」

「かさばるもの……」

繰《く》り返《かえ》しながらショッピングエリアを見回していると、瀬良《セラ》がぱちんと指を鳴らした。

「おっ、あれどうだ？」

左側の壁際《かべぎわ》に寄せられた陳列棚《ちんれつだな》の一つを指差す。ほとんどの棚《たな》には商品が残されたままで、その大部分が小型のグッズ類だが、瀬良《セラ》が指差す棚《たな》には両手で抱《かか》えるほど大きなぬいぐるみが何個も並んでいる。

駆《か》け寄《よ》って棚《たな》から引っ張り出すと、それはアルテアのマスコットキャラクターである、確かに《ナスルくん》とかいう名前のワシのぬいぐるみだった。なかなかに可愛《かわい》らしいデザインで、ダクトに詰《つ》め込んだら女子の反感を買いそうだが、幸い三園愛莉亜《ミソノアリア》を除く十人の女子は一緒《いっしょ》にバックヤードのトイレへ行っている。男子五人で二つずつぬいぐるみを抱《かか》え、複雑に分岐《ぶんき》する換気《かんき》ダクトの根元へ急ぐ。

角形の吊《つ》り込みダクトは、レジカウンターの上あたりで天井《てんじょう》に接続されていた。その近くのルーバーもすでに外れているので、いちばん背が高い大野《オオノ》がカウンターに乗り、ユウマたちが手渡《てわた》すぬいぐるみを四角い穴から次々に押し入《い》れていく。

十個目を渾身《こんしん》の力で詰《つ》め込むと、大野は床《ゆか》に飛び降りた。

「これでいちおう塞《ふさ》げただろ。できれば、ボンドか何かで固めときたいけどな……」

「あとで探してみるよ。とにかく、ありがとう」

大野たちに礼を言うと、ユウマは視界右下の時計を見た。

午後四時四十分。そろそろ夕方の気配が近づく頃《ころ》合いだが、電波も光も遮断《しゃだん》されたアルテアの中では時刻を感じることはできない。しかし腹時計はごまかせないので、もうすぐ空腹を訴《うった》える生徒が出てくるはずだ。

ユウマとサワのストレージには、一階中央部の休憩室《きゅうけいしつ》で確保してきたおにぎりや惣菜《そうざい》パンが大量に詰《つ》め込まれているものの、何せ二十三——いや、一人減ってしまったがそれでも二十二人の大所帯だ。よほど厳しく節約しないと、一日も持たないだろう。

さすがに丸一日経《た》てば、この異常事態も収拾《しゅうしゅう》し、消防や警察が救助に来てくれると思いたい。

だが、休憩室《きゅうけいしつ》でサワが言っていた。

——たぶんあたしたちは、当分ここから出られない。

——二、三日か、十日か……ヘタするとそれ以上。

いかなる根拠《こんきょ》に基《もと》づいた言葉なのかは不明だが、サワは間違《まちが》いなくユウマが知らない何かを知っている。言わないのは言えない理由があるからだろうし、双子《ふたご》の兄として妹を疑うつもりはないが、サワの推測どおり二十二人の生徒が十日もこのシェルターで過ごすことになるなら、水と食料の定期的な補充《ほじゅう》が絶対に必要だ。

考えてみれば、このショッピングエリアにもイートインコーナーがあるのだから、お菓子《かし》や軽食程度ならどこかにストックされているはず。トラブルの原因になる前に、それも一箇所に集めておいたほうがよさそうだが、誰《だれ》に管理を任せたものか……。

あれこれ頭を悩《なや》ませていると、バックヤードから女子たちが戻《もど》ってきた。

先頭のサワとアイコンタクトしてから、ユウマは右手を挙げ、叫《さけ》んだ。

「トイレに行きたい男子、いたら集まってくれ！　安全のために、まとまって行こう！」

その呼びかけに、フロアのあちこちから男子生徒が集まってくる。

真っ先にユウマの前に立ったのは、意外なことに少し前まで横になっていたはずの須鴨光輝《スガモテルキ》だった。

そりゃ、須鴨だってトイレには行くよな……と思いつつ、ユウマは「具合はもういいのか」と訊《き》こうとした。だが一瞬《いっしゅん》早く――。

「芦原《アシハラ》オトコォ!!」

と、須鴨が刺々《とげとげ》しい声で叫《さけ》んだ。

「てめぇ、さっきから何の権利があって仕切ってんだ!?」

「べ……別に、仕切ってるわけじゃ……」

どうにかそう答えたが、須鴨の勢いは止まらない。

「リーダー面して、さっきから色々好き勝手やりまくってんだろうが！　でもな、忘れんなよ！　諸《モロ》が死んだのは……」

フロアの左側に横たえられたままの、諸雄史《タケシ》の死体を指差して、須鴨は叫《さけ》んだ。

「てめーのせいだからな、芦原オトコ！」

「はあ!?」

思わず声を上げてしまう。いったいなにをどう解釈《かいしゃく》したら、そういう結論になるのか。

「おい、ガモ！」

「ちょっとアンタ……」

コンケンとサワが須鴨《スガモ》に詰《つ》め寄《よ》ろうとする。しかし須鴨は、二人を無視してユウマの真横を通り過ぎ、レジカウンターに寄りかかった。いつの間にか左手に握《にぎ》っていた小ぶりな金鎚《かなづち》――恐《おそ》らくは火事などの時、外壁《がいへき》ガラスを割ってアルテアの外に脱出《だっしゅつ》するための非常用ハンマーを、背後のカウンターに思い切り叩《たた》き付《つ》ける。

カアァ――ン!!

と甲高《かんだか》い音が響《ひび》き、室内が静まりかえった。

そんなことをしたらまたモンスターが引き寄せられてくるぞ、と言いたいが口が動かない。非常灯の明かりを受けて底光りする須鴨の両目――その奥《おく》に宿る何かが、ユウマを強烈《きょうれつ》に威圧《いあつ》してくる。

「あいつ……レシオが上がってる」

背後でサワが囁《ささや》いた。

言葉の意味を問《と》い質《ただ》そうとしたが、一瞬《いっしゅん》早く須鴨が叫《さけ》んだ。

「全員、注目!!」

バックヤードから戻《もど》ってきたばかりの女子たちと、これから行こうとしていた男子たちが、怪訝《けげん》そうに須鴨を見詰《みつ》める。

再びハンマーをレジカウンターに打ち付けると、須鴨は言った。

「これから、雪花小《ゆきはなしょう》の六年一組の学級会……いや、学級裁判を開廷《かいてい》する！」

再びの沈黙《ちんもく》。たっぷり五秒近くも経《た》ってから、女子の一人が諭《さと》すように言った。

「ねえ須鴨《スガモ》くん、学級会なんてしてる場合なの？　急いでやらなきゃならない大事なことが、まだたくさんあるんでしょ？」

華《はな》やかさのある声の主は、出席番号四番、見城紗由《ケンジョウサユ》。緩《ゆる》くウェーブする髪《かみ》を白いシュシュでサイドテールにまとめている。可愛《かわい》くて歌が上手な、一組のアイドル的存在――もちろん、綿巻《ワタマキ》すみかは別格としてだが。

多くの男子が推している紗由の意見を、しかし須鴨は表情一つ変えずに退けた。

「いまはこれ以上に大事なことなんかない。オレたちの仲間が……諸《モロ》が死んだんだぞ？　その理由をはっきりさせなきゃ、また同じことが起きるだろうが」

「おいガモ、理由なんて……」

瀬良多可斗《セラタカト》が声を上げた途端《とたん》、須鴨はまたしてもハンマーを打ち鳴らした。

「もう学級裁判は始まってる。言いたいことがあるヤツは手を挙げて、指名されてからにしろ。それと、オレのことは委員長と呼べ」

チッ、とあからさまに舌打ちすると、瀬良は右手を肩《かた》の高さまで持ち上げた。須鴨がそちらにハンマーを向け、「瀬良」と名前を呼ぶ。

「……委員長、お前さっき、諸が死んだ理由をはっきりさせるって言ったよな。そんなもん、調べるまでもねーだろ。あのクソデカイモムシのせいだ」

瀬良《セラ》が改めてそう指摘《してき》すると、複数の生徒たちが頷《うなず》いた。確かに、諸《モロ》がイモムシに襲《おそ》われるところを見た者はいないが、遺体の背中には六芒星《ろくぼうせい》の形をした噛《か》み傷《きず》がある。六本の牙《きば》があるヘルタバナス・ラーヴァ以外に、そんな傷をつける生き物はいない。事実、須鴨《スガモ》の首筋にも、まったく同じ形の傷がくっきりと残っている。

しかし須鴨は、今回も平然と言い返した。

「確かに、諸の血を吸ったのはイモムシだろうさ。それでも、あいつを殺したのは芦原《アシハラ》オトコなんだよ」

「どういう……」

意味だ、とユウマは言い返そうとした。しかし須鴨はハンマーを苛立《いらだ》たしげに何度も叩《たた》き、ユウマを黙《だま》らせた。

「芦原オトコ、お前、オレたちがイモムシに襲《おそ》われてる時、最初に清水《シミズ》を助けたよな」

「それは……清水さんが、貴重な僧侶《そうりよ》だから……」

「清水の次は大野《オオノ》を助けた。そこでリア……三園《ミソノ》が、オレに噛《か》みついてるイモムシを剝《は》がしてくれって頼《たの》んだのに、お前は無視して瀬良を助けて、そのあとは穂刈《ホカリ》を助けた。全員、お前の肩《かた》を持ってる奴《やつ》らだよな。つまり芦原オトコ、お前はこのシェルターを自分が仕切るために、助ける相手をえり好みしたんだ。諸はお前に選ばれなかった。だからバックヤードに逃げて、そこで死んだ。そういうことだ」

冷ややかに言い切った須鴨《スガモ》の両目が、薄《うす》赤く光った――ような気がした。

諸《モロ》が死んだ状況《じょうきょう》に関しては、明らかな誤認《ごにん》がある。彼は真っ先にバックヤードへ逃げ込み、そこでイモムシに襲《おそ》われたのだ。しかしもう、それを言っても無駄《むだ》だと思えた。

以前からユウマやコンケンへの当たりがきつかったが、いまの須鴨の言動は、きついなどという表現では到底《とうてい》追いつかない。須鴨を助けるのを後回しにしたのは事実だが、それはHPに余裕《よゆう》があると判断したからで、最終的にはちゃんと助けたのだ。

ふと三園愛莉亜《ミソノアリア》は須鴨の言いようをどう思っているのかが気になり、イートインコーナーを見ると、不安そうに立《た》ち尽《つ》くす愛莉亜と目が合った。やはり彼女も、須鴨がどこかおかしいと感じているらしい。

もう一度、須鴨の目を見る。さすがに光って見えたのは錯覚《さっかく》だったようだが、やはり以前の彼とはどこかが違《ちが》う。

「……てめぇ、須鴨ォ……」

嗄《か》れた声を出したのはコンケンだ。右手にハンマーをぶら下げたまま前に出ようとする親友の腕《うで》を、ユウマは慌《あわ》てて摑《つか》んだ。

「やめろコンケン」

「でも、許せねぇよアイツ」

なおも前進しようとするコンケンを懸命《けんめい》に引き戻《もど》していると、それがきっかけになったかのように、周囲の生徒たちが次々と手を挙げた。大野《オオノ》、瀬良《セラ》、穂刈《ホカリ》、清水友利《シミズトモリ》と曽賀碧衣《ソガアオイ》、他にも五人以上の生徒が高々と腕《うで》を伸ばしている。

しかし須鴨《スガモ》は、カウンターをガンガン叩《たた》くと言った。

「もう充分《じゅうぶん》だ。全員、ISSS《アイス》の投票ツールを起動しろ」

アイスとは《アイスリーエス》の略で、それはさらに《統合学習支援サービス《インテグレーテッド・スタディ・サポート》》の略称《りゃくしょう》だ。クレストにインストールされている、主要五教科のみならず図工や音楽、体育などの授業からテストに宿題までをも支援《しえん》するアプリケーションで、数え切れないほどの付随《ふずい》機能の中には、投票ツールも含《ふく》まれている。

恐《おそ》らく須鴨は、このツールを使って、ユウマに責任があるか否《いな》かを決しようというのだろう。しかし、いまはクレストがオフラインだ。これではISSSの機能はほとんど使えないはず……と思った直後、視界にアドホック接続を要求するダイアログボックスが出現した。確かに、近くにいる人間のクレストを直接接続すれば、投票ツールは問題なく使用できる。

接続を受け入れ、投票ツールを立ち上げると、須鴨が設定したのであろう表題が太字で表示された。

【匿名《とくめい》投票：諸《モロ》が死んだのは芦原佑馬《アシハラユウマ》のせいだと思う→◯　思わない→×】

その下に◯と×のボタン、そしてわずか三十秒に設定されている投票時間。

ユウマは即座《そくざ》に×のボタンを押し、時間が過ぎるのを待った。

不安な気持ちがまったくないわけではないが、いまここにいる二十二人――いや、ユウマと須鴨《スガモ》を除いた二十人の過半数が○を押すとは思えない。諸《モロ》の死因はどう考えたってイモムシに血を吸い尽《つ》くされたことで、ユウマが意図的に助けなかったというのは邪推《じゃすい》もいいところだ。それは他の生徒たちも解《わか》っているだろうし……須鴨本人だって解《わか》っているのではないか。

なのになぜ、須鴨はこんな投票をお膳立《ぜんだ》てしたのだろう。

ウインドウの下側で、デジタル数字が一つずつ減っていき、ゼロになった。
○×ボタンが、結果表示のボタンに変化した。
刹那《せつな》の躊躇《ちゅうちょ》を振り切《き》り、ユウマはそれを押した。ウインドウに一瞬《いっしゅん》だけ、ジジッとノイズが走り――画面いっぱいに、ユウマの有罪を示す巨大《きょだい》な○が表示された。

11

広大なメインロビーには、相変わらず人、もしくは人以外の何かの気配はなかった。

それでもユウマたちは慎重《しんちょう》に周囲を確認《かくにん》しつつ、エレベーターホールへと向かった。

パーティー構成は、テストプレイの時と同じ戦士、魔物使《まものつか》い、魔術師《まじゅつし》、僧侶《そうりょ》に戻《もど》っている。

しかし僧侶《そうりょ》はナギではなく、清水友利《シミズトモリ》だ。

「……ごめんね清水さん、あたしたちと須鴨《スガモ》のいざこざに巻《ま》き込んじゃって」

背後でサワが申し訳なさそうに謝《あやま》ると、友利がくすっと笑って答えた。

「巻《ま》き込まれたわけじゃないよ、一緒《いっしょ》にいくって志願したのは私だもの。それと……いい機会だから、《清水さん》はやめない？」

「え……。じゃあ……友利ちゃん」

「もうひと声」

「……トモちゃん」

「ま、それでいっか。私もサワちゃんって呼ぶね」

「うん。……て言うか……」

そこで少しだけ口ごもってから、サワは続けた。

「……トモちゃんって、意外とコミュスキルが高い人だったんだね。あ、意外と、っていうのは失礼か」

「ふふ、失礼じゃないよ、ぜんぜん。教室じゃ一人で本ばっかり読んでたから、そう思われて当然だもん」

友利《トモリ》が再びくすくす笑う。

女子の会話を盗《ぬす》み聞《ぎ》きするものではない――と考えつつも、ユウマは二人のやり取りに耳をそばだててしまった。サワはサワで、意外と人見知りであることを知っているからだ。友利が志願してくれなかった場合でも、サワのほうから同行を頼《たの》んだりは絶対にしなかっただろう。

もちろん、それはユウマも同じことだが。

投票ツールで有罪を宣告されたユウマに、須鴨光輝《スガモテルキ》が言《い》い渡《わた》した刑罰《けいばつ》。

それは、《食料の確保》だった。

その言葉を聞いた時、ユウマは「そんなことを命令するために、学級裁判などという代物《しろもの》を仕組んだのか」と拍子《ひょうし》抜けしてしまったが、よく考えれば決して簡単なミッションではない。換気《かんき》ダクトを塞《ふさ》ぎ、バリケードも強化していちおうの安全が確保されたシェルターから出て、どんな化け物がうろついているか解《わか》らないアルテア内部を探索《たんさく》しなくてはならないのだ。仮にコーンヘッド・ブルーザーより強いモンスターに襲《おそ》われたら、皆殺《みなごろ》しにされる可能性は決してゼロではない、どころか三割くらいあるだろう。

そんな決死の探索《たんさく》任務に、なぜ清水友利《シミズトモリ》が志願してくれたのかは不明だが、階段を上る前にこれだけは言っておかなければ。

そう考えたユウマは、無人のチケットカウンターの前で立ち止まり、振り向いた。

「あの……清水さん。もしも一緒《いっしょ》にきてくれた理由が、イモムシが襲《おそ》ってきた時に僕が最初に清水さんを助けたからなら、恩に着たりする必要はないからね。あれは、僧侶《そうりょ》優先って思っただけで……」

どうにかそこまで口にすると、友利のみならずサワとコンケンまでもが苦笑《くしょう》した。

「うーん、芦原《アシハラ》くん、いまのは言わなくていいやつだと思うよ」

友利の指摘《してき》に、コンケンがウムウムと頷《うなず》く。調子に乗るなよ、と親友の脇腹《わきばら》を小突《こづ》いてから説明を重ねる。

「でも、貸し借りとかないのは本当だから、危ないと思ったら自分の安全を優先してほしい。僕やサワやコンケンには代わりがいるけど、僧侶《そうりょ》の清水さんと曽賀《ソガ》さんは……」

「はいはい、解《わか》ってます先生」

ユウマの言葉を悪戯《いたずら》っぽく遮《さえぎ》ってから、友利はふと真顔になった。

「……確か、茶野《サノ》さんも僧侶《そうりょ》だったよね？　テストプレイが始まった時に、私と同じ初期装備だったのを見た気がする」

「え……う、うん、そうだよ」

「なら、茶野《サノ》さんと合流できれば心強いけど……。藤川《フジカワ》さんや灰崎《ハイザキ》くんたちと一緒《いっしょ》に、三階に行ったのかな……」

「………」

すぐには答えられず、ユウマは目を伏《ふ》せた。

ナギのカリキュラスは、外側の非常開放レバーと内側の非常脱出用レバーが両方とも使われていなかった。それはつまり、蓋《ふた》が閉じたままのカリキュラスの中から、密室トリックの如《ごと》く消《き》え失《う》せてしまったということだ。

だが、ユウマたちが何かを勘違《かんちが》いしているという可能性もある。ナギは内側の非常レバーで蓋《ふた》を開け、カリキュラスから出て、律儀《りちぎ》に蓋《ふた》を閉めてから何らかの手段でレバーをリセットし、他の生徒と一緒《いっしょ》に三階に避《ひ》難《なん》した……のかもしれない。

そうであってほしいという希望を込めて、ユウマは頷《うなず》いた。

「うん……その可能性はある」

「だったら、捜しにいかないとね」

そう言うと、友利《トモリ》はちらりとロビーの東側——ショッピングエリアがある方向に目を向け、予想外の言葉を口にした。

「それで、もし藤川さんたちと一緒《いっしょ》にいたら、私たちも須鴨《スガモ》くんのシェルターから出てそっちに合流してもいいのかも」

「え……？」

「だって……許せないよ。須鴨《スガモ》くんも、○に投票した人たちも。諸《モロ》くんが亡《な》くなったのは残念だけど、どう考えても芦原《アシハラ》くんに責任なんかないのに」

「…………」

再び言葉に詰《つ》まってしまう。

シェルターにいる生徒の半数以上が、諸の死の責任がユウマにあると判断したことは確かにショックだし、裏切られたという気持ちもある。しかし、簡単に見捨てるわけにはいかない。少なくとも大野《オオノ》や瀬良《セラ》、穂刈《ホカリ》は信じられるし、友達だという意識もある。それは、友利《トモリ》だって同じはずだ。

「でも……シェルターには、津多《ツダ》さんや曽賀《ソガ》さんが……」

ユウマの言葉に、友利は大きく頷《うなず》いた。

「解《わか》ってる。私もせっちゃんや碧衣《アオイ》ちゃんや三美《ミミ》ちゃんは信じてるもの。だから、もし上に別のシェルターができてたら、いったん須鴨くんのシェルターに戻《もど》って、せっちゃんたちに声を掛《か》けて、こっそり……」

「ねえ、トモちゃん、ちょっと待って」

突然《とつぜん》、サワが割《わ》り込んだ。しかしそれは、いささか過激な友利の提案にブレーキを掛《か》けるためではなかった。

「ユウも聞いて。シェルターにいた生徒は二十二人だよね。そこから、絶対○に入れた須鴨《スガモ》と、絶対×に入れたユウを引いて二十人。あたしとコンケン、トモちゃんは×に入れたわけでしょ……そこに大野《オオノ》、瀬良《セラ》、穂刈《ホカリ》、津多《ツダ》さん、曽賀《ソガ》さん、針屋《ハリヤ》さん、あと裁判でユウを弁護してくれた見城《ケンジョウ》さんを足せば、もう半分の十人だよ。残りの十人が、全員○に入れたなんてことが、有り得ると思う……？」

「ん、んん～～？」

唸《うな》ったコンケンが、両手の指を折りながら名前を列挙した。

「あとの十人は、男子が怪我《けが》してた多田《タダ》と会田《アイダ》、諸《モロ》のツレの滝尾《タキオ》と若狭《ワカサ》、それに木佐貫《キサヌキ》だろ。んで女子が、江里《エザト》さん、下之園《シモノソノ》さん、主代《ヌシロ》さん、野堀《ノボリ》さん、それとミソ……三園《ミソノ》か。木佐貫と三園はまあ○に入れたよな。滝尾と若狭も、諸が死んでショック受けてたから、ガモの口車に乗っちまったかもしんねー。けど……残りの六人が全員、あんなタワゴト信じるかな……」

言われてみればそのとおりだ。

江里唱子《ショウコ》と主代ちなみは三園愛莉亜《アリア》と仲がいいギャルグループだから、学級裁判が始まった時点で懐柔《かいじゅう》されていたかもしれない。しかし下之園麻美《マミ》と野堀君子《キミコ》は落ち着きのあるタイプだし、多田と会田はお調子者だが、重い怪我《けが》が治ったのは友利《トモリ》に回復魔法《まほう》を掛《か》けてもらったからだ。その四人が全員○に投票したというのは考えにくい。

「あ、待って待って！」

突然《とつぜん》サワが叫《さけ》んだ。すぐに音量を落とし、早口で続ける。

「あたし勘違《かんちが》いしてた。ＩＳＳＳ《アイス》の投票ツールって確か、引き分けになったらそう表示されるのよ。だから、×に投票した人が十人……ユウを足して十一人いれば、少なくとも○判定にはならなかったはず」

「……じゃあ、どうして○が表示されたの？　須鴨《スガモ》くんが投票ツールに細工したとか？」

友利《トモリ》の疑念に、ユウマはまさかと言いかけて口をつぐんだ。

いかに勉強ができて親が社長でも、須鴨にＩＳＳＳをハッキングするほどの能力があるとは思えない。だが、現在のアルテアは超常《ちようじよう》の力に支配されてしまっている。どんなことであれ、絶対に有り得ないとは言えない状況《じようきよう》だし――それに、須鴨のあの目。薄《うす》赤く底光りするような、異様な目は……。

「……………いまは何とも言えない。でも、可能性はあると思っておいたほうがいいわ」

友利にそう答えると、サワはもういちどシェルターのほうを見た。

「それと、須鴨が何の細工もしてなくて、○に入れた生徒が本当に過半数いたんだとしても、あそこから大野《オオノ》くんたちと曽賀《ソガ》さんたちを引き抜いて別のシェルターに移動するのは危険だと思う。あたしたちがじゃなくて、残された人たちが」

サワの言葉を聞いた友利は、何度か瞬《まばた》きしてから恥《は》じ入《い》るように目を伏《ふ》せた。

「それは……そうだね。○に入れた人を許せないって気持ちはあるけど、全員死んでもいいとまでは私も思えないし、思いたくない。でも、これだけは覚えてて。芦原《アシハラ》くんが、須鴨《スガモ》くんの命令に従わなきゃいけない理由なんて、いっこもないんだからね」

普段《ふだん》は眼鏡に隠《かく》されている瞳《ひとみ》に毅然《きぜん》とした光を浮《う》かべ、友利《トモリ》はそう言い切った。

ユウマはゆっくり頷《うなず》くと、先刻の友利の答えを拝借した。

「解《わか》りました、先生」

すると友利はユウマを軽く叩《たた》くような素振《そぶ》りをしてから、裁判の話は終わりとばかりに両手を叩《たた》いた。

「じゃ……ごはんと茶野《サノ》さんを捜しにいこっか」

「えっと……トモちゃん、そのことなんだけどね」

そう前置きしたサワが、無人のロビーを見回してからメニュー画面を開いた。ストレージに移動し、中身の一つを実体化させる。

ウインドウの上に出現したのは、ビニール包装された梅干しおにぎり。

それを見た友利は目を丸くしただけだったが、コンケンが「おにぎりィ！」と叫《さけ》んだので、ユウマは再び小突《こづ》いて黙《だま》らせた。サワはおにぎりを上からつついて再収納すると、友利に向き直って言った。

「実はあたしたち、ガモシェルターに行く前に、アルテアの職員用バックヤードで水や食料を見つけておいたの。だから、そのへんで少し時間を潰《つぶ》してシェルターに戻《もど》ることもできるけど、せっかくだからこの時間を利用してナギを捜したい。トモちゃん、助けてくれる？」

「もちろん！」

友利《トモリ》は一瞬《いっしゅん》の躊躇《ちゅうちょ》もなく、即座《そくざ》に頷《うなず》いた。


四人はエレベーターホールを横切り、階段室に入ると、しばらく耳を澄《す》ませた。空調も止まっているはずだが、風鳴りのような音がかすかに聞こえる。しかし危険はなさそうなので、コンケンを先頭に階段を上る。

二階のエレベーターホールには、まだ大量のガラス片《へん》と三浦幸久《ミウラユキヒサ》の血の痕《あと》が残されていた。それを見た友利は顔を歪《ゆが》めたが、怖《お》じ気《け》づいた様子はない。

押し倒《たお》された自動ドアの奥《おく》には、広大な一番プレイルームが広がっている。薄闇《うすやみ》の中に整然と輪を描く無人のカリキュラスは、あたかも墓標のよう……という連想を振り払《はら》い、ユウマは友利に訊《たず》ねた。

「清水《シミズ》さん、テストプレイが異常終了《しゅうりょう》して、カリキュラスの外に出た時点で、そこには一組の生徒しかいなかったんだよね？」

「えっと……うん、そうだよ。ああ、そっか……大人のプレイヤーが一人もいなかったのは変だよね……」

友利も怪訝《けげん》そうに眉根《まゆね》を寄せる。

そうなのだ。この一番プレイルームには八十基のカリキュラスが設置されていて、そのうち六年一組の生徒が使っていたのは四十一基、差し引き三十九基には別ルートで招待された大人のテストプレイヤーが収容されていた。友利《トモリ》たちが外に出た時、そこにはたくさんの大人たちもいて然《しか》るべきなのに、一人もいなかったというのは説明がつかない。

しかしそれを言えば、いまのアルテアは説明できないことばかりだ。他の場所を探索《たんさく》すれば、解《わか》ってくることもあるだろう。

そう考えたユウマは、三人を促《うなが》した。

「上に行こう。怪物《かいぶつ》がいるかもしれないから、襲《おそ》われたら《無理せず逃げる》で」

「それを言うなら《いのちだいじに》だろ」

混ぜっ返すコンケンの背中をぐいぐい押し、階段室に戻《もど》って三階を目指す。

プレイルームの天井高《てんじょうだか》が雪花小《ゆきはなしょう》の教室の三倍くらいあるので、階段もワンフロアぶんだけで六十段にも及《およ》ぶ。以前のユウマなら半分も上らないうちにハアハア言ってしまったところだが、ジョブチェンジの恩恵《おんけい》か、息苦しさすら感じない。

早いとこアルテアから脱出《だっしゅつ》しないと、元の体に戻《もど》った時にしんどくなりそうだな……などと思いながら足早に階段を上り、三階に到達《とうたつ》する。

まず、階段室からエレベーターホールの様子を窺《うかが》う。やはり自動ドアは破壊《はかい》され、ガラスの欠片《かけら》が無数に散らばっているが、生き物が発するような音はまったく聞こえない。

無言で頷《うなず》き合《あ》ってから、コンケンを先頭にエレベーターホールに出ると、なるべくガラスを踏《ふ》まないように気をつけながら横切る。

初めて見る二番プレイルームは、階下の一番プレイルームとほとんど変わらない様相だった。明かりはわずかな非常灯だけで、少なからぬ数のカリキュラスが破壊《はかい》され、通路に残骸《ざんがい》が散らばっている。

ユウマはもういちど目と耳で気配を探《さぐ》ってから、円形の通路に踏《ふ》み込んだ。周囲を見回し、コーンヘッド・ブルーザーに折られてしまったものと似たサイズの平形鋼材を見つけて拾う。さらに長さ一メートルほどのアルミパイプも確保し、重さ約三百グラムと見当をつけてから、友利《トモリ》に手渡《てわた》す。

「これ、杖《つえ》の代わりに使えるかな」

「あ……うん、いい感じ。杖《つえ》があると射程も伸びるし、物陰《ものかげ》に隠《かく》れながら魔法《まほう》を撃《う》てて助かるんだよね、ありがと」

そう言って嬉《うれ》しそうにパイプを握《にぎ》る友利は、僧侶《そうりょ》ではなく《破壊衝動《はかいしょうどう》に目覚めた文学少女》にしか見えないが、それを口にしないくらいの分別《ふんべつ》はユウマにもある。

「じゃあ、まず外周通路を一回りしてみよう」

三人にそう声を掛《か》け、再びコンケンを先頭に、円形の通路を反時計回りで進んでいく。

この部屋にも、八十人のテストプレイヤーがいたはずだ。その全員が、出口のある一階ではなく上階に移動したとは考えにくい。実際、ロビーにはコーンヘッド・ブルーザーに殺されてしまったのであろう大人の遺体が点々と転がっていたが、その数は十にも満たなかったと記憶《きおく》している。もっと大勢の——プレイルームが九番まであることを考えると、それこそ数百人の大人たちが一階に降りていても不思議はないのに、彼ら、もしくは彼らの遺体はどこに行ってしまったのか。

あれこれ考えながら、外周通路を半分ほど歩いた時。

突然《とつぜん》目の前のコンケンが立ち止まったので、ユウマは危《あや》うく背中に鼻をぶつけてしまいそうになった。

「おい、いきなり……」

止まるなよと言う前に、「シッ！」と押し殺《ころ》した声が響《ひび》く。

ユウマは咄嗟《とっさ》に後ろの女子二人を停止させてから、コンケンの左横に出た。

途端《とたん》、喉《のど》から悲鳴が漏《も》れてしまいそうになり、かろうじて呑《の》み込む。

緩《ゆる》くカーブする通路の壁際《かべぎわ》に、誰《だれ》かが座《すわ》り込んでいる。一人ではない。両腕《りょううで》で膝《ひざ》を抱《かか》え込む、いわゆる体育座りでずらりと並んでいる人間の数は、十——いや二十にも及《およ》ぶ。

恐《おそ》らく全員が大人だ。服装はバラバラで、ラフなパーカー姿やきっちりしたスーツ姿の男性、お洒落《しゃれ》なワンピースやアルテアのユニフォームを着た女性が入り交じり、しかし全員が完全に同じ姿勢を保ったまま、虚《うつ》ろな目で前方の一点を見据《みす》えている。

サワと友利《トモリ》も大人たちの列を見たのだろう、後ろで鋭《するど》く空気を吸い込む音が二つ聞こえた。

四人のうち誰《だれ》も悲鳴を上げなかったのが不思議なくらいの、異様極《きわ》まる光景。

もしかしたら、この部屋で怪物《かいぶつ》に襲《おそ》われて生き残った人たちかもしれない。精神的ショックで動けなくなってしまったのかも。

そう推測したユウマは、意を決して数歩前に出ると、小声で一番手前の男性に話しかけた。

「あの……だ、大丈夫《だいじょうぶ》ですか……？」

しばらく反応がなかったが、やがて男性はぎこちなく顔を左に回し、ユウマを見上げた。

三十代だろうか、下はジーンズで上はパーカー、頭にはベースボールキャップを被《かぶ》っている。顎周《あごまわ》りには綺麗《きれい》に整えられたヒゲをたくわえていて、いかにも活動的な印象なのだが、表情は虚無《きょむ》そのものだ。

男の口がぴくぴくと震《ふる》え、奇妙《きみょう》に歪《ゆが》んだ声が流れた。

「腹が……減ったんだ」

「あ……ええと、ちょっとした軽食なら持ってますけど、まずはここから出て、一階のロビーに……」

ユウマがどうにかそこまで喋《しゃべ》った時、再び男性の口が動いた。

「腹が……減ったんだ」

まったく同じ台詞《せりふ》。さらに、もう一度。

「腹が……減ったんだ」

三回目の声は、耳障《みみざわ》りな倍音を含《ふく》んでいた。まったく同じ速さと長さで、右隣《みぎどなり》の女性も同じ言葉を口にしたのだと少し遅《おく》れて気付く。

「腹が……減ったんだ」

「腹が……減ったんだ」

「腹が……減ったんだ」

声は、隣《となり》の人間へ、そのまた隣《となり》へと伝播《でんぱ》していく。たちまち、二十人全員が同じ台詞《せりふ》を延々と繰《く》り返《かえ》し始める。

「おい……ユウ、なんかやべえぞ。いっかい逃げたほうがよくねーか」

後ろでコンケンがそう囁《ささや》いたので、ユウマも「解《わか》った」と応じた。《無理せず逃げる》と決めたのはユウマ自身で、恐《おそ》らくいまがそうすべき時だ。

コンケンと一緒《いっしょ》にじりじりと下がり、サワたちのところまで到達《とうたつ》した――その刹那《せつな》。

どす黒く濁《にご》った、それでいて目を射るほど鮮《あざ》やかな赤い光が無数に迸《ほとばし》った。

「うっ……」

顔を背《そむ》けつつ、光源を確認《かくにん》する。発光しているのは、体育座りする大人たちの左手の甲《こう》――クレストだ。二十人全員が、完璧《かんぺき》なまでに同じ色。しかしそんなことは有り得ない。クレストの発光色は、百色以上もあるカラーの中から購入時《こうにゅうじ》に自由に選べるので、この場に居合わせただけの二十人のクレストが同じ色に光るなどということは、確率的に有り得ない。

だが、真に有り得ないことが起きたのはそのあとだった。

大人たちの列の長さが、みるみる縮んでいく。体育座りをしたまま、横の人との距離《きょり》を詰《つ》め、体を押し付け合《あ》っているようだ。最初は二十人で二十メートルほどもありそうだった行列が、たちまち十メートルになり、五メートルになる。

五百割る二十は二十五。大人一人の横幅《よこはば》が二十五センチ。

呆然《ぼうぜん》とそんな暗算をしてから、ユウマは気付いた。

赤い閃光《せんこう》の中で、大人たちは互《たが》いに融合《ゆうごう》しつつある。服も体も粘土《ねんど》のように溶《と》け、混ざり、一体化していく。

「……逃げろ!!」

ユウマはありったけの声量で叫《さけ》び、通路をエレベーターホールのほうへと走り始めた。すぐ前にサワと友利《トモリ》、右隣《みぎどなり》にコンケン、四人はひとかたまりになってダッシュする。背後で、赤い光が急速に薄《うす》れていく。

それが完全に消え、一瞬《いっしゅん》の静寂《せいじゃく》が訪《おとず》れ——。

突然《とつぜん》、通路の床《ゆか》が激しく振動《しんどう》した。

足を取られた友利《トモリ》が転ぶ。すぐにサワが助け起こし、再び走りだそうとした四人の頭上を、巨大《きょだい》な影《かげ》が追い越《こ》した。

ズズ――――ン‼　と凄《すさ》まじい音を立てて通路に落下したのは、縦も横も二メートル以上はありそうな、灰色の肉塊《にくかい》だった。

ぶよぶよとしたその質感は記憶《きおく》にある。しかし認めたくない。いやだ、やめてくれ、というユウマの願いを嘲笑《あざわら》うかのように。

肉塊《にくかい》の左右から、異様に太い二本の腕《うで》が生え。

下部からは、ゾウの如《ごと》き二本の脚《あし》が突き出し。

そして上部からは、先端《せんたん》が鋭《するど》く尖《とが》った、長さ一メートル近い円錐形《えんすいけい》の頭が伸び上がった。

トンガリ頭のデブ巨人《きょじん》。だが身《み》の丈《たけ》は、頭頂部まで入れれば恐《おそ》らく三メートル半にも達する。身長百五十二センチのユウマの、実に二・三倍。

巨人《きょじん》が起こした振動《しんどう》でパーティーメンバーの友利《トモリ》が転び、わずかなダメージを負ったからか、頭上にはHPバーが出現している。表示された固有名は【コーンヘッド・デモリッシャー】。

間違《まちが》いない――ユウマを殺しかけたコーンヘッド・ブルーザーの上位版だ。

戦ってどうにかなる相手では絶対にない。しかし、通路は丸々と太った巨人《きょじん》の胴体《どうたい》で完全に塞《ふさ》がれている。

やはり目も鼻もない頭の付け根近くで、切れ目のような口が開き、「ぶしゅううう……」と笑い声にも似た息を吐《は》いた。

頭の芯《しん》が痺《しび》れていく。しかしその理由の半分以上は、単純な恐怖《きょうふ》ではない。

眼前の化け物、コーンヘッッド・デモリッシャーの原材料は、二十人もの人間だった。ユウマは自分の目で確かに、大人たちが服ごと溶《と》け、融合《ゆうごう》し、デモリッシャーと同じ色の肉塊《にくかい》になるところを見た。

ならば、コーンヘッド・ブルーザーも同じだったのだろう。一階のロビーにいた大人の数が少なかった理由の一つはきっとそれだ。上階から逃げてきた大人たちの一部が巨人《きょじん》に変身し、周囲の人間を殺した。いや……もしかしたら、吸血イモムシことヘルタバナス・ラーヴァも、元は人間だったのかもしれない。

……それを、僕はたくさん、たくさん殺した。

その事実を受け止めきれず、立《た》ち尽《つ》くすユウマの耳に、かすかな声が届いた。

「……ユウ」

震《ふる》え声《ごえ》で呼んだのはコンケンだ。見れば、ハンマーを握《にぎ》る両手が小刻みに震《ふる》えている。しかしコンケンは、ぎこちない動きで一歩前に出ようとした。二人の一メートル先に立つ、サワと友利《トモリ》を守るために。

——突《た》っ立ってる場合じゃない。あれこれ考えるのは後にしろ!!

心の中で自分をそう怒《ど》鳴《な》りつけ、どうにか頭を再起動したユウマは、掠《かす》れ声《ごえ》で叫《さけ》んだ。

「……後ろに逃げろ!」

途端《とたん》、サワと友利が振り向き、走り始める。

二人が両側を通過した直後、ユウマもコンケンと同時にきびすを返す。通路はプレイルームの外周をぐるりと一周し、エレベーターホールに繋《つな》がっている。もし巨人《きょじん》が追いかけてくれば、先にエレベーターホールに到達《とうたつ》し、階段で逃げられる。

その目算は、しかしたった三秒後に崩《くず》れた。

通路の中央に、巨大《きょだい》な穴が開いている。コーンヘッド・デモリッシャーが十メートル近くもジャンプした時の反動で破壊《はかい》されたに違《ちが》いない。クレーター状に陥没《かんぼつ》したフロアパネルの端《はし》が、忍《しの》び返《がえ》しの如《ごと》く通路に突き出していて簡単には通れない——。

ずしん、ずしんと床《ゆか》が震《ふる》える。巨人《きょじん》が放射する底なしの餓《う》えが、ある種の波動となって押し寄《よ》せてくる。

「う……おおあああ——!!」

突然《とつぜん》、コンケンが叫《さけ》んだ。

両手でブルージング・ハンマーを構え、再び振り向いて巨人《きょじん》に突っ込んでいく。

「や……」

やめろ、と叫《さけ》ぶ余裕《よゆう》すらなかった。

コーンヘッド・デモリッシャーの左足を狙《ねら》って、渾身《こんしん》の力でハンマーを振り下《お》ろすコンケンを。

岩塊《がんかい》の如《ごと》き巨人《きょじん》の左拳《ひだりこぶし》が、すくい上げるように正面から打ち据《す》えた。

ドカッ！　と鈍《にぶ》い音が響《ひび》き、コンケンの体がユウマのすぐ右側を凄《すさ》まじい勢いで通過して、ずっと後方の壁《かべ》に激突《げきとつ》した。視界左上に表示されるコンケンのＨＰバーが、瞬時《しゅんじ》に九割近くも消し飛んだ。

「あ……あああ!!」

ユウマの口から、絶叫《ぜっきょう》が迸《ほとばし》った。

コンケンの蛮勇《ばんゆう》を無駄《むだ》にはできない。サワと友利《トモリ》だけは、絶対に、絶対に逃がさなくては。

床《ゆか》を蹴《け》り、巨人《きょじん》に向かって走る。

ユウマが持っている鋼材では、巨人《きょじん》にかすり傷さえ付けられないだろう。できるのは、囮《おとり》になって巨人《きょじん》を引きつけることだけだ。デモリッシャーはブルーザーより一回り以上大きいので、股下《またした》にかなりのスペースがある。あそこをスライディングで抜けて、巨人《きょじん》をもういちど出口のほうに誘導《ゆうどう》する。

瞬時《しゅんじ》に方針を決め、ユウマはなけなしの勇気を振り絞《しぼ》って巨人《きょじん》の足許《あしもと》に突っ込んだ。

刹那《せつな》、遥《はる》かな高みで、巨人《きょじん》がニヤリと笑った気がした。

あたかもユウマの作戦を見《み》抜いていたかの如《ごと》く、デモリッシャーは完璧《かんぺき》なタイミングで右足を引き、無造作に蹴《け》り出した。

小さい頃《ころ》、自宅の塀《へい》の上からアスファルトの道路に落ちた時の衝撃《しょうげき》を数十倍にしたような、信じがたいほどのショックがユウマを襲《おそ》った。反射的にガードした両腕《りょううで》の骨が粉砕《ふんさい》されるのを感じながら、ユウマは急角度で吹《ふ》き飛《と》び、壁《かべ》の高いところに激突《げきとつ》してからクレーターの向こう側へ落下した。

何重にも霞《かす》む視界の中で、これだけはくっきりと見えるＨＰバーが、音もなく減っていく。

だがユウマはそれを見届けようとせず、数メートル先に寄《よ》り添《そ》って立つサワと友利《トモリ》の背中に、必死に両目の焦点《しょうてん》を合わせた。

……………逃げてくれ。

……………逃げてくれ。

もう掠《かす》れ声《ごえ》すら出せず、それだけをひたすら念じる。

二人の向こう側で、巨大な影《かげ》が左右に揺《ゆ》れながら近づいてくる。

切れ目のような口から、大量の唾液《だえき》がぼたぼたと垂れる。それを黒くて長い舌が舐《な》め回《まわ》す。

――――逃げてくれ!!

遠ざかりそうになる意識を懸命《けんめい》に繋《つな》ぎ止《と》め、ユウマはもういちど念じた。

直後――サワがまっすぐ右手を上げ、叫《さけ》んだ。

「――来て、ヴァラク!!」

意味はまったく解《わか》らない。

しかし、それが何らかのキーワードだったかのように、サワの全身から真紅《しんく》の光が迸《ほとばし》った。

短い髪《かみ》が激しくなびき、ウインドブレーカーが勝手に脱《ぬ》げて宙を舞《ま》う。

頭から、細長い突起《とつき》が二本伸び上がる。角だ。サワのこめかみの上に出現していた、ほんの三センチしかなかった丸っこい突起《とつき》が、長さ二十センチはありそうな鋭《するど》い角《つの》に変じていく。

同時に、背中の羽にも変化が訪《おとず》れる。アクセサリーのようだったコウモリの羽が、バサッ！と音を立てて差《さ》し渡《わた》し一メートルほどにまで巨大化《きょだいか》し、大きく広げられる。

「ぶしゅううううっ‼」

巨人《きょじん》が、恐《おそ》らく驚《おどろ》きの声を上げ、止まった。

だがすぐに、それまで以上の勢いで走り始める。サワと友利《トモリ》を同時に摑《つか》もうとするかの如《ごと》く、両手を前に突き出して二人に迫《せま》る。

サワが、立《た》ち尽《つ》くす友利の体に左腕《ひだりうで》を回し、羽を一回だけ羽ばたかせた。

二人の体はふわりと浮《う》き上がり、通路のクレーターを後ろ向きに跳《と》び越《こ》えて、ユウマの目の前に着地した。

友利を離《はな》すと、サワは再び上昇《じょうしょう》する。今度は床《ゆか》から三メートルほどの高さでホバリングし、地響《じひび》きを立てて駆《か》け寄《よ》る巨人《きょじん》に向けて左手を突き出す。

「インフェルナス‼」

サワの声だが、少しだけ異質な響《ひび》きを帯びた、凛烈《りんれつ》たる詠唱《えいしょう》。魔法《まほう》の起点となる属性詞――

しかし、そんなスペルワードをユウマは知らない。

サワの左手から肩口《かたぐち》まで伸びるクレストの回路パターンが、燃えるようなパープルマゼンタに輝《かがや》いた。

左手の前に真紅《しんく》の光点が生成され、それは瞬時《しゅんじ》にバランスボールほどもある巨大《きょだい》な火球へと膨《ふく》れ上がった。形態詞を唱える前の、生の魔力《まりょく》であるはずなのに、ガイドブックに映像つきで載《の》っていた最上位の火属性魔法《まほう》《大火球《ボーライド》》の完成形よりも遥《はる》かに大きい。


「マグナス・ハスタ!!」


形態詞。渦巻《うずま》く火球が瞬時《しゅんじ》に細長く伸び、全長三メートルもありそうな大槍《おおやり》を作り出す。

コーンヘッド・デモリッシャーが、自身で作ったクレーターに足を取られ、よろめいた。

その隙《すき》を狙《ねら》い澄《す》ましたかのように――。


「イグニス!!」

　嵐《あらし》の如《ごと》き大量の火の粉と、アルテア全体を揺《ゆ》るがすかのような轟音《ごうおん》を振りまきながら、炎《ほのお》の大槍《おおやり》が撃《う》ち出された。

　槍《やり》はコーンヘッド・デモリッシャーの胸の真ん中を深々と貫《つらぬ》き、そのまま巨体《きょたい》の中へと沈《しず》み込んだ。

　両手を大きく広げたデモリッシャーの、身《み》の丈《たけ》三メートル半にも達する巨体《きょたい》が内側から沸騰《ふっとう》するかのようにぼこぼこと膨《ふく》らみ、各所から黒く焦《こ》げ始《はじ》め——直後、限界まで開かれた口から炎《ほのお》の柱《はしら》が噴《ふ》き上がった。肩《かた》からも、腹からも、背中からも炎《ほのお》はとめどなく噴出《ふんしゅつ》し、やがて巨人《きょじん》の全身が渦巻《うずま》く火炎《かえん》に呑《の》み込まれ。

「ぼごあああああっ‼」

　憤怒《ふんぬ》と、恐《おそ》らく驚愕《きょうがく》にまみれた断末魔《だんまつま》を、途轍《とてつ》もない爆発音《ばくはつおん》が掻《か》き消《け》した。

　いっそう深く、大きくなってしまったクレーターから、天井《てんじょう》近くまで極太《ごくぶと》の火柱が立ち上る。紅蓮《ぐれん》の炎《ほのお》の中で、コーンヘッド・デモリッシャーの巨体《きょたい》はちりぢりに焼《や》け崩《くず》れ、炭化した断片《だんぺん》さえも白い火花となって消える。

　赤々と輝《かがや》く炎《ほのお》を背景に、サワが音もなく舞《ま》い降《お》りた。

　クレストとよく似た赤紫《あかむらさき》色《いろ》の髪《かみ》。そこから伸びる片側三連の鋭《するど》い角《つの》。誇《ほこ》らしげに広げられた漆黒《しっこく》の翼《つばさ》。そして、赤みを帯びた金色に輝《かがや》く瞳《ひとみ》——。

　薄《うす》れゆくユウマの意識の奥底《おくそこ》から、一つの古い言葉が浮《う》かび上がった。

《悪魔《デモン》》。

（続く）

雪花小学校6年1組　名簿

Ver.1.1

女子

担任教師　蝦沢 友加里《エビサワ・ユカリ》

出席番号	氏　名	性別	職　業	備　考
1	芦原 佐羽《アシハラ・サワ》	女	魔術師	芦原佑馬の双子の妹。
2	飯田 可南実《イイダ・カナミ》	女	不　明	水泳クラブ所属。
3	江里 唱子《エザト・ショウコ》	女	不　明	のんびりした性格。
4	見城 紗由《ケンジョウ・サユ》	女	不　明	将来の夢はアイドル。
5	茶野 水凪《サノ・ミナギ》	女	僧　侶	芦原兄妹の幼馴染。
6	清水 友利《シミズ・トモリ》	女	僧　侶	図書委員。
7	下之園 麻美《シモノソノ・マミ》	女	不　明	黒魔術好き。
8	曽賀 碧衣《ソガ・アオイ》	女	僧　侶	お菓子作りが得意。
9	近森 咲希《チカモリ・サキ》	女	不　明	おしゃれな藤川憐に憧れている。
10	津多 千聖《ツダ・チセ》	女	不　明	飼育委員。
11	寺上 京香《テラガミ・キョウカ》	女	不　明	1組女子のリーダー格。
12	中島 美郷《ナカジマ・ミサト》	女	不　明	バレークラブ所属。
13	主代ちなみ《ヌシロ・チナミ》	女	不　明	1組女子で一番背が低い。
14	野堀 君子《ノボリ・キミコ》	女	不　明	ゴスロリファッションが好き。
15	針屋 三美《ハリヤ・ミミ》	女	不　明	京都出身で和菓子好き。
16	藤川 憐《フジカワ・レン》	女	不　明	綿巻すみかに対抗心を抱いている美人。
17	辺見かりん《ヘンミ・カリン》	女	不　明	占い好き。
18	三園 愛莉亜《ミソノ・アリア》	女	魔術師	1組女子で最もギャルっぽい。
19	目時 志寿《メトキ・シズ》	女	不　明	剣道場に通っている。
20	湯村 雪美《ユムラ・ユキミ》	女	不　明	自分が嫌いで変わりたいと思っている。
21	綿巻すみか《ワタマキ・スミカ》	女	僧　侶	クラスのアイドル的存在。

男子

出席番号	氏　名	性別	職　業	備　考
22	会田《アイダ》 慎太《シンタ》	男	不　明	カードゲーム好き。
23	芦原《アシハラ》 佑馬《ユウマ》	男	魔物使い	勉強も運動も平均的。
24	大野《オオノ》 曜一《ヨウイチ》	男	戦　士	バスケクラブのキャプテン。
25	梶《カジ》 明久《アキヒサ》	男	不　明	動画配信者志望。
26	木佐貫《キサヌキ》 櫂《カイ》	男	不　明	サッカークラブ所属。
27	近堂《コンドウ》 健児《ケンジ》	男	戦　士	芦原佑馬の親友。
28	須鴨《スガモ》 光輝《テルキ》	男	戦　士	サッカークラブのキャプテンでクラス委員。
29	瀬良《セラ》 多可斗《タカト》	男	不　明	スケボー好き。
30	滝尾《タキオ》 昌人《マサト》	男	不　明	アニメ、ゲーム、マンガ好き。
31	多田《タダ》 智則《トモノリ》	男	不　明	カードゲーム好きで、会田慎太と仲良し。
32	遠島《トオジマ》 修太郎《シュウタロウ》	男	不　明	仮想通貨取引をしている。
33	二木《ニキ》 翔《カケル》	男	不　明	灰崎伸と仲良しで、成績優秀。
34	布野《ヌノノ》 龍吾《リュウゴ》	男	不　明	自時志寿と同じ剣道場に通っている。
35	灰崎《ハイザキ》 伸《シン》	男	不　明	学年トップの秀才。
36	穂刈《ホカリ》 陽樹《ハルキ》	男	不　明	スケボー好きで、瀬良多可斗と仲良し。
37	三浦《ミウラ》 幸久《ユキヒサ》	男	不　明	死亡 バスケクラブ所属。
38	向井原《ムカイバラ》 広二《コウジ》	男	不　明	動画編集スキルがある。
39	諸《モロ》 雄史《タケシ》	男	僧侶	死亡 声優好き。
40	八橋《ヤツハシ》 憲之介《ケンノスケ》	男	不　明	市議会議員の息子。
41	若狭《ワカサ》 成央《ナルオ》	男	不　明	ミリタリーオタク。

あとがき

　こんにちは、もしくははじめまして、川原礫《かわはられき》です。『デモンズ・クレスト1　現実S侵食《しんしょく》』をお手に取って下さり、ありがとうございます。

　この作品は、私が電撃文庫《でんげきぶんこ》から刊行する初めての完全新作（ウェブ掲載作《けいさいさく》の書籍化《しょせきか》ではないという意味で）という位置づけになります。そのわりには《フルダイブ》とか《VRMMO》とかお馴染《なじ》みのキーワードがちりばめられていますが、テイストは『アクセル・ワールド』や『ソードアート・オンライン』とは大きく異なる作品になっている……つもりですが、いかがでしたでしょうか。

　さて、本編の内容に触《ふ》れる前に、なぜいまこのタイミングで新シリーズを開始したのかを説明させて下さい。

　手元にある、『デモンズ・クレスト』のいちばん古いアイデアメモを発掘《はっくつ》してみたところ、タイムスタンプが二〇一六年十一月となっていました。つまり私がこの作品を着想したのは、実に六年前ということになります。「閉鎖空間《へいさくうかん》に一クラス丸ごと閉《と》じ込《こ》められた小学生たちが脱出《だっしゅつ》目指して協力したり揉《も》めたりする話」という単純なアイデアに少しずつ肉付けしていき、担当さんともあれこれ相談しつつブラッシュアップを重ねて、ある程度形になったのは三年後、二〇一九年あたりだったでしょうか。

しかし当時は、小説執筆《しっぴつ》以外の仕事が色々と増えてきて、既存《きそん》シリーズである『アクセル・ワールド』『ソードアート・オンライン』『絶対ナル孤独者《アイソレータ》』の刊行ペースが低下しており、とても新シリーズを開始できる状況《じょうきょう》ではありませんでした。なので、せめてどれか一シリーズが完結するまでは『デモンズ・クレスト』はいったん寝《ね》かせようということになり、そこからあっという間に三年の月日が過ぎ去りました。

今年、二〇二二年に入っても既存《きそん》シリーズ完結の気配はなく、この調子だとさらにもう三年くらいはかかるかな……と思っていたのですが、ある時、デビュー時からの担当編集者であり現在は株式会社ストレートエッジの代表取締役でもある三木一馬《みきかずま》氏から、「近々ウェブトゥーン（WT）事業を始めるので、『デモンズ・クレスト』をWT化しませんか」という提案がありました。

かねてより、新しい表現手法としてのウェブトゥーンには興味がありましたし、原作として使って頂けるならぜひ、と二つ返事でOKしたのですが、三木氏の提案には続きがありまして、「ついてはWT化と同時に電撃文庫《でんげきぶんこ》からも小説として出版しましょう」と……。こちらは正直、いささか迷いました。前述したとおり、既存《きそん》シリーズ三作が継続《けいぞく》している状況《じょうきょう》で新シリーズの刊行を始めれば、諸々《もろもろ》のキャパシティを超《こ》えてしまう懸念《けねん》があったからです。

しかし、一巻刊行のタイミングとしては、WTの連載《れんさい》開始に合わせるのがベストであるのも確かでした。準備期間を考慮《こうりょ》すればあまり悠長《ゆうちょう》に迷っているわけにもいかず、最終的に判断の決め手となったのは、WTの制作チームが描《えが》いて下さった何枚かのイメージスケッチでした。そこには作品の舞台《ぶたい》となる二つの世界——VRMMO-RPG《アクチュアル・マジック》と大規模アミューズメント施設《しせつ》《アルテア》の情景が鮮《あざ》やかに再現されていて、この舞台《ぶたい》で躍動《やくどう》するユウマたちの姿を、私も自分の筆で描写《びょうしゃ》したい！　という気持ちにさせてくれたのです。もちろんキャパシティの懸念点《けねんてん》がクリアされたわけではありませんが、いったん頭の中で飛《と》び跳《は》ね始めたユウマやサワたちを抑《おさ》え込《こ》んでおくことは不可能でした。彼らの、小学生ならではの元気いっぱいなエネルギーに背中を押《お》され、私は『デモンズ・クレスト』1巻を二〇二二年の十一月に刊行することを決意しました。

そこからはもう怒濤《どとう》の日々でした。もともと十月に『ソードアート・オンライン』27巻を刊行することは決まっていたので、その原稿《げんこう》を余裕《よゆう》を持って仕上げ、早めに『デモンズ・クレスト』1巻に取りかかる……という予定を立てたのですが、次から次に積み重なる各種タスクでスケジュールは早々に破綻《はたん》し、いつも通りの限界進行でどうにかSAO27巻、そしてこのデモクレ1巻を脱稿《だっこう》して、いまこうしてあとがきを書いている次第《しだい》です。

とても嬉《うれ》しかったのは、WT版を含《ふく》む『デモンズ・クレスト』のキャラクターデザインと文庫版のイラストをあの堀口悠紀子《ほりぐちゆきこ》さんが引き受けて下さったことでした。堀口《ほりぐち》さんの手になるユウマ、サワ、コンケン、ナギ、そしてすみかや他のクラスメイトたちはこの上なく魅力的《みりょくてき》で、作者の私でさえも「早く続きが読みたい！」という気持ちにさせてくれました。きっと読者の皆様《みなさま》も同じように感じておられることと思います。

といったところで、改めてお話についても少し触《ふ》れておきます。

まず、『デモンズ・クレスト』というタイトルについてですが……実は六年前にアイデアを練り始めてからずっと、本作は別の仮タイトル（コード○○みたいな）で呼ばれていました。WT版の企画《きかく》が本格的に始動してからもずっとそちらで呼んでいたので、いざ正式タイトルを決めるとなった時、どんなタイトルを捻《ひね》り出《だ》してもしっくり来ないという状況《じょうきょう》に陥《おちい》ってしまい、担当さんと「いっそもう仮タイトルを本タイトルに……」みたいな話すらしていたんですが、ある時ふと本文中の「《紋章《もんしょう》》または《頂点》という意味の英単語Ｃｒｅｓｔ」という文章が目に留まり、「じゃあナントカ・クレストでどうだろう」と考えた直後に、ナントカの部分は「デモンズ」しかなかろうと閃《ひらめ》いて、幸い担当さんやWTチームも気に入って下さり、いまのタイトルとなった次第《しだい》です。英語では『Demons' Crest』ですが、これは「悪魔《あくま》たちの紋章《もんしょう》」というような意味になろうかと思います。

続いてお話のほうですが……こちらは、何を書いても先々のネタバレになってしまうような状況《じょうきょう》ですね（笑）。まあシリーズの一巻というのはだいたいそういうものですが……。というわけで苦労話でお茶を濁《にご》しますが、まあとにかく、雪花小学校《ゆきはなしょうがっこう》六年一組の生徒四十一人の設定を作るのが大変でしたね！

色々なインタビューでお話ししていますが、私はもともとキャラクターを設定から作るのが苦手というか、好きじゃないんですね。物語を書き進める中で、そのキャラクターが登場した時のインスピレーションを大事にしたい……などと言うとちょっと格好つけすぎですが、要は《作者が世界にキャラクターを生み出す》のではなく、《キャラクターが自ら世界に現れる》のを待ちたいのです。なので本音を言えば、最初はキャラクター設定など無しで書き始めたいんですが、この作品に限っては初期にロングプロットを作ったのでその時点で全キャラの設定を固める必要があり、四十一人ぶんの名前や性格等々を散々苦労して決め込《こ》んでいった記憶《きおく》があります。しかしその設定がのちにWT化で大活躍《だいかつやく》したので、やはり設定資料というのは作っておくに越《こ》したことはないですね（笑）。

設定といえば、本編でユウマたちが唱える魔法《まほう》の呪文《じゅもん》も大変でした。架空言語《かくうげんご》ワンワードにしておけば楽だったんですが、《属性詞》や《形態詞》などのややこしい設定を作ったうえに呪文《じゅもん》も実在の言語をモデルにしてしまったので、詠唱《えいしょう》シーンのたびに一時間以上あれこれ頭を悩《なや》ませた記憶《きおく》があります。でもこれも、WT版で《タメ》↓《発動》の流れをすごく格好良く描《えが》いて頂けたので、苦労した甲斐《かい》はあったかなと。

最後に、なぜ小学生を主人公にしたのかということについても少し触《ふ》れておきます。

私が小学生だったのは遥《はる》かいにしえのことで記憶《きおく》もおぼろげですが、でも小学生の頃《ころ》って、世界がすごく限られていましたよね。学校でいえば、自分のクラスが一つの国のようなもので、隣《となり》のクラスはもう外国……みたいな。でもそのぶんクラス内の人間関係は複雑かつ流動的で、ある種の緊張《きんちょう》状態《じょうたい》があちこちで発生していたような記憶《きおく》があります。閉鎖《へいさ》された《アルテア》に閉《と》じ込《こ》められた四十一人の子供たちが、それまでのしがらみに縛《しば》られながらも力を合わせ、あるいは衝突《しょうとつ》していく姿を描《えが》いていきたい――というのがこの作品の出発地点だったんですが、まあ私のことですから何がどうなることやらですね。皆様《みなさま》もぜひ、嵐《あらし》の中の小舟《こぶね》に乗ったつもりで作品を追いかけて頂ければと思います！

長々と書いてしまいましたが、最後に簡単ですが謝辞を。

瑞々《みずみず》しく繊細《せんさい》な、研《と》ぎ澄《す》まされた筆致《ひっち》でキャラクターたちを生き生きと描《えが》き出《だ》して下さったイラストレーターの堀口悠紀子《ほりぐちゆきこ》さん。ウェブトゥーン版と小説版の橋渡しをしつつ、双方《そうほう》の同時公開に向けて八面六臂《はちめんろっぴ》の活躍《かつやく》をして下さった担当編集者の三木《みき》さん。常に崩壊《ほうかい》寸前のスケジュールを支えて下さった同じく担当編集者の安達《あだち》さん。ウェブトゥーン版を超《ちょう》ハイクオリティな作品に仕上げて下さった制作チームの皆様《みなさま》。そして、ここまでお読み下さったあなた。

本当にありがとうございました。『デモンズ・クレスト』二巻もあまりお待たせせずお届けできるよう頑張《がんば》りますので、今後とも応援《おうえん》よろしくお願いします！

二〇二二年九月某日《ぼうじつ》　川原《かわはら》　礫《れき》

◉川原　礫著作リスト

「アクセル・ワールド1～26」（電撃文庫）
「ソードアート・オンライン1～27」（同）
「ソードアート・オンライン　プログレッシブ1～8」（同）
「絶対ナル孤独者《アイソレータ》1～5」（同）
「デモンズ・クレスト1　現実S侵食」（同）

本書に対するご意見、ご感想をお寄せください。

ファンレターあて先
〒102-8177　東京都千代田区富士見2-13-3
電撃文庫編集部
「川原 礫先生」係
「堀口悠紀子先生」係

本書は書き下ろしです。

電撃文庫

デモンズ・クレスト1
現実《げんじつ》∽侵食《しんしょく》

川原《かわはら》 礫《れき》

2022年11月10日　初版発行
2024年８月５日　４版発行

発行者　山下直久
発行　株式会社KADOKAWA
〒102-8177　東京都千代田区富士見2-13-3
0570-002-301（ナビダイヤル）
装丁者　荻窪裕司（META＋MANIERA）
印刷　株式会社暁印刷
製本　株式会社暁印刷

●お問い合わせ
https://www.kadokawa.co.jp/（「お問い合わせ」へお進みください）
※内容によっては、お答えできない場合があります。
※サポートは日本国内のみとさせていただきます。
※ Japanese text only

※定価はカバーに表示してあります。

ISBN978-4-04-914677-6　C0193　Printed in Japan

電撃文庫　https://dengekibunko.jp/

電撃文庫創刊に際して

文庫は、我が国にとどまらず、世界の書籍の流れのなかで〝小さな巨人〟としての地位を築いてきた。古今東西の名著を、廉価で手に入りやすい形で提供してきたからこそ、人は文庫を自分の師として、また青春の想い出として、語りついできたのである。

その源を、文化的にはドイツのレクラム文庫に求めるにせよ、規模の上でイギリスのペンギンブックスに求めるにせよ、いま文庫は知識人の層の多様化に従って、ますますその意義を大きくしていると言ってよい。

文庫出版の意味するものは、激動の現代のみならず将来にわたって、大きくなることはあっても、小さくなることはないだろう。

「電撃文庫」は、そのように多様化した対象に応え、歴史に耐えうる作品を収録するのはもちろん、新しい世紀を迎えるにあたって、既成の枠をこえる新鮮で強烈なアイ・オープナーたりたい。

その特異さ故に、この存在は、かつて文庫がはじめて出版世界に登場したときと、同じ戸惑いを読書人に与えるかもしれない。

しかし、〈Changing Times,Changing Publishing〉時代は変わって、出版も変わる。時を重ねるなかで、精神の糧として、心の一隅を占めるものとして、次なる文化の担い手の若者たちに確かな評価を得られると信じて、ここに「電撃文庫」を出版する。

1993年6月10日
角川歴彦

であって、
はわわわわ!!
ここからが
僕達の実力の
見せ所だ！

現実だ。

これはゲーム
オォォ
縦読みフルカラーコミックで、もうひとつの
© HykeComic/Straight Edge Inc.
デモンズ・クレスト
Demons' Crest
原作：川原 礫　キャラクターデザイン：堀口悠紀子
1～4話が無料で読める!
綿
任せて!
巻さん……?
そして

第28回
電撃小説大賞
選考委員奨励賞
電撃文庫
Special Investigation Unit, Criminal Investigation
アマルガム・ハウンド
捜査局刑事部特捜班
1
駒居未鳥
illust 尾崎ドミノ
少女は猟犬——
主人を守り敵を討つ。
捜査官と兵器の少女が
凶悪犯罪に挑む！
捜査官の青年・テオが出会った少女・イレブンは、
完璧に人の姿を模した兵器だった。
主人と猟犬となった二人は行動を共にし、
やがて国家を揺るがすテロリストとの戦いに身を投じていく……。
電撃文庫

怪物中毒
MONSTER HOLIC
PICK UP!
超人気作家
三河ごーすと
が贈る原点回帰にして
最新の
ダークファンタジー!
AUTHOR
三河ごーすと
ILLUST
美和野らぐ
怪物以上人間未満の
少年少女たちが
《官製スラム》の夜を駆ける——!
MONSTER HOLIC
Introduction: Infinite resul
1st chapter: Hit-and-run
電撃文庫

第28回電撃小説大賞
銀賞
受賞作
MISSION
スキャンして
作品を調査せよ
>>>
ミミクリー・
ガールズ
MIMICRY GIRLS
電撃文庫

となりの悪の大幹部!
TONARI NO AKU NO DAIKANBU
佐伯庸介
ill. Genyaky
俺の部屋のお隣さんに
銀髪美女が!?
元悪の幹部と過ごす日常コメディ!!
ある日、俺の隣の部屋に引っ越してきたのは、銀髪セクシーな異国のお姉さんとその娘だった。荷物を持ってあげたり、お裾分けをしたりと、夢のお隣さん生活が始まる……！　かと思いきや、その正体は元悪の大幹部だった!?
電撃文庫

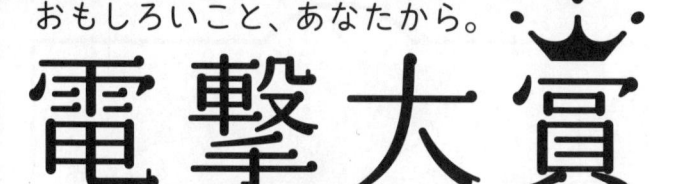